宫锦

闻情解佩 著

花山文艺出版社

河北·石家庄

图书在版编目（CIP）数据

宫锦 / 闻情解佩著. -- 石家庄 : 花山文艺出版社,
2020.4
ISBN 978-7-5511-1584-1

Ⅰ. ①宫… Ⅱ. ①闻… Ⅲ. ①长篇小说－中国－当代
Ⅳ. ①I247.5

中国版本图书馆CIP数据核字(2020)第002578号

书　　名：宫　锦
GONGJIN
著　　者：闻情解佩

责任编辑：贺　进
责任校对：林艳辉
封面设计：吴黛君
美术编辑：陈　淼
出版发行：花山文艺出版社（邮政编码：050061）
（河北省石家庄市友谊北大街 330 号）
销售热线：0311-88643221/29/31/32/26
传　　真：0311-88643225
印　　刷：三河市嘉科万达彩色印刷有限公司
经　　销：新华书店
开　　本：620×889　1/16
印　　张：19
字　　数：270 千字
版　　次：2020 年 4 月第 1 版
2020 年 4 月第 1 次印刷
书　　号：ISBN 978-7-5511-1584-1
定　　价：49.00 元

目录

第一章 锦绣生涯

秋夜，更深露重，一弯月牙在西南天边静静挂着，朦胧而缥缈。

本是酣睡时，傅家大院西厢房内的丫鬟问雁，却急匆匆地闯进了傅锦画的房间，惊呼道：“四小姐，不好了，二小姐在房间里吵闹，又咯血了……”

傅锦画倏地起身，披上问雁递过来的外衣，往外走时听见问雁又低声说道：“二小姐还说，如果非要她嫁给那个人，她宁愿去死……”

傅锦画似是没有听见问雁后面的话，兀自念道：“秋天露重，早就告诉她要小心身子，她房里的丫鬟是怎么当差的？怎么就由着她胡来？”

行至二小姐傅则棋房间门口，傅锦画便听见里面嘤嘤的哭声，二小姐傅则棋嚷道：“谁都知道傅家有琴、棋、书、画四个女儿，却独独叫我嫁给那个恶人，还不是看我是个病秧子，即便过了门儿没几年也会死，你们得了便宜，却要我赔上性命……”

傅锦画推门进去，见父亲傅臣图蹙眉站在那里，傅则棋拥被而坐，声音尖厉，说道：“爹，你竟然说他不是恶人？即便他被封王又如何？照样只是皇亲国戚的旁支，咱们傅家这百年来也出过一位皇后、两位皇贵妃，说起来也不比他钟华离家世差，我就不明白爹为什么这么怕他……”

傅臣图有些按捺不住怒气，喝道：“住嘴，则棋，我看你自小身子弱，便诸事多容你一些，可你是越发不知分寸了。婚期已经定在三个月后，到时候嫁不嫁由不得你。”

傅则棋见傅臣图丝毫不给她留情面，顿时号啕大哭起来。傅锦画正要上前劝，被傅臣图喝止住，大声说道：“叫她哭，我倒要看看她能哭到什么时候，起初为父要做主把素琴许配给济阳王的时候，是谁终日哭哭啼啼地要素琴把王妃的位子让给你？现在听说那钟华离是个杀人不眨眼的恶人，便说出这番不着边际的话来，你难道要令傅家上下都为你蒙羞吗？”

傅臣图说完这席话，倒真叫傅则棋哭不出来了。她跌跌撞撞地下了床，扯住傅臣图的衣袖，软声说道：“爹，则棋知道错了，您就将生辰帖子换过来吧，这王妃的位置原本就是大姐的，要嫁就她去嫁……”

傅臣图听见傅则棋的哀求，也生出不忍，叹道：“则棋，事情已经走到这一步，只怕不是父亲能够左右得了的了……”

傅臣图无奈，看了傅锦画一眼，说道：“你劝劝你二姐，这泉城的人，谁不知道济阳王要娶的是傅家的二小姐？就算是现在要素琴嫁，只怕她也不肯答应的。”说罢拂袖而去。

房间里只剩下傅则棋和傅锦画，傅则棋止住哭声，盯着傅锦画冷冷地看，说道：“你还站在这里做什么？大姐和你是一个娘生的，却偏偏和三妹交好，姐妹里就剩你一个冷清清的，难不成你看我马上就要坐上济阳王妃的位置，先来巴结我？”

傅锦画听出傅则棋的挑拨，不以为意，见傅则棋情绪尚好，劝慰了她几句便出了门，听见隔着房门传来的讥笑之声：“愚钝之人，早晚有你吃苦的那一天。”

远处天边已经泛起了鱼肚白，傅家经傅则棋这么一闹，都起了个大早。傅锦画带着问雁回到画斋便没有再睡，问雁侍候傅锦画梳洗。傅锦画见问雁神色有些异常，几番催促之下，问雁才大着胆子说道：“四小姐，其实问雁觉得二小姐说的也没错，傅家上下都知道大小姐与三小姐最为要好，可与您这亲姐妹就……”

傅锦画打开妆奁挑了件式样简单的玉簪别在头上，不以为意地说道：“问雁，亏你在我身边这么多年，这点眼力见儿都没有。你以为当初二姐听说济阳王如何英明神武的消息，是谁散出去的？”

问雁恍然大悟，迟疑着说道：“四小姐，你是说……是大小姐这么做的？”

傅锦画淡淡地说道：“自然是她。这件事也就瞒得过长年卧在闺房的二姐罢了，否则二姐怎么就发了疯似的，当初非要爹将她许配给济阳王？”

问雁叹道：“想不到大小姐心机这般深沉，这样一来，既把自己择得干干净净，也逃过了那一劫。不过话又说回来，那济阳王真如传言中所说的那么残暴？”

傅锦画站起身来，看着窗外一地落叶跟着风打着旋，静静地说道：“传言始终是传言，三分真，七分假。再者说，说不定这就是济阳王自己放出来的传言也未可知，他想要在泉城站稳脚跟，就非要让人怕他不可，既然不能动辄杀敌数千，那么在府中杀几个姬妾，就是最简单也最能见成效的办法了。”

问雁跟着附和道：“也是，反正只要不落在小姐身上，事不关己，问雁就乐得不闻不问。”

待用过膳，傅锦画便带着问雁去爹娘房里请安。

傅臣图见傅锦画进来请安只不过是微微颔首，于是面色不悦。而大夫人却亲热地将傅锦画唤到自己身边，说道：“昨儿个清音庵送来帖子，要你去小住几日，我已经吩咐下人将马车备好了，待会儿你叫问雁收拾几件衣物，便过去吧，也省得在家里听你二姐哭闹烦心。”

傅锦画听见大夫人的话，浅笑着应了声，问雁当即便先自前去收拾衣物。

这时，傅臣图又隐晦地说道："画儿，记得去了清音庵，言行都要万分妥帖，清音庵不比别处……"

大夫人含笑斜睨了傅臣图一眼，无奈地说道："画儿每次去清音庵，你都是这般忧心忡忡的，可是如若隔一段时间清音庵没有下帖子，你又会寝食难安，真不知道你究竟是怎么想的。"

傅臣图望着眼前这个沉静如水的傅锦画，从眼神中却辨不出她是否已经知晓了端倪。只听傅锦画说道："父亲，放心吧，我知道该怎么做。"

路上，马车缓缓而行，傅锦画坐在车厢内沉思，她怎么会不知晓怎么做呢？这一年来，她想的最多的便是这件事。

清音庵在石景山上，去请愿、还愿的人多是达官贵族，鲜有百姓问津。传闻清音庵有一位宫里来的公主，为情所伤于是落发修行，这为清音庵又添了几分神秘之色。

一年前，大夫人带傅锦画去清音庵，傅锦画与庵里的清欢真人一见如故。傅锦画回到傅家后，清欢真人又下帖子力邀傅锦画前往清音庵小住，就是在那次，她遇见了那个终生也不能摆脱的人……

清音庵建造得精致而富丽，似是一座小小的宫殿，来往香客大多出手阔绰，里面用度也与普通的庵不同。所以，清音庵是绝佳的清修之地，安静而不简陋。

清音庵后面漫山遍野都是四季海棠。那日，傅锦画与清欢真人去后山走动，才片刻工夫，清欢真人便被庵里的人叫走，清欢真人临走时还认真嘱咐傅锦画，不要走太远……

可惜傅锦画没有领会清欢真人的意思，至于到底要走多远，她没有思量过。傅锦画穿过海棠花海后，看见远处还有一片梅林，隐约看见梅林后面的一座清雅的竹屋，傅锦画来到竹屋前，四处环顾看似无人，便毫不迟疑地推开了竹屋的门，走了进去……

傅锦画陷在回忆中，越发觉得有些冷意，裹紧了披风，便听见问雁喜道：“四小姐，咱们到清音庵了……”

傅锦画从马车上踏下来的那一步，就注定了她再无退路，或者说在她当日推开那扇竹门时，她便再无退路了。

照往常那般，进了山门，傅锦画借口清欢真人喜欢清静，不喜欢她带着丫鬟进出自己的禅院，让问雁独自去禅房歇着。傅锦画见问雁走远，才绕过禅院穿过那片海棠花，越过梅林，来到了竹屋前。

不过就是一瞬间的恍惚，便听见里面传来低沉又慵懒的声音，说道：“既然来了，又在犹疑什么？这漫山的海棠花，难道你还没有看够吗？”

傅锦画长舒一口气，推门而入，见到那个身材颀长的男人站在窗前，一袭月牙白衫，边角上绣着富贵流云花纹，面如冠玉，目若寒星，眉眼间不经意带着些许阴戾之气，令人生出敬畏之色。

傅锦画低下头，不与他对视，他走过来意味深长地挑起傅锦画的下巴，肆无忌惮地打量着她，说道：“本王相信你在别人面前，定是镇静如水、聪慧过人的女子，怎么在本王面前，便是这般凄楚娇怯的模样？还是你笃定本王不喜欢娇弱的女子，便会心生慈悲地放过你？”

傅锦画眼神中闪过一丝慌张，指甲深陷于掌心中，垂下眼帘如何也不肯看他，却陡然间觉得，捏住自己下巴的手加了几分力道。傅锦画吃痛之下，轻咬粉唇，硬生生忍住没有惊呼出声。

耳边却传来他的低喝声：“该死，你该知道，你越是这样，本王就越有兴趣陪你玩下去。本王要泉城的人都知道，世上最聪明的女人就在本王手里……”

他便是令泉城百姓避之如蛇蝎的济阳王，传言他在济阳王府杀虐姬妾，嗜杀如命，对谁都不曾假以辞色；掌握精兵三十万，独揽大权，朝堂中非议之声不绝，可是当今圣上仍旧未动声色，济阳王也没有被贬谪。

傅锦画仓皇退了一步，挣脱他的钳制，说道：“王爷，你弄痛我了……”

济阳王朗笑一声，盯着傅锦画，目光格外犀利，说道：“你是个聪明人，该知道本王想要的是什么……”

傅锦画眨眨眼睛，手不自觉地触向了竹门，说道：“我不知道，我只知道王爷每个月要我来清音庵，无非是谈及琴、棋、书、画，再者说，我除了这也别无所长。”

济阳王见傅锦画刻意回避，眉头轻蹙，带着讥讽说道：“你何必将我拒之于千里之外？别忘了本王还有一重身份，便是你的姐夫……”

傅锦画身形微颤，回转身时已是浅笑盈盈，淡然说道：“三月后便是婚期，到时候我再称王爷一声‘姐夫’即可。”

傅锦画的话明显激怒了济阳王，济阳王脸上顿时生出阴戾之色，说道：“傅锦画，你明知道只要自己开口便能坐上这王妃之位，可你仍旧不肯在本王面前开口，你是在蔑视本王？”

傅锦画被逼得再无退路，便不再藏锋敛芒，说道：“谁不知道济阳王独揽大权统领朝纲，而我父亲虽位列中丞，境遇却岌岌可危，想要长固傅家的荣华，便要寻一门得力的姻亲，除了进宫为妃，嫁给济阳王无非就是最好的选择。你说，我怎么会蔑视王爷你呢？”

“你倒是看得明白，你父亲傅臣图的心思本王自然清楚……”

傅锦画冷冷地打断他，说道：“既然王爷看得清楚，便知道我父亲不过是攀龙附凤，他又何必在意是哪个女儿嫁给济阳王？于我而言，随波逐流便是上策……”

济阳王周身散发着一股危险的气息，靠近傅锦画，说道：“本王喜欢的便是你这份聪慧，既然不必再藏拙，你说出本王想要什么又何妨？”

傅锦画退后一步，不巧撞上了竹门，后背生痛。傅锦画微蹙眉尖，却说出了令人惊心动魄的话：“王爷想要的是天下……”

“说下去。”济阳王脸上无一丝波澜，静等着傅锦画的后话。

“当今圣上欲纳红颜于后宫，而王爷想要在后宫安插一个得力的角色，能在适当的时候推波助澜，让江山易主，朝代更换。”傅锦画看似说得云淡风轻，其实手心早已冷汗津津，她在赌济阳王不会羞怒之下一掌将自己杀害，毕竟这一年来，她自信对他有几分了解。

济阳王朗声大笑起来，脸上的阴霾之色看似一扫而空，说道：“如果你不是这么聪慧，如果你再稍微愚钝一分，本王就会将你留在身边……”

傅锦画扭过头，望着窗外的梅林，眼神空洞而又悲戚，说道：“留下也罢，进宫也罢，都少不了一样的苦楚，两个不同的选择却是一样的命运。”

看着傅锦画不经意间流露出的柔弱，济阳王内心突然有了一丝松动，不可否认，这个女子触动了自己的心弦，不过，也就是一瞬间的事……

“这一年来，你有没有想过，本王为什么偏偏会选中你？”看这态势，济阳王非要与傅锦画说个清楚，让傅锦画再无逃避的机会。

既然非要捅破这层窗纱，傅锦画便再无顾忌，她用臂膀隔开济阳王渐渐欺压过来的身子，绕开他端坐在倚榻上，仰头看着济阳王，说道：“王爷这话问得好。如果我不将其中的缘由说出来，只怕王爷还以为我在这里沾沾自喜呢！”

济阳王的嘴角勾起一抹似有似无的笑意，静等着傅锦画将话说完，只听傅锦画说道：“因为傅家有四女，各自以镶嵌在名字中的技艺为所长，进宫侍君都少不了恩宠荣华，王爷娶其中一个人便可要挟住其他人，试问泉城还有哪个人家比得过傅家？”

济阳王拍手称赞，说道：“好，越来越合本王心意了。本王知道，选择你进宫就没有错，那么你可知道本王为什么单单挑了你进宫？”

傅锦画握着茶盏的手微微有些颤抖，她用力将茶盏掷于桌上，说道：“我不想知道，也没有必要知道了，不是吗？”

济阳王俯过身来，眼神里闪过一丝赞赏之情，低语道：“本王有几分喜欢上你了，怎么办？”

傅锦画心下一凛，抬起头时早已没有一丝懈怠，说道：“我有自知之明，我与王爷想要成就的帝王霸业相比，不过就是风中一尘埃，片刻的心动抵不过江山在握，不是吗？”

两人一时没有再言语，窗外似是起了风，梅枝轻颤，响起一阵细碎的声音，竹屋外夹杂着凌厉的呼啸声，竹门也被吹得轻晃。傅锦画紧了紧身上的披风，感到一种莫名的寒意。

“再陪本王下盘棋吧！”

傅锦画闻言便去竹屋的内室拿出一副棋来，济阳王说道：“你名为锦画，泼墨写意，冠绝泉城，谁人能想到，你琴、棋、书、画都已到了炉火纯青的地步。单说下棋，本王早年得过高人指点，泉城很少遇见敌手，可你的棋艺本王也是自愧不如。”

傅锦画纤手拈起棋子放置在棋盘上，淡淡地说道：“二姐才是最擅长下棋的人，将来她进了济阳王府，你们有的是机会切磋。”

济阳王冷哼一声，眉目之间有些不屑，说道：“你是说那个时常咯血的病秧子吗？今早她不是还寻死觅活地说不想嫁给本王吗？”

傅锦画微怔，明白傅家的一切都已在济阳王的掌控之中，否则他怎么会知道二姐今早在傅家闹的那一出戏。

“人生如棋，黑白交错。傅锦画，这是你第一次输给本王……”济阳王伸手按住棋盘，任棋子散乱，撒落在地。

傅锦画俯身，捡起或黑或白的棋子，淡淡地说道：“连天下都将会是王爷的，我输给王爷一盘棋，又算得了什么？”

济阳王伸手握住傅锦画的手腕，语气不容置疑，沉声说道：“再过十日，便是泉城择美宴，本王要你在择美宴上一举夺魁……”

傅锦画推开济阳王的手，轻轻地说道：“我知道了。”

不多时，清欢真人来了。自从一年前在这里遇见了济阳王，清欢真人与傅锦画便心照不宣，两人从来没有议论过此事。每次都是清欢真人下帖子，傅锦画到了清音庵便来这竹屋，从不延误。清欢真人的眼神复杂而悲悯，傅锦画却是沉静如水，来去无声。

清欢真人将手里的食盒放到桌上，对济阳王钟华离说道："华离，快些过来，今儿个庆宣王爷的侧妃来请愿，我见她行李里带着几壶酒，知道你是无酒不欢，便要了一壶给你送过来。"

济阳王见到清欢真人，眼神里浮现出少有的温情来，语气却冰冷："庆宣王爷府里能有什么好酒？他前几日因事被皇上斥责，这酒还是留给他消愁用吧！"

清欢真人轻轻摇头，无奈笑道："你与庆宣王自小就要好，这长大了各自封王，倒是生疏了。他心里难过，你还能幸灾乐祸不成？"

济阳王钟华离不以为然，冷哼一声道："谁叫他大哥忘恩负义……"

"华离，不要再说了……"清欢真人听见钟华离的话，立刻面色微变，喝止住钟华离，不叫他继续往下说，随后转身离开。

这还是傅锦画第一次见到清欢真人动怒。清欢真人走至竹门前，长叹一声，说道："他已经死了，还提这些做什么？忘了吧！"

傅锦画隔着竹窗，望着清欢真人清瘦的背影，沉吟道："她来这里，就是想避开尘世，也想维护自己的尊严，可是王爷你偏偏为她疏远庆宣王，她心里只会更加难过。"

济阳王挑了挑眉，说道："你知道当年发生了什么事？"

"谁不知道当年临泉公主钟情于庆宣王的哥哥庆哲王，可终是落花有意，流水无情。庆哲王不满皇上指婚，与心仪的女子双双殉情，一时引起轩然大波。传言临泉公主从此也下落不明，有人说她远嫁他国，有人说她出家为尼……"傅锦画娓娓道来，似是感慨不已。

钟华离微怔，看着窗前深思的傅锦画，突然没来由地发怒，将桌上的酒壶掷于地上，满地碎瓷，一室酒香……

傅锦画微微蹙眉，心里有些恼钟华离的阴晴不定，于是上前俯身说道：“王爷，如果没有别的事，我先告退了。”

钟华离眉尖一挑，冷冽的目光扫过来，说道：“没有本王的准许，你从来不敢擅自离开，怎么这次就敢对本王说声告退？”

傅锦画轻笑，小心地避开一地碎瓷，说道：“王爷，从前是从前，此刻挑明了说，你与我不过就是互相利用的关系罢了。你要的是天下，我要的是傅家平安无事，还有我的锦绣生涯……”说罢，便疾步离开了。

回傅家的路上，傅锦画吩咐车夫将马车赶得飞快，似是怕什么人追上一般。傅锦画深知，如果不对济阳王示弱，不授济阳王以柄，那么济阳王肯定会对自己多几分戒备。说自己贪图富贵，好歹还能让济阳王相信自己决意入宫的动机。

可是傅锦画哪里想到，济阳王在竹屋内，嘴角正勾起一抹了然于胸的笑意，心道：傅锦画，你是聪明反被聪明误，你以为你说自己爱慕虚荣，本王就会小看了你吗？本王夺了天下，皇宫里的女人还能有什么锦绣生涯？

傅锦画回到傅家，才进门不久，便被父亲傅臣图唤到书房。傅臣图忧心忡忡似是想要问什么，却迟疑着没有开口。傅锦画坐在椅子上甚为无聊，见书桌上放着一幅字，细细观摩，说道：“三姐的字越来越好，行似流云……”

未等傅锦画说完，傅臣图便打断她，问道：“画儿，从前你去清音庵总是住上两三日，这次怎么当日便返回来了，难道说……”

傅锦画见傅臣图眼神中闪过的慌张，心里酸痛，于是故作轻松地说道：“爹，放心吧，您想要女儿做的事，女儿都会尽力去做的。”

傅臣图在那一刻有些失色，惶惶说道：“为父现在只担心你二姐，她要嫁的人可是济阳王。她从小任性跋扈就罢了，嫁到济阳王府再不收敛些，只怕少不了吃苦头。”

傅锦画从书房出来时，心情复杂。父亲明明知道济阳王意欲何为，仍要将二姐嫁入济阳王府，看来在父亲心中，亲情还是抵不过权贵荣华。

傅锦画向自己房间走去，路过傅则棋的棋斋时，见到大姐傅素琴在里面好言劝慰着，而傅则棋却不依不饶的，明里暗里说的话都要傅素琴替自己去嫁人。傅素琴温和地笑着，终是没应。

傅则棋羞恼之下，急道："你别以为我不知道你打的是什么如意算盘，你不嫁给那天杀的济阳王，是因为你心里惦记着另一个男人。"

傅素琴不动声色，走到桌子前，用手端着给傅则棋熬好的汤药，慢条斯理地说道："则棋，药可以乱吃，话却不能乱说……"

"你威胁我？"

傅素琴做出吃惊的表情来，说道："则棋，你说我威胁你？你是我的好妹妹，我怎么会威胁你呢？"

"你……"傅则棋气得说不出话来，咳个不停。

傅锦画想要进去劝解，可是想到那样只会令傅则棋羞恼，她相信傅素琴是个聪明人，不会做出鲁莽草率之事。

回到画斋，一直跟在她身后的问雁，显然是听见了傅则棋的话，说道："四小姐，其实二小姐说的事，问雁也知道一二。当年大小姐因为庆宣王迎娶侧妃之事，在琴斋连着三日不眠不休地弹琴……"

傅锦画打断问雁的话，说道："好了，问雁，那毕竟是令大姐难堪的心事，我们又何必再提起来？"

问雁垂着头应了声，正要退到房门外守着的时候，傅锦画唤住她，又略有些迟疑地说道："问雁，你去告诉给二姐熬汤药的丫鬟，熬药的时候要好生看着，不要乱走动……"

问雁微怔，随即明白了傅锦画在担忧什么，应声去了。

到了傍晚，傅锦画带着问雁去大夫人房间用膳，大姐傅素琴早已经到了，依偎在大夫人身旁，手里还拿着一条锦帕，说道："娘，这是我新绣的，你看……"

大夫人见傅锦画走了进来，于是招呼她坐在另一旁，笑着说道："快过来看看你大姐的新绣品，我瞧着比前几日技艺娴熟多了……"

傅素琴微微笑着，似是撒娇一般，说道："在娘眼里，我们姐妹两个哪里有差的地方。你看四妹，平日里从不肯刺绣，可是若真动起手来，只怕娘也会将她夸个不停。"

一旁的问雁听出傅素琴话里有话，明显是在说傅锦画不会刺绣，于是心里不甘，急急说道："其实四小姐不是不会刺绣，她只是从来不肯在人前展露……"

傅锦画轻咳了几声，转头瞪了问雁一眼，还未及说些什么，便看见傅素琴拽着大夫人的手，紧张地说道："娘，我没有说四妹不好的意思……"

大夫人不以为意，看了看傅素琴，又看了看傅锦画，笑着说道："家里四个姐妹，数你性子最好，你怎么会故意数落画儿呢！"

大夫人说完，又紧跟着说道："更何况，你们是亲姐妹，不比那些别的女人生养的。我这辈子啊，只要看到你们姐妹俩都有个好归宿，我死也心安了啊！"

傅素琴听到这里，似是有意无意地说道："娘，马上便是泉城择美宴，到时候好好装扮下四妹，叫四妹夺魁进了宫，咱们傅家也算是有个靠山。"

傅锦画闻言，朝傅素琴看了一眼，傅素琴眨了眨眼睛，一脸的无辜和温善。傅锦画心里冷笑，有些寒心。

大夫人叹了口气，说道："则棋已经许给了济阳王，就不用提了，老爷要你们俩和颜书都能崭露头角，娘自然希望夺魁的是我的女儿——素琴也好，锦画也罢，娘心里都高兴。"

傅素琴和傅锦画说了几句话，安慰着大夫人，又将各自听来的趣事讲给大夫人听，待用过了晚膳，才散了去。

第二章 绣裳

回到画斋，问雁看了傅锦画的神色，小心地说道：“四小姐，其实那泉城择美宴也没什么好的，您如果实在不想掺和进去，到时候装扮得丑些蒙混过去就是了。反正有大小姐、三小姐去争，老爷知道后不会怪罪您的。”

傅锦画轻笑，说道：“问雁，谁说我不会争这一届的花魁？我不但要去争，而且一定要争到才行。”

问雁大吃一惊，她无论如何也没有想到傅锦画竟然说出这席话来，待回过神儿来，便跟着急忙点头，喜道：“好，好，四小姐终于开窍了，这择美宴上王侯将相比比皆是，即便没得头魁进了宫，随便哪个好儿郎都将是难得的佳婿。”

傅锦画失笑，没有言语，见问雁说着说着便开始打趣自己，就叫她先下去歇息了。

次日，傅锦画带着问雁出府之际，问雁惊诧地问道：“四小姐，从前你轻易不肯出府，今儿个没有事怎么就想着出去了？”

傅锦画轻笑，说道：“傻子，你家小姐我要夺魁，不置办几件好看的衣裳怎么行？你也知道府上的裁缝，每次送来的都是一样的花色，我看着都厌烦。”

傅锦画带着问雁去了泉城最大的布庄——裁云布庄。掌柜的将她迎进内室，送上茶水，请傅锦画挑几件合意的布料。傅锦画给掌柜的指了几块，趁着掌柜的拿着布料出去裁剪的工夫，问雁急道：“四小姐，问雁听您说要夺花魁，又嫌家里裁缝送来的布料花色单一，还以为您要挑什么富贵夺目的布料呢，刚才您挑的那几块布料，太素了……”

傅锦画看着问雁急切的模样，失笑说道：“问雁，难不成你以为披金挂银就能夺得花魁？那皇宫什么珍奇宝物没有？皇上看的是才色，不是衣物……”

傅锦画说着话，随意打量着这内室，突然看到有处屏风，屏风后还有拉动绸缎的声音，于是给问雁使了个眼色，问雁疾步上前推开屏风。傅锦画看见有个女子坐在后面，手里还握着针线，神色略有些慌张。傅锦画见那女子身旁全是绣品，知道她肯定是裁云布庄的绣娘。

傅锦画本来不以为意，随手拿过一件绣品来，突然觉得有些不对，又仔细瞧了瞧，才恍然大悟：昨晚傅素琴拿着给大夫人看的绣品，定是出自这个绣娘之手。

这时，掌柜的进来，见此情况说道：“扰了四小姐清静了，芸娘，还不快出去。”

“慢着。”

“四小姐还有什么吩咐？”掌柜的见傅锦画出声拦着，还以为傅锦画要使出刁蛮脾气来为难人，忍不住紧张起来。

傅锦画打量了芸娘几眼，倒是有几分喜欢她的娴静，于是说道：“芸娘是你们这里的绣娘？她平日里都是为谁刺绣？”

掌柜的松了一口气，正待说什么，芸娘已经抢先拜倒，说道：“芸娘是前年流落至此的，芸娘不肯沾惹风尘，所幸还有一门手艺，掌柜的又好心，将我收留在这裁云布庄了。”

傅锦画扫了掌柜的一眼，掌柜的连忙点头附和道：“是，是，芸娘说的没错。她手艺精湛，来了我这裁云布庄，博了不少好名声。如今，许多大家小姐都叫芸娘来做绣品呢！”

傅锦画略微沉吟，心里已然有了个主意，于是叫芸娘拿过布料来，告诉她自己想要的效果。芸娘点了点头，应了下来，并答应择美宴前日定然能够绣好给傅锦画送过去。

出了裁云布庄，问雁有些不以为然地说道：“四小姐，芸娘是裁云布庄的绣娘，咱们可以找她刺绣，别人也可以找她刺绣，都是一样的手艺，也不见得出挑呀！”

傅锦画淡淡地笑着说道：“往日你不曾听说过择美宴上的丑事吗？谁家的女儿为了夺魁，都要千方百计将别人的衣物毁了去，等着吧，会有人在这衣服上做文章的。”

问雁大惊，说道：“四小姐，您是说刚才去定制的衣服，您根本就没想过要穿？只是为了掩人耳目用的？”

傅锦画斜睨了她一眼，佯怒道：“这会儿知道了，又在大街上嚷嚷什么？”

问雁慌忙住了嘴，俏皮地吐了吐舌头，说道：“问雁是突然觉得小姐跟变了个人似的，以前从不跟人争长较短的，这会儿为什么就一定要夺魁呢？”

两人说着话，丝毫没有注意到身后不远处，有人将她们的话听得清清楚楚。问雁指着远处的银楼说道：“小姐，你的头饰大多式样简单，咱们去置办几件式样讨巧的，到时候装扮起来，也能多添几分颜色。”

傅锦画颔首，任凭问雁拉着自己往银楼的方向走，走到巷口几步远的地方便被人拦住。傅锦画抬头看去，眼前是个身材魁伟、目光如炬的蒙面男子。他出手迅疾，点倒了问雁。傅锦画大骇，未及惊呼出声，便被蒙面男子用绢帛蒙住了头。那男子迅速抱起她飞身离去。

仿佛腾云驾雾一般，辨不清方向，待身子软软落地之时，傅锦画才发现自己已经在一座独门独户的小院中。院中有棵梧桐树，满地落叶，尽显凄凉。

傅锦画见院子中有张倚榻，便走过去坐下，打量着将自己掳来的那个蒙面人，镇定自若。

那蒙面人目光中闪过一丝疑惑，问道："傅锦画，难道你不知道害怕吗？"

傅锦画从容不迫地说道："有什么可怕的？如果说是为了劫财，你大可在巷道里劫了；如果说是劫色，泉城娇美女儿家多了去，你既然叫得出我'傅锦画'的名字，便该知道我也不过就是中上之姿，算不上绝色。"

那蒙面人露出的双眼微带着几分笑意，说道："你倒是有几分意思，怪不得……"

蒙面男子说到这里马上止住话，傅锦画转过头不再看他，说道："说吧，你将我带到这里来，是为了什么？"

那蒙面男子先是没有答话，反而做出令傅锦画匪夷所思的事情来，只见他走到院子角落里拿起扫帚，施施然扫起了地上的落叶……

那蒙面男子嘴里还吟唱着什么，傅锦画愕然，存心要激怒他，说道："君子处世之道，光明磊落，你这样行事，难道不觉得有失风度吗？"

蒙面男子一丝不苟地将院子里的落叶扫个干净，将扫帚归置原位，拍拍手说道："可惜了，我可不敢与君子同流，因为我做不到道貌岸然……"

他的话引得傅锦画发笑，要不是强忍着，只怕真要笑出声来。她站起身来，说道："看来掳人跟扫落叶一样，都是公子无聊至极才做的事情，既然无事，我就先回了。"

蒙面人伸臂拦着，说道："这不行，恐怕傅小姐要在我这小院里待上一夜了。"说罢，便出手点了傅锦画的睡穴，傅锦画闭眼之前，看到蒙面人剑眉朗目，眼中泛着捉弄而得逞的笑意……

待到傅锦画醒来的时候，揉着发昏的头，勉强坐起身来，四处望了望，俨然是在傅家画斋自己的房间。

傅锦画刚要下床，便见问雁急匆匆地从外面进来，神情紧张而异样地望着傅锦画。傅锦画心里暗暗一凛，慢慢问道：“问雁，我几时回来的？”

“四小姐是今早才被人送回来的，当时四小姐还昏迷不醒……”问雁欲言又止，过了片刻按捺不住，还是说了出来，“四小姐当时衣衫不整，大家都说……都说四小姐失踪了一夜，回来时又是这副模样，都说四小姐已经被……”

原来，昨日问雁醒来后，回到傅家，傅臣图得知傅锦画被人掳走后大惊失色，而大夫人几近昏过去。傅臣图严令傅家上下不得泄露此事，又命人秘密查访，可是耗费一夜的时间都未曾找到。就在傅臣图与大夫人忧心如焚的时候，门人突然发现傅锦画被送到了府门口，赶紧去禀报。傅臣图看见傅锦画衣衫不整，随即解下自己的披风将她裹起来，命人将她送回画斋。

问雁刚说完，傅锦画还未及言语，便见大姐傅素琴和三姐傅颜书走了进来。傅素琴温善地笑着说道：“四妹，你可醒了，你这一夜不见踪影，可把我们给急坏了……”

傅锦画淡淡地笑着，说道：“让大家担心了，是我的错。”

傅颜书生性泼辣，她娘亲是傅家三夫人，整天在府里挑拨是非，颇招人厌，而傅颜书虽不像她娘亲那般粗鄙，但那张嘴可从不饶人，说道：“四妹，爹知道这事后，已经下令不准让人走漏风声，可是一夜之间这泉城的人还是都知道了，议论纷纷，说什么难听话的都有。其实照我说，要怪就怪那个糟践你的贼人……”

傅锦画下床之际，已经觉察到除了疲惫，身子并无异样，而且小院中那个拥有慧黠而敏锐双眼的人，怎么可能做出那等龌龊事来？

傅锦画几乎没来由地便信了他，听见傅颜书刺耳的话，不冷不热地说道：“三姐，你怎么笃定我被糟践了？我这不是好好地站在你跟前吗？”

傅颜书一怔，没有料到傅锦画会说出这番话来，随即大声说道：“四妹，你这话什么意思？我也没说什么出格的话呀，你是没听见外面的人怎么说，他们说你已经不是清白之身，一定没有颜面再活在世上，我和大姐怕你想不开才过来瞧瞧，你怎么这么不识好歹呢！”

傅素琴站起身来，扯了扯傅颜书的衣袖，劝道：“好了，颜书，锦画也是可怜，遭了这样的难，你就少说几句吧。锦画，你好生歇着，过一阵我再来看你。”

傅锦画不置可否，听见傅素琴临走时嘱咐问雁，一定要好生看着她，千万不要出什么岔子。问雁惶恐地应了下来，过了一会儿进了房间，神色紧张地望着傅锦画，牢牢地盯着她的一举一动，生怕傅锦画真出什么事。

傅锦画哭笑不得，说道：“问雁，你不要这么担心，你家小姐我本来就没有被人非礼，又怎么会想不开去自尽呢！再者说，这身衣服肯定也是你给我换上的，你自个儿说，我是不是好端端的……”

问雁咬了咬嘴唇。原本她脸上早已满是泪水，这会儿又笑出声来，说道：“是问雁糊涂了，一味听人瞎说……”问雁胡乱抹了一把泪，对傅锦画说道：“问雁这就给老爷和夫人说，小姐还是完璧之身，叫那些人嘴巴放干净点……”

“等等，问雁，先不要急着去说，我猜这件事没有那么简单……”傅锦画唤住问雁，摇了摇头。

问雁一怔，眼中突然闪过一丝惊慌，说道：“难道是有人故意败坏小姐的清誉？老爷已经下令不准傅家的人将此事传出去，可这事还是在一夜之间传遍了大街小巷……”

傅锦画冷笑，说道：“择美宴快要开始了，想不到有人这样关注我傅锦画，非要将我推到风口浪尖不可……”

问雁有些迟疑，低低地说道：“四小姐，要不……要不今年的择美宴，还是不要参加了。”

“不，我说过我不但要参加，而且一定要夺魁。”傅锦画伸手揉了揉头，仍旧有些昏昏沉沉的。可是她知道自己没有退路，进宫是她保全傅家唯一的一条路，即便这条路满是荆棘，她也要走下去……

即便傅锦画呈现出前所未有的自信与冲劲儿，一旁的问雁还是有些忧心忡忡，她眼中的四小姐与以往有了太大的不同，这种不同令她感到有些陌生。往常她也一直在心里埋怨，自己侍候的小姐生性懦弱，在府里挣不来脸面，连带的自己也得不了什么好处。现在得知傅锦画要去争花魁，还是在流言蜚语之中要与人一争长短，这让她既感到紧张恐慌，又感到一种隐隐的兴奋……

傅锦画还在思虑着，问雁已经准备好热水让她沐浴。问雁本想在一旁伺候着，却被傅锦画支开了。她需要好好静静心，想一想小院中那个蒙面人的话语之间，到底泄露过什么信息。

香柏木桶材质厚重、纹理细腻。水中撒了些干花，花瓣慢慢被水洇湿，像是恢复了生机一般舒展开来，氤氳水汽伴着花香，徐徐袭来……

傅锦画将软软的身子斜倚在木桶边，闭目沉思。显然，那蒙面人言语间多是调侃，可是却不曾吐露半点儿蛛丝马迹，唯一可以肯定的是，这不是他的本意，他定是受人指使。

到底是什么人一定要自己在择美宴前夕身败名裂呢？如果说，单纯是怕自己在择美宴上夺魁，那也不尽然。要知道傅家四女，除了已经婚配给济阳王钟华离的傅则棋，还有傅素琴和傅颜书，论起容貌来她们还比傅锦画略胜一筹，这事未必会落在自己身上。

傅锦画往自己身上撩着水，玉肌生香。突然间，傅锦画发现自己左臂手腕处有些异样，她抬起左臂仔细看着，越看越心惊，原来是……

门外，问雁说道：“四小姐，大夫人房里的丫鬟过来传话，说今儿晚上一起用膳，给您洗尘压惊。”

傅家三代单传，到了傅臣图这一辈，纳了两个妾，却只生了琴、棋、书、画四姐妹。大夫人生养了两个女儿，便是傅素琴、傅锦画。傅则棋的娘亲二夫人早早病逝了。傅臣图心疼她幼年丧母，所以对她诸多宠爱。三夫人生下的女儿是傅颜书，擅长习文写字，也爱舞动些刀、枪、棍、棒。傅锦画虽是傅家的幼女，但是因为性子沉静，很少与人往来，所以在府里人缘儿并不算好。

因此，这次为自己洗尘压惊的家宴，她去了未必会好过，到时候傅素琴的绵里藏针、傅则棋的冷嘲热讽、傅颜书的明刀明枪，还有三夫人的尖酸刻薄，都要一一接招。

傅锦画沐浴完，问雁进来侍候傅锦画穿衣，懊恼地说道："四小姐，您还是别过去了，不说其他三位小姐明嘲暗讽的叫人听着难受，即便只有三夫人一个，咱们也消受不起啊！"

可是傅锦画又怎么可能不去？不为了别人，也要看在娘亲的份儿上，不是吗？

晚些时候，傅锦画去了大夫人那边。傅家其他三位姐妹都已经到了，连三夫人也一并坐在那里，看见傅锦画进来，马上扬着嗓子说道："四小姐啊，这是哪个杀千刀的作孽啊，你如果还记得祸害你的那个人的模样，回头告诉老爷，叫老爷将他千刀万剐了。"

大夫人沉下脸来，轻咳了一声，有些不悦地瞪了三夫人一眼。三夫人悻悻地别过头去没有再说话。

大夫人起身热络地拉过傅锦画的手，慈爱地说道："画儿，快过来坐下……"

大夫人吩咐丫鬟给傅锦画上了乌鸡当归汤。傅锦画一向闻不惯当归的药味，推辞不喝。大夫人却不答应，好言劝慰着傅锦画，看着傅锦画一口口喝下，才松了口气，马上正色对众人说道："画儿的事，你们几个如果还敢再提起，小心我让老爷请出家法来。"

众人没有应声，都齐齐互望了一眼，撇了撇嘴没有说话。

傅锦画喝了这汤有些难受，众人又是这般态度，见了心烦，于是过了一会儿便辞了众人回画斋了。大夫人也没有拦着，叫丫鬟去厨房给傅锦画准备几样清口的小菜送过去。

傅锦画刚回到画斋，大夫人房里的丫鬟望梅便送过来饭菜。傅锦画只用了几口就不肯再吃。

不一会儿，问雁进来说道："四小姐，老爷吩咐人过来传话，要您去书房一趟。"

傅锦画匆忙从倚榻上起身，叫问雁给自己理了理妆容，便去了傅臣图的书房。傅锦画进去之时，见傅臣图竟然握着一壶酒，有些怅然地坐在椅子上，双眼通红，说道："画儿，你坐下。"

傅锦画坐在对面的椅子上，心里却渐渐有些不安。这是她第一次见傅臣图这副模样，像是受了什么打击一般。只见傅臣图沉吟了许久，似是很难开口，迟疑说道："画儿，今年的择美宴，你不要去了……"

傅锦画闻言如同被雷击一般，霎时抬起头，笑颜仍在，轻轻说道："爹，您是怕画儿如今名声不好，去了择美宴反而会影响傅家的声誉，更会连带着大姐、三姐抬不起头来，夺不了花魁，是吗？"

傅臣图握着酒壶的手，微微有些颤抖，说道："画儿，爹也是没有办法……"

傅锦画站起身来，扬声说道："可是，爹，如果您就这样对我，那么我这一年在清音庵的努力，岂不是白费了？"

傅臣图听见傅锦画有些暗讽的话，一怔，正要开口说些什么，便见傅锦画疾步走出门外，没有回头。

回到画斋，傅锦画吩咐问雁，说道："问雁，你去裁云布庄，吩咐芸娘不要再绣我的衣服，另外……"

傅锦画在问雁的耳边低低嘱咐了几句，问雁眼中惊喜不定，接过傅锦画手里的银票应声而去。

不一会儿，傅则棋来了。她轻轻咳了几声，坐在椅子上，懒洋洋地打量着房间，说道："四妹，你的房间比我的房间都要素净，要是不知情的人还以为你才是庶女呢！不过老天总算有眼，也算是公平。我被爹硬逼着要嫁给那个恶人，你被人给糟蹋了，这样说起来你的下场未必会强过我。”

傅锦画冷眼看着傅则棋，这个只会玩些小聪明的女子。她自小失去娘亲，大夫人对她也算是不错。可是她一味地在傅臣图面前装可怜，为了要傅臣图多关注她一些，便总是想尽办法让自己生病，终是落下这一遇秋霜天便咯血的毛病来。

傅锦画淡淡说道：“二姐，你该庆幸自己嫁的人是济阳王，因为传闻中他虐杀的人只有姬妾，还从未虐杀过正妃。”

此话一出，傅则棋脸上顿时变了颜色，当即怒喝道：“傅锦画，府里人都说你乖巧从不生事，我还一直以为你是别人所说的那副模样，想不到你伶牙俐齿，竟还有这份刻薄心思！你盼着我没个好下场，可我好歹嫁的人是个王爷。你傅锦画被人糟践过，就算是给人做妾也进不了一个好人家……”傅则棋大声说着，仿佛在宣泄怒气。

傅锦画眼神冷厉，一直望着傅则棋默默不语，这令傅则棋面色现出几丝慌忙，起身之际仓皇撞翻了桌上的茶盏，弄得一身水渍狼狈而去。

就在傅则棋走到门口的时候，正碰上问雁抱着几件衣物回来。傅则棋拦着问雁，问雁说道：“这是四小姐昨日在裁云布庄看上的布料，让裁缝当晚赶制出来的……”

傅则棋伸手挑了挑，见颜色素净，没有什么夺目之处，悻悻离开了。

而问雁见傅则棋走远后，掩上门，将衣裳抱到傅锦画的面前。傅锦画淡淡笑着，挑出其中最不起眼的衣裳，从里侧竟然慢慢抽出一卷锦缎来，那颜色如烟霞辉映……

问雁低声说道：“小姐，芸娘已经被问雁安置在别处了，这卷锦缎她叫我交给您，还说这锦缎可以双面刺绣……”

“行了，我知道了。你去告诉娘，就说我身子不适，这几天不过去请安了。”傅锦画将那卷锦缎放置好，亲自去拿出针线盒来收拾着。

问雁说道：“是，问雁这几天将门守好了，不叫人进来发现四小姐在做什么便好。”

就这样过了七日，离择美宴的日子越来越近了。傅家上下议论纷纷，都在猜测今年的花魁会是傅素琴还是傅颜书。而问雁有时也会将从别处听来的话，说给傅锦画，“四小姐，听说大小姐和三小姐也没原来那么亲近了，两个人因为老爷一句话就在席上都横眉冷对的，这下二小姐可得意了呢，话里话外都离不了济阳王府，唉……”

傅锦画听了后，心里不是滋味，说道：“这傅家女儿琴、棋、书、画四种技艺，不过就是企图一日青云的利器罢了，说破了不过就是男人的玩物。你说她们争来争去，什么时候能认得清这个事实。”

问雁听见傅锦画的话，脱口问道：“四小姐，可是您不还是非要去争不可？”说完顿觉失言，连忙掩口，惊慌失措地站在一旁不敢抬头。

傅锦画冷笑着扫了一眼问雁，说道：“问雁，你听我刚才那样说话，心里定是不屑，是吗？”

问雁情急之下，差点儿落泪，急急辩道：“四小姐，问雁不敢……”

“你不必解释，你心里那样想，我不怪你，等以后你就会知道情由了。”傅锦画长叹一口气，倚在窗边，望着外面。画斋外走进一个人，影影绰绰的，未等傅锦画辨清是何人，门就被那人给推开了。

原来是傅素琴，她走进来后轻笑说道：“四妹，这几日也不见你出门。娘说你身子不爽快，我不放心，就过来瞧瞧你。”

傅锦画心里一暖，到底是亲姐妹，亲疏总归有别，眉目间多了几分温和，说道：“大姐，劳烦你挂心了，我还好。就是那日家宴回来后受了凉，身子总是发热，不碍事的，养几天就会好的。”

傅素琴听了后做惊讶状，夸张地惊呼一声“啊”！连声说道：“难不成，难不成是娘那碗乌鸡当归汤……”

傅锦画心下一凛，知道傅素琴是又想借故弄出什么名目来。可是那晚她喝了乌鸡当归汤后确实不好受，再加上大夫人的态度那般热络，难道说那汤里被加了什么东西？

傅素琴上前来，握住傅锦画的手，傅锦画分明感到那双手的冰凉，没有一丝暖意，只听傅素琴说道：“四妹，我听说，那碗乌鸡当归汤里，娘叫人放了药……”

也不知道过了多久，傅锦画的头脑还是一片昏沉，耳边还回响着傅素琴临走时说的话，“娘是怕你有了身子生下一个孽种给傅家丢脸……”

“四小姐，四小姐，”傅锦画茫然地抬头看向问雁，听见问雁急切说道，“四小姐，大夫人叫人传过话来，说要您过去一趟，有事要跟您说。”

傅锦画轻轻“哦”了一声，有些麻木地起了身，一出房门，便被一阵冷风吹得浑身打了个激灵，霎时清醒过来……

傅锦画知道大夫人也是为了自己好，大夫人不清楚其中的内情，难免会多想。可是如果再有什么事情发生，大夫人一定会出面护全自己，不会再让自己受丁点儿委屈。

想到这里，傅锦画也有些释然了，她疾步往大夫人房里走去，迎面碰上了傅颜书，她爽快笑着说道：“恭喜你，四妹，你的好日子近了……”

傅锦画一头雾水，待要问傅颜书之时，见她已经哼着小曲走远了。

进到大夫人房里之时，大夫人正收拾着一堆大红色的锦缎。大夫人见傅锦画进来，扯了其中一匹出来往傅锦画的身上比画着，笑着说道：“画儿，快过来瞧瞧，这件拿来给你做喜服，一定好看。”

傅锦画诧异地问道：“娘，您这是做什么？什么喜服？我怎么听不明白？”

大夫人将锦缎放在一旁，又吩咐丫鬟把锦缎全都拿出去，这才将傅锦画拉到自己身前坐下，说道：“画儿，你爹为你寻了一门亲事，是泉城的御史杨家……”

傅锦画大骇，声音颤抖地说道：“娘……”

大夫人不待傅锦画说完，便轻柔地拍了拍她的手，语重心长地说道，“画儿，娘知道你心里委屈，那杨家公子虽然名声不好，可是杨家在泉城也是说得过去的大户人家，而且你爹还是托了宰相石呈做媒，才将你许给了杨家公子做了妾……”

傅锦画猛然挣开了大夫人的手，正待挽起自己的衣袖来叫大夫人看个究竟，便听见大夫人悲戚地说道：“画儿，你遭了那样的丑事，有哪个好人家肯答应娶你进门？你爹本想让你自行了断好保全傅家的名声，是娘苦苦哀求才让你爹留了你一命啊……”

傅锦画只觉得犹如遭雷击一般，身体一战，喃喃说道：“娘，你是不是也觉得我该死？”

大夫人含泪说道：“你是娘的女儿，娘比谁心里都难受，可是咱们女人活的是张脸面，没了贞洁，就不会受人待见……”

傅锦画忘记是如何走出大夫人的房间的，门外问雁看到傅锦画面如死灰的样子，急忙扶着她回到了画斋。

问雁给傅锦画斟了一杯热茶，说道：“四小姐，您为什么不给大夫人说清楚呢？您明明还是完璧之身，何必要受他们这种窝囊气？”

傅锦画接过问雁手里的热茶，无意识地喝了一口，烫的舌头刺痛，才回过神儿来。

傅锦画苦笑，她后悔了。如果说早在被蒙面人送回傅家的那一日，她告诉娘亲，自己并未被侵犯，那么她也就不需要受姐妹们的嘲笑，不需要喝下娘亲备的药，也不会让爹千方百计地要将自己送进杨家做妾……

可是，现在再说一切都晚了。

嫁入那个恶名累累的杨家吗？杨家公子欺压良妇、巧取豪夺，其父身为御史诸多包庇。本来傅臣图对此也是愤慨不已，想不到今日他竟然要将自己送进杨家做妾！

傅锦画心想，那么先前这一年来，每次去清音庵时，父亲那忧心忡忡、紧张不已的神态又是为何？不就是因为早已知晓傅锦画去清音庵，根本不是去见清欢真人，而是济阳王……

他将一个女儿许配给济阳王，又眼睁睁地看着自己另一个女儿每月去见济阳王，不过就是为了保住他的官位从而维持傅家的荣光。

女儿是棋子，而他有四颗棋子。

深夜，傅锦画并未入睡，她还是连夜赶制自己的墨绣云裳。连着七日来，她都托词身子不爽快不出门，就是为了赶制这件墨绣云裳。傅锦画先是着笔在锦缎上画了画，山水相映伴着淡淡烟霞之色，美不胜收。傅锦画又用银白丝线在山水画外绣了一圈细密的光圈，霎时之间便让这衣裳增色不少……

问雁一边帮着傅锦画穿针，一边说道："自从那日，四小姐叫问雁从裁云布庄芸娘那边拿回咱们选的布料来，外面的人都说小姐您不会参加择美宴了，这回咱们玩个出乎意料的，非叫那些人吓一跳。"

傅锦画苦笑，看着问雁，摇了摇头。她原本决意参加择美宴入宫为妃，是受济阳王以傅家生死为胁迫，不得已才答应的，而现在她却是为了自己，为了不嫁入虎狼之窝的杨家为妾……

次日，问雁侍候傅锦画梳洗的时候，吞吞吐吐地对傅锦画说了个惊人的消息，"四小姐，这可如何是好？问雁听说，老爷将娶亲的日子定在择美宴那天了。"

傅锦画又惊又怒，冷笑着说道："问雁，看来如果我踏错了这一步，以后便再也回不了头了。"

"四小姐，您……"问雁有些不知所措。

傅锦画来到书桌前，奋笔疾书，将一封信递给问雁，说道："问雁，你将这封信连夜送上清音庵，交给清欢真人。"

问雁怔了怔，随即拿着信出了门。

可是，接下来发生的事情令傅锦画始料不及。没过片刻问雁便又匆匆回来了，说道：“四小姐，这可怎么办？问雁刚要出画斋，便被人拦着，说是老爷已经下了令，四小姐没成亲前，画斋的人都不得随意进出。”

傅锦画跌坐在床榻前，看着那件已经要完工的墨绣云裳，愤然说道：“爹阻我外出，却从未阻我自尽，看来他宁愿我死，也不肯将我放出家门。”

“四小姐，我们还是把实情告诉老爷吧，离择美宴只有一日，迟了怕是来不及了。”

傅锦画冷笑说道：“不急，我非赌到最后一刻，谁当初策划了此事，最终一定会露面的。”

到了晚些时候，大夫人命丫鬟望梅送来了凤冠霞帔。望梅说道：“问雁，侍候四小姐更衣，如果明日哪里出了差错，大夫人饶不了你。”

望梅说完，眼睛不经意地扫向了傅锦画，但见傅锦画冷意沉沉，心里没来由地一惊，便没有再耍威风，匆匆而去了。

傅锦画没有说话，叫问雁关上门之后，便急忙赶工，终于在凌晨时分做好了云裳。

第三章 一分惊艳

问雁却在原地踟蹰起来，傅锦画对她的心思了然于胸，知道她定是因为自己不穿着凤冠霞帔，怕被大夫人责罚，当下也没有点破她。

正在这时，有人推门而入，未等问雁反应过来便被点到。待傅锦画看清来人后，大骇，竟是那日在清音庵一别之后无任何音信的济阳王。

傅锦画惊恐地问道：“这里是傅家，你怎么能来这里？而且还是来我的画斋。”

济阳王眉眼带着几分探究，望了望床榻上的墨绣云裳，走过来掂在手里，说道：“果然是一手好女红。”说罢，便探手将傅锦画扯了过去，合身便欺压了上去，双双跌倒在榻上。

傅锦画后背吃痛，蹙眉说道：“堂堂济阳王，还是不要做出有失身份的事才好。”说着话，眉头一挑，似是存心试探一般，继续说道，“别忘了，我如今的身份，是杨家未过门儿的媳妇儿！”

济阳王的手落在傅锦画的腰间轻抚着，傅锦画的身子不由得僵硬起来，正待挣脱，便听见济阳王在耳边慢条斯理地说道：“杨家那个败家子已经被我杀了。”

傅锦画一怔，随即便感觉到济阳王的手从腰间往后背探去，按压傅锦画身上每一寸脊骨，傅锦画不寒而栗，听见济阳王再次用慵懒而威严的声音说道：“这难道不是你期望的吗？难道你还真想嫁给那个浪荡子？”

傅锦画伸手抵住济阳王另一只抚上胸前的手，冷冷说道：“原来指使蒙面人将我掳走，又将这件事闹得满城风雨的人，就是王爷你。”

济阳王握住傅锦画抵住自己的手，俯身轻吻傅锦画的耳珠，低语道：“你要学会柔媚，这样不是很好吗？为什么对本王都是敬而远之的呢？”

傅锦画别过头去，说道：“王爷，我们在清音庵一年相见数次都没有过男女之欢，都是因为我说过一句话，如今你还要我将那句话说出来吗？”

济阳王听见傅锦画的话，有些扫兴，声音低沉，说道：“本王只是想要你能心甘情愿地做事，叫你看清了这些人的嘴脸，你才能不会受亲情的掣肘……”

“可是你不要忘了，王爷当初就是拿亲情这张牌来要挟我的，现在要我放弃亲情，你还怎么掣肘我呢？”傅锦画趁济阳王不备，将他掀翻在一旁，利落地站起身来。

济阳王一怔，随即朗声笑起来，傅锦画生怕有人听见，急忙上前掩住他的嘴。济阳王伸手握住她的手，轻笑着说道：“你倒是出乎本王意料，竟会还有几下功夫？”

“不过就是花拳绣腿，抵不上用处的。”

济阳王看着傅锦画，心里倒赞起她的诚实来，凭她刚才的几分气力，确实不像是有武功根底的人，正待要说什么，便听见外面急匆匆的脚步声传来。

傅锦画惊骇之下，将济阳王按在床榻上，用眼神警告他不要声张，刚上前将床榻上的帘幔拉下来，便见傅臣图闯了进来，急声说道：“这可如何是好，这可如何是好，杨家公子昨晚被人杀死了。”

尽管傅锦画已经从济阳王那里听来了消息，如今还是忍不住心惊，言语之间却故意嘲讽起来，说道：“爹，这可如何是好，您辛辛苦苦为我寻的亲事，就这样泡汤了，这不是逼着我去死吗？”

傅臣图听见傅锦画的话，略有怔愣，一扫眼看见地上躺着的问雁，大惊失色，正待询问，又瞥了一眼傅锦画的床榻，神色惊恐起来，问道：“画儿，你待如何？”

傅锦画神色清冷，低低地说道：“我要去择美宴。”

傅臣图哀声说道，“你定要去那择美宴，要全天下的人都知道你的丑事吗？就算是爹豁出去这张老脸不要，你的三位姐姐怎么办？难道济阳王还肯答应娶你二姐吗？”

傅锦画听见傅臣图的话，犹如万箭穿心，她分明看见傅臣图在说话之时扫了自己的床榻一眼，可是傅锦画不敢回头，那等于向父亲挑明了一切。

傅锦画挺直了脊梁，目光却是生冷的，说道：“父亲，你要的是你的平步青云，而我要的是我的锦绣生涯，杨家如虎狼之窝，你硬着心肠要将我送进去，现在杨家公子已经死了，难道你不许我扭转自己的命运吗？”

傅臣图正待说些什么，犹疑地看了一眼床榻，跺着脚喝道：“画儿，杨家再如何不好，也是为父为你寻的出路。你若一意孤行，将来不要作茧自缚才好。”说罢，摔门离开。

而傅锦画却如绷紧了弦猛然断掉一般，后退了两步撞在桌几上，吃痛才回过神儿来，看向床榻之时，才发现床幔外赫然露着一只镶金丝南珠的履鞋。

傅锦画猛然拉开床幔，见济阳王优哉游哉地晃着脚，说道：“好一场父女斗智的场面，本王如果不是藏在闺阁的床榻间，哪里能够听得到。”

傅锦画这下明白，傅臣图是看到问雁躺在地上，再加上露出床幔的那只靴子，才有所忌讳，答应了傅锦画去择美宴的“请求”。

“你快些走吧，我还要梳妆换衣，怕是不能留你了。”傅锦画转过身不再看他。

而济阳王坐起身来，径直走到她的面前，挑起她的下巴，毫不迟疑地便吻了下去，肆虐而霸道，似是无一分柔情。傅锦画唇齿间有些痛，低吟出声，便觉得济阳王身子一僵。

济阳王离开之际，傅锦画在他身后低声唤道：“哎，王爷……”

傅锦画见济阳王的神色有些玩味，显然是误会了什么，于是急忙说道：“我是想说，问雁……”

傅锦画刚指了指问雁，便见济阳王飞身离开，留下一句话，“再过半个时辰，她自会醒来。”

傅锦画抚着仍旧有些痛的嘴唇，心里却是五味杂陈，茫然地坐在妆台前，看着脸颊间泛着的潮红，才暗暗恼恨起来。

傅锦画换上了那件墨绣云裳，见问雁在地上悠悠醒转，便上前将她扶起。问雁怔愣了下，没有开口询问到底发生过什么，揉了揉头，没有言语便为傅锦画开始梳妆。

又过了小半个时辰，大夫人房里的望梅过来催傅锦画，说是三顶软轿已经在府外准备好了，大小姐、三小姐都已经知会过了，现在就等着傅锦画过去呢！

傅锦画带着问雁来到府外，傅素琴和傅颜书均已在轿前，大夫人和三夫人相伴左右，看见傅锦画出来时，眉头俱是一皱，大夫人上前来拉过傅锦画的手，捏了又捏，嘴里的话就是说不出口。

傅锦画不着痕迹地将手从大夫人手里抽回，淡淡地说道：“娘，如果你是要劝画儿回去，那么还是不要说了。”

傅素琴和傅颜书相望一眼，互相扯了扯衣袖，只听傅颜书说道：“四妹，从前我怎么就没看出来你有这番胆量，被人糟践了身子还敢去择美宴，咱们姐妹只当你非要出这个风头，也就随你了，现在你未过门儿就克死了夫君，你难道不怕泉城百姓的口水将你淹死吗？”

傅素琴浅浅笑着，打量到傅锦画的墨绣云裳时，眼神却格外阴毒，不阴不阳地说道：“四妹，怪不得咱们姐妹去找裁云布庄的芸娘做些针线活，都找不到，原来她这些日子一直为你忙着呢，四妹可真是处心积虑啊！”

傅锦画微微笑着，说道：“大姐、三姐，我去不过就是陪衬，关键还是看你们两位如何夺魁啊。”

傅锦画的话一出，傅素琴和傅颜书面色一变，互视了一眼，各自抬着下巴冷哼一声上了轿子。

几近择美宴，傅锦画才得知，今年的择美宴被安置在济阳王府，天潢贵胄、皇亲国戚、达官贵人，还有各家参加择美宴的千金小姐，都在今天齐聚济阳王府。

才随着傅素琴、傅颜书下了轿，一同走进济阳王府，便见周围人指指点点，有些声音不可避免地传入耳中，“她竟然还敢来参加择美宴？”“听说杨家公子今儿个死了，就是被她克死的。”

傅锦画分明感受到那一道道刺背的目光，或是鄙弃，或是不屑，或是厌恶……

而傅素琴、傅颜书回头望了她一眼，微微蹙眉，便急忙往前快步离开了。傅锦画知道她们都怕被自己的名声牵累，心里忍不住冷笑起来。

远处高台之上，坐着几位华衣锦服之人，傅锦画远远辨认，看见济阳王伴着一位年轻男子坐在那里，傅锦画知道那定是皇上，只不过隔得太远，她并不能看得清面容。

傅锦画心下又好生奇怪，既然看不清皇上的尊容，她又怎么认清了济阳王？难道说是因为早已记住了那模样？

傅锦画随着淑媛们走到台下的屏风后，找了处最后面的座位坐下，才发觉手心里早已浸满了冷汗，她还是怕的，她又怎么能不怕？

带着狼藉的名声参加择美宴，这便是涉险，而她却没有退路。

这次参加择美宴的女子，共有三十六人，除去傅家三女外，还有石呈宰相的小女儿石韵秋、虞老将军之女虞红萼，大家坐在一侧。石韵秋神色倨傲，倒是虞红萼爽朗大方，不时看傅锦画一眼，似是毫无恶意。

不一会儿，济阳王府的管事来安排大家抽签决定出场顺序，大家都想先抽，讨个吉利，于是便一窝蜂地拥了上去。倒是傅锦画还未上前便被人推搡到一边，虞红萼在她身旁扶了一把，傅锦画侧过身道了谢，待到与虞红萼去抽签之时，才发现签筒里只剩下两支签。

虞红萼轻笑着说道："你先来吧，这择美宴于我本就是一个过场，无碍的。"

傅锦画却神色认真，上前将签筒里的两支签一起拿起，看了眼后，再将其中一支签递给了虞红萼。回到自己的座位上心里还在回味虞红萼刚才的话，看来这个虞红萼并不想入宫。

问雁在傅锦画的身旁，看到傅锦画的签次，赫然便是第三十六位，最后一个出场，急切地问道："小姐，您给她的签次又是多少？"

"第一个。"

"小姐……"问雁咋舌，要知道往届择美宴无不以抽中第一签为荣，因为七届择美宴中，帝王竟然选了五位第一签上场的美人，刚才淑媛们抢着上前去抽签，也就是希望自己能有机会选中第一签。

可是，傅锦画竟然甘心将第一签让给了虞红萼，这让问雁如何不惊诧。

"小姐，您不是铁了心要夺魁的吗？而且您即便不想要这第一签，您也大可以换给大小姐还有三小姐。"

傅锦画抬头看向傅素琴、傅颜书的方向，只见那两个人的目光气怒不已，真恨不得要将自己吃掉一般，傅锦画笑了笑，转头看虞红萼正举步上台，英姿飒爽，手里提着的赫然一把追风剑。

虞红萼的剑舞赢来喝彩声一片，傅锦画看着远处台上皇上模糊的笑意，不由得抓紧了身上的衣衫，傅锦画倏地起身，对问雁说道：“问雁，我去后院走一走，你在这里看着吧！”

傅锦画趁着大家注意力都放在虞红萼剑舞上的时候，款款而行至后院。傅锦画靠在梅枝下，长舒一口气。

傅锦画听见内院丝竹声响起，便知虞红萼已经下了场，又换了另一位淑媛献艺了。傅锦画苦笑，被冷风一吹，正待轻咳的时候，突然发觉身后站着一个人，回头之际再度被呛着了，好生难受。

傅锦画一边用衣袖掩嘴辛苦咳着，一边恼怒地瞪着站在一旁阴郁而威严的济阳王。济阳王的眼神中闪过几分笑意，稍纵即逝，沉声问道：“对于夺魁，你有几分把握？”

傅锦画好一会儿才缓过一口气来，仰起头冷声说道：“王爷这么辛苦，将我推到风口浪尖上，难道不清楚我是否能夺魁吗？”

济阳王负手而立，一袭宝蓝色的华服，腰间系着一条金线蟠龙九珠带，英武不凡。济阳王嘴角勾起一抹意味深长的笑意，说道：“好，本王就等着看你如何……”

正在这时，听见远处又一阵脚步声传来，还未走近便嚷嚷说道：“华离，皇上看你久未回去，便要人出来寻你，我便抢着出来寻你，知道定会看见一幕香艳之事。”

傅锦画抬头看去，原来是位二十岁左右的男子，站在远处抱胸而立，不羁轻狂地笑着，济阳王见状微蹙眉，深深看了傅锦画一眼才疾步离开。

济阳王走近那名男子，拍了拍他的肩膀，沉声说道：“寻泽，一会儿叫本王听见你乱说话，本王非要将你府上姬妾的手臂砍下来不可。”

钟寻泽朗声一笑，回头望了傅锦画一眼，眉眼含笑地说道：“你要想砍，不如先砍了面前这位的手臂，要知道她的手臂上还有……”

傅锦画闻言心下一凛，冷冽地瞪了钟寻泽一眼，随即疾步离开，听见身后那轻狂笑声仍旧不断，听得叫人心烦意乱。

傅锦画回到内院之时，问雁正焦急地四处张望，看见傅锦画回来时总算是松了口气，傅锦画失笑，说道："问雁，难不成你怕我临阵脱逃？"

问雁急急辩道："小姐说的哪里话，问雁是看大小姐要登台了，而你又不在此处，将来说起来大小姐保不齐又会怨你。"

管事上台来说道："傅家大小姐傅素琴……"

傅锦画正要上前说话为傅素琴鼓把劲儿，却看见傅素琴有些嫌恶地避开了目光，见状讪讪一笑，又坐了回来。

傅锦画低垂下头，觉得自己的脸面烧得通红，羞愤不已。傅锦画这才发觉，自己可以抗拒天下人的羞辱，却抵不过亲人的一丝鄙夷。

强忍着泪水，傅锦画抬起头，远处台上济阳王分明看向了自己这边，傅锦画微微一笑，心道，钟华离，此刻我和你是盟友，我们至少是站在了一起，你不会瞧我不起，对吗？

再次垂头时，泪水已经落下，落在墨绣云裳上，那用笔着墨的云裳瞬间便有了两处晕染，身旁有人递过来一方锦帕，傅锦画接过来匆忙拭了泪才抬头看，原来竟是虞红萼。

"你既然来了，就该料到这一切，既然一切都在济阳王的掌控中，你还怕什么？"

傅锦画的心猝不及防地被猛然一击，这个虞红萼看起来没有那么简单，她洞悉一切。傅锦画正要开口问，便听见虞红萼淡淡地笑着说道："你不用猜我是怎么知道的，我只不过是刚才去了后院，不小心听见了而已。"

傅锦画不动声色，只轻轻"哦"了一声，静等着虞红萼的后招，因为她知道如果虞红萼别无所求，就不会将此事给抖搂出来，既然开口了，便与要挟无异。

果不其然，虞红萼在她耳边低声说道："我助你夺魁，事成之后，我只要济阳王将我哥哥从边疆放回。"

傅锦画一怔，记起曾经听傅臣图说过，虞家长子虞晋声胸有千壑，出语有点石成金之妙，曾在几年前被济阳王调去边疆大漠，想来已有五年之久。

"你为什么不直接去求济阳王？"

虞红萼站在原处，有些自嘲地说道："如果那么简单就可以让济阳王答应将我哥哥放回，那么我虞红萼早就会进济阳王府了。"

虞红萼说完，见看台上济阳王似是往这处看过来，沉吟再三留下一句话，便转身离开了，"待你上场时，且等着看吧。"

傅锦画有些愕然，抬头往台上看时，三姐傅颜书正运笔行书，那字犹如行云流水、挺秀俊美，座下人都惊呼不已。

问雁在旁边扯了扯傅锦画的衣袖，低声说道："四小姐，这花魁不会叫三小姐夺了去吧？"

傅锦画淡淡地笑着，说道："真若如此，也是天意，你且不要急，待往下看吧，三姐的字好看是好看，却少了……"

傅锦画话音未落，便见一人从座下说道："三小姐的字好看是好看，却少了雄健之风，就像是一个美人，空有美貌，却无身骨。"

傅颜书面色微变，声色倨傲，说道："阁下既然指得出我行书不足，那么定是个中高手了。既如此，不如上台来容我请教一番。"

那人虽未上台，傅锦画已然猜到是何人，定会是刚才后院见过的钟寻泽。果不其然，只听一声朗笑，不羁而轻狂，一个挺拔俊秀的身影落在台上，正是那钟寻泽。

钟寻泽伸手欲接过傅颜书手中的笔，傅颜书眉眼一挑，待钟寻泽握住笔时却没有立即松开手，而是牢牢握住了笔，抬起下巴有些挑衅地看着钟寻泽。

钟寻泽握住笔的另一端，只不过轻轻一挑，已经差点儿叫傅颜书身子扯出几步远，钟寻泽似笑非笑地说道：“看来三小姐有些舍不得手里的笔呀！”

台下已经有人发出哄笑，而远处看台上皇上与济阳王正说着什么，似乎对这边发生的事情并未留意到。

傅颜书面色羞红，恼怒地瞪了钟寻泽一眼，低喝道：“你欺人太甚……”说罢便在钟寻泽不羁的笑声中径直下了台。

傅锦画听见他的笑声心里一动，似是有些熟识的感觉，待要仔细打量他时，发现他早已回到济阳王身侧，与其谈笑风生，傅锦画只得作罢。

再后来的数十个淑媛中，并无出色之人，唯独宰相石显的小女儿石韵秋出挑些，一曲《广寒宫》竟是与傅素琴所奏难分伯仲。

“傅家四小姐傅锦画。”

到最后，济阳王府管事上台来报出傅锦画的名字时，座下人又议论起来。傅锦画这次并未向看台上看去，却分明感觉到有灼热的目光刺向了自己。

傅锦画一袭墨绣云裳，本已夺了七分目光，再加上众人的指指点点，自然便将全场人的视线吸引过来，只见傅锦画款款而行，婀娜娉婷地登台，一时气质无双。

问雁急忙上台去帮着布置笔墨，手脚不停地颤抖，于是傅锦画便叫问雁先行下去候着，自己不慌不忙地铺开了宣纸，纤纤玉手开始研墨。

此时，便听见有人喝道：“傅家四小姐傅锦画乃不洁之身，没有资格登台献艺。”

傅锦画心中一凛，却又暗自松了口气，虞红萼果然是个聪明人，她懂得择机而行，在这个时候抖出这件事来，连皇上也不会不关注此事的。

果然，全场又是一片哗然，谁也不曾料到，虞红萼竟然会在皇上面前揭发此事，连带着将虞红萼也一起议论着。傅锦画分明听见有人说虞红萼是怕自己落选，才抖搂此事吸引皇上注意力。

傅锦画苦笑，虞红萼吸引皇上的注意力没有假，只不过没有人料到，虞红萼是替自己做此事的。

傅锦画沉静如水，一手执袖，握笔的手不迟不疾地着笔作画，不过是寄情于山水，却显出另一番气度来，意境悠远。

那虞红萼显然没有就此作罢，继续说道："皇上，这傅锦画已是不洁之身，可是仍旧参加择美宴，以期得到圣上恩宠，傅家这是欺君罔上之罪，罪当满门抄斩啊！"

此话一出，台下人俱是大惊，满座哗然。

而傅素琴和傅颜书两姐妹相视一眼，相携上台来，朝着皇上那一面跪下说道："皇上，这都是四妹一个人胆大妄为，与傅家其他人无关啊，请皇上明鉴。"

傅素琴一边说着，一边扯了扯傅锦画的衣裙，说道："四妹，你快去皇上面前自请死罪吧，不要牵累了其他无辜之人。"

这时，远处看台上的皇上在钟华离相伴下，已经走下看台，往傅锦画这边走过来，皇上的目光一直落在那幅山水图上，而傅锦画作势便将蘸满墨汁的笔，掉落在山水图上。

"可惜了这幅画……"如同龙吟一般，皇上一出口，四座皆是鸦雀无声。

傅锦画盈盈拜倒，不一会儿便见到两双金丝履靴，未及多想，便听见济阳王朗声说道："皇上，臣见此画，倒是有帝师伍徽泉的几分功底在，您瞧这用墨着笔之处，浑重有力，却不失轻灵之气。"

"画是好画，可还是有瑕疵在。"皇上瞥了眼伏在地上的傅锦画，不以为意地说道，想必皇上还是听信了虞红萼的话，对于跪伏在地上的傅锦画，也看轻了许多。

济阳王眉峰一动，上前说道："皇上，如若她能锦上添花呢？"

傅锦画听到这里，便知济阳王这是令自己补救画上的瑕疵，于是在皇上的默许之下站起身来，只不过一瞥便看清了皇上的龙颜，那眉目如精工妙笔所画，与济阳王身上所带的些许阴戾之气不同，皇上身上倒是多了几分温和。

傅锦画环顾四周，发现众人离座站起，纷纷朝自己看过来，而虞红萼站在远处，眼神明亮而期冀，似是在等着傅锦画翻盘的那一刻。

傅锦画挽起左袖来，露出藕段儿一般的玉臂，众人惊骇。

傅锦画拿过那张山水图，将有瑕疵的地方覆在玉臂上，用笔着墨，又在瑕疵处勾勒一艘小舟，徜徉在无边无际的海洋之中……

待画完后，她将山水图从腕上拿下来放在台面上。傅锦画知道，皇上的目光还是一直停留在自己的左腕处，那里赫然有一枚鲜艳欲滴的守宫砂。

当日济阳王授命蒙面人将傅锦画掳走，将她禁锢一夜，便用壁虎血和朱砂为她点上守宫砂，掀起了她被辱的满城风雨后，于今日用这枚守宫砂，再向天下人昭示，她是冰清玉洁的女儿身。

这枚守宫砂便是傅锦画翻盘的撒手锏，试问还有什么比让一个污名在身的女子突然变成完璧之身更令人注目、更令人心生怜爱的呢？

当今圣上钟银煌，乃是年幼登基，十四岁亲政后就深谙帝王之道，任用贤臣，励精图治，深得百姓爱戴，唯有一点令人发怵，便是钟银煌严令后宫不得干政。

傅锦画记得傅臣图曾经说过，钟银煌宠幸的容妃，曾经恃宠生娇，便忘了钟银煌的忌讳，企图参与政事，被钟银煌得知后，摔碎了一尊九龙玉杯，以“宫闱乱政”的名义当即将容妃赐死，从此后宫再无人敢议论政事。

而如今，每年举行的择美宴，不过就是钟银煌挑选红颜填充后宫的把戏而已，他要宠爱谁，自然便会抬举她的父兄，也会因为厌恶她的父兄而将其打入冷宫。

即便是这样，仍会令天下人趋之若骛，争先恐后地将自己的女儿送进后宫，以期夺得短暂的荣华与尊贵。

“抬起头来。”

傅锦画心神一战，微微抬着头，并不看向钟银煌，便被他伸手勾起下巴来，不期然便与他的目光相遇，傅锦画飞快地垂下眼帘，黑密的睫毛投下如月牙般的浅影，就在这一刹那，傅锦画看得出钟银煌眼中闪过的一分惊艳，这已足够。

济阳王在一旁，起初的波澜不惊早已变成了气血翻腾，强压抑住内心的不快，借机朝虞红萼发怒，喝道：“虞红萼，你诬陷傅家欺君罔上，如今水落石出，你如何给皇上、给傅家一个交代？”

虞红萼毫无惧色，冷冷笑着说道：“王爷，红萼虽然口出妄言，可是却是为了他人做嫁衣裳，这个即便红萼不说，想必王爷也清楚得很。”虞红萼说完，但见济阳王神色微变，不再见怒于她，而是又指着傅锦画说道：“红萼只要王爷做证，她傅锦画立誓做到答应红萼的事情，红萼愿意立即自裁于圣上面前。”

济阳王转身看向傅锦画，傅锦画避开他的目光，走到虞红萼的面前，说道：“我无须立誓，你也无须自裁，我答应你便是了。况且你先前并不知详情，却敢于在皇上面前说出此事，忠心可嘉，皇上怎么会责罚于你？怕是奖赏还来不及呢！”

钟银煌朗笑着说道：“有意思，有意思，今年的择美宴比往年有趣得多。”钟银煌顿了顿，看向济阳王，将这几个字咬得格外重，说道，“济阳王，你费心了。”

钟银煌夸赞今年的择美宴有意思，本来令傅锦画松了口气，却在听到他说出后一句话时心下一凛，不由得紧张起来，飞快地扫了济阳王一眼，只见济阳王慢条斯理地说道：“臣惶恐。”

所幸，钟银煌并未在这件事上多加议论，而是重新将目光落在傅锦画的身上，似是打量，似是审视，片刻后便朗声说要回宫。

众人一惊，纷纷跪送钟银煌起驾回宫，见钟银煌刚上了龙辇，便忍不住议论起来，往年都是当场宣读谁家女儿夺了魁，为什么今年却是连提也未曾提就走了呢？

钟银煌一走，众人显而易见地都松了口气。有些浪荡子弟开始肆无忌惮地打量起各位淑媛来，有些竟然还口出秽言调笑几句，却被济阳王听见，顿时勃然大怒，要不是有人求情，济阳王当场斩了那人的心都有。

众人逐渐散了去，傅锦画却被济阳王以切磋画艺的理由留下。

书房内，傅锦画眼看着济阳王将几个花瓶摔碎后，带着几分讥讽说道：“怎么皇上越满意，王爷您就越生气呢？难道要皇上对我存几分喜欢的心思，不是王爷您当初煞费苦心要得到的结果吗？”

济阳王铁青着脸，上前来一把掣住傅锦画的手腕，低声喝道：“傅锦画，我警告你，不要试图来挑衅本王的耐性，本王对你已经足够容忍了。”

“王爷难道不想知道虞红萼究竟是为了什么，才肯冒险说出那番话来？”

果然，济阳王对这个问题很感兴趣。

傅锦画一怔神的工夫，便感到手腕上的禁锢猛然一松，身形不支便跌坐椅子上。她揉了揉有些酸痛的手腕，听见济阳王问道：“虞红萼要你答应她什么事？”

未待傅锦画回答，济阳王却有些顿悟过来，说道：“难道说还是因为她哥哥虞晋声的事情？”

“既然王爷猜得出，便知该如何做了，我不便在王府多留，先告退了。”其实，傅锦画没有把握济阳王会答应此事，但是她必须要赌一赌，既然势必要颠覆这殇离朝，那么还不如先让自己将这一池清水搅浑了……

第四章 踏破红尘

傅锦画未待转身，便听见济阳王低声喝道：“虞晋声不可能回朝，他虞家自诩为忠良之臣，却处处与本王作对。”

傅锦画轻笑，语气却不由得带了几分尖刻，说道：“想不到堂堂济阳王也有忌惮的人，那个虞晋声已经在边疆五年，就算曾经是池中龙，现在也翻不了多大的浪吧！”

出乎傅锦画的意料，济阳王并没有被她的话激怒，而是面色阴郁地说道：“如果你有机会见到他，便知道本王为何会这么抬举他了。”

这样说来，傅锦画倒是对这个虞晋声有了几分好奇，难道他真如传言中那般灵杰不凡?

许久，两人没有出声，济阳王突然递给傅锦画一个小小的玉瓶，说道：“拿着，如果能派上用场，就要当机立断。”

傅锦画霎时明白过来，这玉瓶之中定是藏着剧毒。她接过玉瓶来，手指微微有些颤抖，长舒一口气才缓了心情，又待了片刻，便辞了出来回傅家了。

傅锦画带着问雁刚进傅家，便见大夫人房里的大丫鬟望梅在一旁候着，见到傅锦画回来便上前说道：“四小姐，老爷和夫人在前厅等着您过去呢。”

傅锦画让问雁将随身带着的笔、墨、纸、砚送回画斋，自己随着望梅进了前厅，见傅臣图和大夫人、三夫人在，傅则棋也在，反而是傅素琴和傅颜书不知去向。

傅锦画刚迈步进去，便听见三夫人尖声尖气地说道：“哟，咱们傅家的大功臣回来了，这下可再没有指指点点说骂的人了。四小姐，我可真想不到你竟留了这么一手，别说咱们瞠目结舌，就是整个泉城的人此刻怕是仍在奔走相告、议论纷纷呢！”

傅臣图瞪了三夫人一眼，随后对傅锦画说道：“画儿，那虞红萼上台说话的时候，为父都捏了一把汗啊，想不到，想不到……”

“想不到四妹竟然布了这么一个局，将咱们自家人都套了进去，先是令自己名誉扫地，然后再一招制胜。四妹，曾几何时你竟然变得这么心机深沉了？”傅则棋轻轻咳着，接过傅臣图的话，好不刻薄。

傅锦画苦笑，她哪里布了什么局？难道她自己不是局中人吗？

或许此生都要为人所控，想到这里，傅锦画握着手中的玉瓶紧了又紧，济阳王给自己这个玉瓶，其中另一重意思也是显而易见的，那么就是事败之后，这玉瓶之中的剧毒就是要她傅锦画自己服下。

傅锦画说道：“你们这是在怪我，没有向你们说出实情来吗？”

“画儿，你总该对爹娘说清楚这件事的。”

大夫人上前来，挽住傅锦画的手，想拉她在旁边坐下，谁知傅锦画却避开她，独自在另一边坐下了，大夫人一怔，脸色微微有些僵硬。

傅锦画说道：“是不是我对你们说出实情后，也不必劳你们大驾，请宰相石呈去杨家给我做媒了？能找到杨家这样的人家，你们也算是费了心。”

大夫人面色有些不好看了，低声阻止她，说道：“画儿，你这是怎么说话？”

傅锦画却越说越有几分怒气，说道：“你们只是说得好听，我不洁之身名声在外，你们将我许给杨家做妾，不知情的人还以为你们到底有多疼爱女儿，其实，你们要我嫁给杨家做妾的初衷，只不过是因为……”

原来，杨家与宰相石呈关系匪浅，而石呈与傅臣图又一向交恶，明争暗斗多年。这次傅锦画被误认为不洁，也就失去了对济阳王依仗的机会，所以傅臣图不得不向宰相石呈低头，这才将傅锦画许配给了杨家公子做妾。

而且，如果一旦傅臣图得势，与宰相石呈公开叫板的时候，那么牺牲掉一个没有利用价值的女儿，也不见得会损失什么。

“住口，画儿，你太令为父失望了，咱们傅家原是本朝最有名望的门第，现在被那宰相石呈踩在脚下，为父如何甘心？你身为傅家女儿，就该尽好自己的本分，为傅家出一份力。”傅臣图的面色涨红，因激动而嘴角颤抖着，突然便捂着胸口喘息不匀，大夫人、三夫人齐齐惊呼着围了上去。傅锦画见状，垂了眼帘闭目长舒一口气，走出房门外。

傅锦画命人去请大夫，自个儿便在门廊下候着，待到看见大夫急匆匆赶过来的身影，便离开了。

回到画斋，问雁欲言又止，终究还是将心里话说出来，“小姐，您还是跟原来一样好一些，再这样下去，只怕……”

傅锦画接过问雁奉上的茶水，轻轻抿了一口，说道：“问雁，你是怕我言语过激，与家里人反目成仇吗？”傅锦画将手里的茶盏置于桌上，轻声说道：“如果真能做到那般，于我、于傅家说不定都是一件幸事，怕只怕，我这一生也无法逃脱傅家的枷锁了。”

问雁站在一旁，没有言语，目光中藏着几分悲悯与茫然。傅锦画看了终究有些不忍，淡淡地说道：“问雁，你自小便跟着我，我待你也一向比自家姐妹都亲近几分，如果你心里有事，便放心说给我听。”

问雁听见傅锦画的话，眼神闪烁了下，随即别过头低低地说道：“小姐，问雁无事。”

正说着话，便见房门突然被人大力推开，傅素琴面色酡红带着几分醉意地闯了进来，指着傅锦画哭哭笑笑地说道：“四妹，四妹，我的好四妹，你就是要你的大姐被人取笑，在这个世上活不下去吗？”

傅锦画一惊，忙催着问雁去给傅素琴沏杯浓茶，自己扶着傅素琴在床榻上坐下，便听见傅素琴怨恨地说道：“你明知道我先前因为庆宣王已经被人嘲笑过，这次我便想着夺魁能一雪前耻，可是你竟然剑走偏锋，让皇上过目不忘。”

傅素琴握住傅锦画的手腕，那力道之大令傅锦画吃惊。傅锦画紧了紧眉头，便听见傅素琴醉眼蒙眬地又说道：“咱们四姐妹中，你不是最出色的，对吗？”说完，身子一歪，便卧在榻上睡了。

傅锦画松了口气，扯过锦被来给她盖上，看着傅素琴仍旧湿润的眼角，却也存了几分怒气，心道：傅素琴，你当初心高气傲，心心念念要嫁给庆宣王之时，何曾踏进我这画斋半步。现在又跑来兴师问罪，难道你以为我想要踏进那遍地都是嶙峋弃骨的后宫吗？

突然，问雁从外面匆匆进来，急声说道：“小姐，芸娘让人捎过信来，说不好再待在偏院闲着，问您需要什么花样的绣品，她给赶出来。”

问雁正说着话，见傅锦画微蹙着眉头朝自己使了个眼色，当即轻咬着嘴唇不再吭声。傅锦画回头看了傅素琴一眼，只见她似是已经熟睡，松了口气。于是扯着问雁出了房门，说道：“问雁，你去给芸娘多送些银两过去，叫她安心待着。”

问雁却是满脸的疑惑，说道：“小姐，这个芸娘只不过是绣工好了些，可是也强不过您几分，即便您想找她做绣品，将她留在裁云布庄随时去找她好了，现在把她安置在偏院，又是为何？”

风又起了，这深秋时节露重天寒，傅锦画不由得打了个寒战，咬着牙关说道：“到时候你便知道了。”

问雁正要离开，傅锦画又唤住她，说道：“问雁，你再去伢婆子那里挑两个伶俐的丫鬟，多给她们家里些银两也无妨，但是记着，一定要家人在泉城的。”

“小姐，找来两个丫鬟，一时可如何安置？”

“先将那两个人一并送到芸娘那里去，至于之后如何安排，再听我的消息吧！”傅锦画催着问雁快些去，又嘱咐问雁带足了银票。

问雁还有话想要问，张了张口，却终是没问出来，止住话依言而去。

傅锦画折身回了屋，见傅素琴还是熟睡的模样，便也没有疑心她听到些什么，抱过另一床薄被来，在榻上拥被而坐，心里却还在想着芸娘和另外两个丫鬟的事。

如果自己要进宫，那么身边势必要有几个贴心的宫女，问雁倒是可靠，可惜人老实了几分，后宫尔虞我诈的生活，只会令她疲于应付。所以，傅锦画这才想多物色几个人，悄悄送进宫，到时候自己进宫后，再慢慢将人揽到身边为己用。

就这般思虑着，一直迷糊到凌晨才小睡了片刻。

问雁从外边回来直接进了房间，带着一身的寒气，打了个喷嚏就将傅锦画惊醒了。傅锦画当即也不再贪睡，下了床榻。

傅锦画唯恐房间里的动静再将傅素琴惊醒，于是将床幔放下来，压低嗓音吩咐问雁伺候自己梳洗，然后坐在妆台前。问雁低低地说道：“小姐，问雁已经将那两个丫鬟送到芸娘那里去了，两个人一个叫冬晴，一个叫秋露，都挺伶俐的，模样也俊俏。”

傅锦画一时倒也没有想到问雁动作竟然这么快，来不及知会芸娘一声便将人送了过去，到底是否妥当，傅锦画还拿捏不清，于是问道：“芸娘见了人，说什么了吗？”

问雁一边给傅锦画梳着发，一边说道：“那倒没有，可是问雁见芸娘那模样，也似是心知肚明一般，估计知道小姐想要做什么。小姐，问雁看那芸娘，怎么觉得她不像是一般的绣娘呢？她有些太过于聪明了。”

傅锦画轻轻“哦”了一声，却没有接话，聪明有聪明的好处，最起码她懂得审时度势，不会做出些愚钝不堪的事来。芸娘是否大有来头，她不知，但是她知道当初将芸娘从裁云布庄带了出来，绝对是明智之举。

问雁帮傅锦画梳妆完毕，便去了小厨房。

不一会儿，傅素琴悠悠醒转过来，起身下了床榻，望着傅锦画淡淡地笑着，倒是令傅锦画顿然生出几分寒意来。

“四妹，你叫问雁挑的两个丫鬟，父母均在泉城吧？”

傅锦画闻言一震，顿时面色有些惊变，望着傅素琴的眼神多了几分戒备，只听见傅素琴带着几分得意，啧啧了几声，又说道：“四妹，瞧不出你竟有这份心机，冬晴和秋露的家人都在泉城，也就是在你的手心里掌控着，她们忌惮这一点，将来又怎么敢做出背叛你的事来。”

“大姐，有些话你心里明白也就罢了，仿佛你跟二姐说过这么句话，药可以乱吃，话却不可以多讲。”傅锦画面色如常，镇定地说完，便见傅素琴狠狠瞪了她一眼，疾步出去，差点儿撞上端着饭菜回来的问雁。

问雁给傅锦画布好菜，迟疑问道：“四小姐，大小姐不会到处乱说吧？”

“她也算是个聪明人，不会不晓事的。”

“说的也是，大小姐进宫无望，将来还要依仗四小姐您在宫内的恩宠，寻得一门好的亲事呢！哎，如果能将大小姐许给庆宣王的话，说不定大小姐还能感激您一辈子呢！”

傅锦画望着一脸天真的问雁，苦笑着说道：“世事怎可能这般如意，当初庆宣王不喜大姐，即便将来大姐嫁了过去，也不会幸福的。如果她真的要选一个两情相悦的人，那么说什么我也会成全她。”

傅锦画只用了几口清粥，便不肯再吃。问雁正要再劝，便见大夫人房里的望梅匆匆闯进来，一脸惊喜和恐慌地说道：“四小姐，圣旨到了，老爷夫人叫您去前厅接旨。”

傅家前厅。

傅家琴、棋、书、画四位小姐均已到齐，以傅臣图为首，大夫人、三夫人相伴左右一同接旨。傅颜书挨着傅锦画，凑在她的耳边低声说道；“四妹，不要以为我看不出这件事是济阳王在背后指使的。”

傅锦画脑中“嗡”的一声，圣旨说了什么她也没听到，只是在使臣走后，众人统统将目光落在她的身上。大夫人惊喜交加，上前挽住傅锦画的手，说道：“画儿，这是咱们傅家的造化啊，该当你有这样的好命。”说着，大夫人竟然落了泪。

众人神情各异，齐齐落在傅锦画的身上，傅锦画勉强地笑了笑便疾步离开了。

次日，便是她要踏出傅家的时候。如若她知道从此命运犹如一篇奏响悲戚哀痛的乐章，一幅泼落红泪泣血的画卷，她究竟还能否踏出那一步？

夜深了，傅臣图在画斋外徘徊，殊不知问雁早已通报给傅锦画了。傅锦画却不想出门去见他，见了又当说什么呢，傅臣图无外乎是要说凡事要以傅家为重之类的话，她傅锦画懂。

先前大夫人、三夫人都曾来过，大夫人泪眼蒙眬、诸多不舍，三夫人却存了几分小心谨慎，还明里暗里提了提傅颜书，希望傅锦画将来能多提点她。

傅锦画一一应下来，却心生苦涩，那皇宫内早已是佳丽三千，她傅锦画进宫后到底能不能夺得盛宠，谁又可知？而且那日相见，傅锦画也看得出钟银煌绝不是庸王昏君。

问雁在一旁收拾着东西，不经意地说道：“想不到皇上这次竟然一同册立了三个妃子，韵妃、虞妃，还有您画妃。您进了宫，问雁觉得倒是可以与虞妃多亲近几分，至于那韵妃，您还是少招惹为妙。”

傅锦画一怔，她没有听清楚圣旨上的内容，所以并不知道皇上册封了三位妃子。那么这样一来，今年的择美宴破了先例并没有选出花魁来。

“无妨，该来的且来，我们始终躲不开。”

傅锦画将头上的珠钗取下，任凭墨发披散在素衣之上，卧在床榻上，低声说道：“问雁，我乏了，歇一歇。你去告诉她们，明早上我谁也不见，让轿子进画斋接我出傅家。”

待到清晨，天色朦胧。丝竹锣鼓奏响，人声鼎沸，熙熙攘攘，傅锦画便在如此盛况之中，踏出画斋。回首望去，画斋积雪未消融，此去宫门深似海，罢了，罢了，莫回头，空余遗恨。

傅锦画坐在明黄软轿内，隐约听见大夫人压抑的哭声，以及远处传来的几声冷笑。傅锦画闭目叹息，别人看这傅家名重天下，却不知其实是个纳污藏垢之地。

问雁亦步亦趋，不时地掀开轿帘向傅锦画小声说着轿外的一切。傅锦画有些不耐，心里仍旧是五味杂陈，在听到问雁说刚才路过了济阳王府时，更加郁结于心。

突然，傅锦画在轿内听见远处刀刃相击的声音，伴着问雁刺耳的惊叫声。傅锦画正要喝问，不料软轿顶端竟被一把长剑斩落，惊魂失魄之时便被策马而来的人一把抓起，绝尘而去。

在场的人，谁也没有想到竟会发生如此变故，待回过神儿来，掳走傅锦画的人早已不见踪迹，只余下一队拼命厮杀的死士。

或许是受不住颠簸，傅锦画伏在马背上死死抓着那人的手臂，胃里翻腾，只觉得要呕死一般，听见骑马的男子一声低喝“该死”！马儿的速度渐渐放缓。

骑马男子勒紧缰绳，马儿停了下来。傅锦画勉强支撑着抬起头来，却被眼前这个蒙面男子冷冽阴戾的眼神给震慑住了。傅锦画倏地心惊，松开了那人的手臂，不料竟从马背上跌了下去，结结实实地摔在了地上，痛得倒吸一口凉气。

未等起身，便见周围丛林中蹿出一群人来，齐声向骑在马上的男子见礼。有一个年纪稍长的头领上前说道："禀告楚王，前路已经被殇离朝官方围截，而齐将军的人马还在三百里外等待接应，属下只怕……"

"怕什么？我们手里既有画妃，还有泉州城知府的手谕，乔装成官商一路行至边关，怕也不难。"

傅锦画艰难地站起身来，紧咬着牙关不肯露出一丝惶恐之意，那马背上男子的冷笑声竟是如此阴狠，令人不寒而栗。

此去边关何止千里之遥，此人竟然有这样的自信！难道除了泉州城知府的手谕，他手里还有别的筹码？

突然之间，傅锦画看到了马背上男子腰间别着的匕首，刀鞘上雕刻了一只凶狠阴戾的鹰。原来他竟是敌国皇子耶律楚际……

据说元熙朝皇子耶律楚际出生之时便遭遇宫变，母妃被杀，耶律楚际被宫人抱着逃到野外才躲过一劫。他自小饮豹乳、噬鹿血长大，又在山间偶遇高人，拜在名师门下，所以武艺非凡。后来被元熙朝皇帝接回宫中加以调教。

而济阳王当年镇守边关之时，也曾与耶律楚际交战，只是那时耶律楚际年幼，不敌济阳王。如今谁承想，耶律楚际竟然潜进殇离朝，将皇上迎娶的画妃掳走，这简直就是惊世骇俗之举。

耶律楚际手下的人动作极为麻利，不过片刻工夫就已经乔装为官商模样，用布匹将刀剑裹了，装在马车的箱子里，耶律楚际也换了一套普通富商的衣着。

自始至终，耶律楚际一直骑在马上，见傅锦画仍旧是那身凤冠霞帔衣着华丽，微微蹙着眉头。耶律楚际骑着马悠悠地行至她的身边，将她揽在马背上，用自己的披风将其裹住，外人自是看不出傅锦画原有的衣着。

队伍缓缓而行，耶律楚际似是不怕官兵追赶，环着傅锦画的身子握住缰绳慢慢驱赶着坐骑，许久才低沉问道："你难道不怕吗？"

傅锦画沉默，心里却生出几丝不屑来，但见耶律楚际有意无意箍紧的臂膀，才被迫道来：“你既然到现在也不肯杀我，那么我自是对你有用之人。既然如此，我不向你提任何条件已是难得，还有什么好害怕的呢？”

耶律楚际或许是没有想到傅锦画竟有这般见识，微怔之下，才冷笑着说道：“想不到你这个女子口舌竟是这般尖锐，待出了边关，本王看你如何张狂。”

“此去边关路途遥远，依着这般行程，没有数旬想必到不了边关，难道你以为殇离朝的人历时数旬都抓不住你？”

耶律楚际的冷笑声更加刺耳，傅锦画眉头紧锁，只听他说道：“别说数旬，只要有人肯放行，本王想在这殇离朝潜龙十年，想必也不会被人找到。”

傅锦画其时不再出声，她知道耶律楚际能潜进殇离朝，其中的情况肯定比自己料想得更加复杂，将前后因由思量之后，对于自己会被掳还是有些疑惑。

宿至野外之时，耶律楚际将自己的毯子扔给傅锦画。傅锦画并未伸手去接，并将自己心里的疑问说了出来：“当今圣上封了三位妃子，韵妃乃石显之女，其父乃是当今丞相，权倾朝野。虞妃兄长镇守边关，乃万人难敌的奇杰，她们都有父兄可以依仗，相比之下，你掳走我这个筹码岂不是轻了许多？”

耶律楚际冷冽的眼神扫过傅锦画，傅锦画只觉得浑身似浸入冰窖之中一般，待他走远后也未能暖过身来，只好紧紧裹着他留下的毯子，却仍旧冷得牙齿打战，不能自持。

就这般行至三日，队伍再慢也远离了泉州城，而且傅锦画发现前无伏兵后无追兵，耶律楚际这位掳走当今圣上妃子的敌国皇子竟要这般大摇大摆地踏出殇离朝？

傅锦画不似当日那般沉得住气了，见耶律楚际几日来仍旧戴着面纱未曾摘下过片刻，不禁行了口舌之利，出言讽刺道：“耶律皇子乔装而行，难道果真是见不得人的吗？”

耶律楚际眼若寒星，漆黑的眼眸透出一股寒光，令傅锦画有些后悔所出之言，只听见他含怒喝道：“不要在我面前耍弄这些小聪明，要知道我并不是济阳王，不会跟你玩这些欲擒故纵的把戏。”

傅锦画闻言当即一震，有些不可置信地抬头看去。耶律楚际俯身在傅锦画耳边低喝道：“你以为本王怎么可以畅行殇离朝？”说罢，不无得意地轻狂大笑起来。

傅锦画明白耶律楚际在暗示自己，这是济阳王向耶律楚际行的方便。傅锦画心绪起伏，双手紧握，指甲深陷手心，一遍遍告诉自己这不可能，济阳王难道不是还想利用自己进入皇宫，为他将来成就帝王霸业吗？

他怎么会轻易让耶律楚际将自己掳走？难道说，自己在济阳王的眼神中发现的那一丝丝心动，不过就是自己的幻念？

傅锦画苦笑，有些不能自已，傅锦画啊傅锦画，难道你被掳之后不是一直都在希冀济阳王会持剑来解救自己吗？

傅锦画明白自己该认清一个事实：将希望寄托在别人的身上，是大错。

或许是看出傅锦画想要逃脱的意图，耶律楚际俯身靠近傅锦画，有些玩味地说道：“本来我可以挑断你的脚筋，可是那么一来，殇离朝的皇上怕是不会再想要一个断了脚筋的妃子。到时候，殇离朝倾巢而出的兵力，就不知道是想要我的脑袋，还是你这娇滴滴美人的项上人头了。”

与其留着一个身带残疾的妃子做了别人手中的人质筹码，还不如一并杀了干净利落，耶律楚际不愧同为皇室之人，深谙为君之道。

风卷红尘，西风苍凉，看那青丝凌乱、泪眼婆娑，一并归于尘泥。

十余日过去，傅锦画早已不堪奔波，体力耗尽。耶律楚际命人找来马车，上面铺上厚厚的棉褥，让人扶着傅锦画卧下。

起初也算是无事，可是没有想到，傅锦画一歇下来却陡然发热，陷入昏迷之中。耶律楚际阴沉着脸，命人找来大夫给她医治，待傅锦画退热醒来之后，却发现自此之后耶律楚际弃马乘车，轻易不再下车一步。

似是风又起了，吹得车帘飞卷，风卷着雪花灌进了车厢，傅锦画本能地别过脸去，只听见耶律楚际一声冷笑。傅锦画轻咬薄唇，斜睨了他一眼，除了不期然地碰上那冰冷的眼神外，再无其他。

这些时日以来，傅锦画并未曾见过耶律楚际的面容，她小心地蜷缩在车厢的一角，尽量避免与耶律楚际言语，所幸耶律楚际终日不过是端坐其中，不曾理会过傅锦画。

这日下午，因人困马乏，耶律楚际一行人在山脚下歇息。

耶律楚际闭目假寐未曾下车，而傅锦画悄悄掀开车帘，见山脚下几处岔口，而耶律楚际的手下都在远处候着，于是心里有了主意。

傅锦画轻咳一声，见耶律楚际眼皮微抬，低声说道："耶律皇子能否先下去一会儿？我……我要更衣。"

"你要记得我的话，不要玩什么花样，否则……"

耶律楚际眼神深邃，默默地瞥了傅锦画几眼。傅锦画如坐针毡，见耶律楚际下了车往部下那边去时，摘下自己的发簪，掀开车帘往马股之处狠狠刺去，马儿顿时吃痛受惊，狂奔而去。

马车颠簸，傅锦画一手死死抓着车厢内侧的横木，一手将身旁的车帘用力扯下，待路过岔口之时，奋力从马车上跳下，掩藏在山石之后。听见耶律楚际一众追着马车而去的声音远去，才缓缓站起身，往另一处岔口而去。

傅锦画怕耶律楚际发现车厢内无人，再返回来追赶，于是弃了官道择小路而行。裙衫拖曳不便于行走，傅锦画用力将衣衫裙摆撕成条缠在手上。

可是，傅锦画毕竟不识路，走了两个时辰，早已辨不清方向。茫茫白雪覆盖大地，前无炊烟，后无退路，一路行来，已是不知摔了多少跤，傅锦画不敢停留，跌跌撞撞地艰难而行。

傅锦画本身畏寒，现在雪地里行走，早已冻得手脚发麻，几度失去知觉，所以再一次摔倒后，便无论如何也站不起身来。

卧在雪地之上，傅锦画苦笑不已，想不到自己竟然命丧此处。如果人生讲求命缘之说，那么她傅锦画是不是最终逃不过这重劫数。

风又起了，雪越下越大了。傅锦画心里明白，如若此前耶律楚际还能凭着脚印寻到自己，可是雪花一落，自己的脚印被掩盖，便了无痕迹。这样一来，自己唯一的生机也被断送了。

或是沉迷死亡的声息，或是惧于严寒的麻木，傅锦画终究沉沉睡了过去……

待傅锦画醒来之时，天色昏暗，眼前一片眩晕。傅锦画勉强撑起身子，见自己已是在车厢之内的厚褥上。

傅锦画心下一惊，正要掀开车帘往外看，但见一人出手迅捷，将自己硬生生地从车厢里扯了下去，重重摔落在地上，只听一声怒喝：“傅锦画，你可知道，如若本王再来迟半步，你就会被埋在冰雪之下，这世间便再无你这个人！”

原来竟是济阳王。

有那么片刻，傅锦画竟然感觉到心安，她的眼神中藏着几丝温润，苦笑着缓缓说道：“你怎么会找到我？也罢，许是我命不该绝，既然未曾受尽世间苦楚，老天爷又怎么会放任我这样死去？”

济阳王俯身上前，伸手捏住她的下巴，狠狠地说道：“你给本王记着，你答应本王的事还未做，怎么能就这样死了，本王不准你死！”

“哦，我知道了。”

傅锦画心里一动，声音越发低落，有些纠缠不清的思绪惹得自己心烦意乱。刚才跌落在地上犹自生痛，这会被济阳王用力捏住下巴更觉不适，于是欲推开他的手，当触到济阳王的手时，才发觉他的手温温热热的。傅锦画不自觉地握住了他的手，轻轻一摇，示意济阳王拉自己站起来。

无论如何，只要见到济阳王，她傅锦画也可以安然回到泉州城了。

傅锦画正要再上马车，见济阳王却未动身，眼神复杂而又压抑地看着自己。傅锦画蹙眉，心里一沉却有些顿悟过来，于是轻声试探问道："难道济阳王的意思，是叫我不要回泉州城，而是继续留在耶律楚际手中做人质？"

济阳王深深地看了她一眼，转过身去未出声。傅锦画有些恼怒，不甘地问道："如若果真如此，济阳王又何苦千里寻来，又何必将我从雪地中救起？"

说罢，济阳王仍旧未曾回身出声，傅锦画在他身后站了片刻，终忍受不住，负气离去。

她另择一个方向，正是耶律楚际追去的方向。

仅仅是半个时辰后，她便在路边见到了耶律楚际，看那态势，似乎就是早已在等着自己一般。

第五章 安陵晋声

车厢内，耶律楚际和傅锦画各自靠着一角。

耶律楚际扔给傅锦画一条薄毯后闭目假寐。傅锦画接过来慢慢盖在身上，揪着毯子的一端，出声问道：“你是不是早已料定，我一定会回来。”

耶律楚际只是冷哼一声，却没有说话。

傅锦画不以为意，继续说道：“你是不是也知道，到底是谁救了我，又是谁逼着我自己走回来做这个可耻的人质。”

耶律楚际似乎对傅锦画提起的那个人没有兴趣，反而对傅锦画最后一句话起了意，轻轻“哦”了一声，饶有兴味地问道：“做本王的人质，有什么可耻之处？”

傅锦画见耶律楚际刻意欺压过来的态势，冷笑着说道：“殇离朝皇上的妃子被人掳走，不饮鸩自尽，岂不是让殇离朝君臣百姓丧尽颜面。”

耶律楚际一怔，忽地仰天长啸，许久才戏谑地说道：“可是，即便是这样，你不是也未曾想过自尽？”

傅锦画有些恼怒地盯着他，声音虽小，语气却是不容人质疑的坚决，“我有未完成的事要做，自然不会轻易去死。再者说，如果我现在死了，你又要拿什么去掣肘殇离朝。”

耶律楚际眼中精光一闪，嘴角扯出一抹不经意的嘲讽，说道：“他叫你回来，就是为了让你逞这些口舌之利？”

“你认识他？”傅锦画一字一句地问道，似是疑问，心里却是了然有几分顿悟。

意料之中，耶律楚际并未作答，仍旧闭目假寐着，似乎没有听见傅锦画的话。

又过了几日，耶律楚际一众人在一座山城外歇息，先前在泉州城接应的齐将军，一直追随耶律楚际左右，这时上前禀报：“禀告楚王，前面就是边关安陵城，城内是虞晋声虞将军驻守，他天赋异禀，声名在外，我们元熙朝的将士这些年来在他手下死伤无数，只怕我们这次不会那么容易过去。”

傅锦画乍听见虞晋声的名字，欣喜不已，转头望向安陵城时，已多了几分期冀。可是越是如此，傅锦画便越多了几分调侃，说道：“齐将军此话差矣，想你们楚王威名天下扬，只要报出名号来，那虞晋声岂有不开城恭迎之理？别说放你们过去，就是你们想要这座城池，只怕也不在话下啊！”

抬头看去，齐将军脸色僵硬不知如何作答，而耶律楚际仍旧只露出沁冷阴鸷的眼神，令傅锦画颇有些悔意，不该逞口舌之利先自来招惹他。

果然，耶律楚际声音清冷地喝道：“齐将军，将画妃请上马车，没有本王的命令，任何人不得接近马车。”

傅锦画斜睨了他一眼，颇有些不屑，转身便往马车那边走。

未承想，她刚走至马车，正要抬脚上车之时，斜刺里便蹿过来一个小乞丐，大声喊道：“姑娘，安陵城外天寒地冻，赏几两银子容小的度日吧。”

傅锦画见眼前这个小乞丐衣衫褴褛，甚是可怜，神情气质却是洒脱自在，并无一分窘态，心中暗暗生奇。

齐将军紧随其后，大声喝问："哪里来的乞丐，这岂是你能够随意乞讨的人？"说着便扔给小乞丐几两碎银，催着他赶快离开。

那小乞丐接过碎银，顺势往傅锦画身边一摔，待傅锦画正要伸手去扶的时候，却迅速起身，嘴里嘟囔不清地朝安陵城方向去了。

而傅锦画站在原处有些失神，待听见齐将军催促之时，才回过神儿来。回头看去，耶律楚际似是没有注意到这边的事情，于是暗中松了一口气。

傅锦画上了马车，将刚才小乞丐往自己衣袖里塞的东西拿了出来，原来竟是一张字条。

这字条正是小乞丐借势摔倒时，塞到傅锦画衣袖里的。傅锦画展开来看，只见上面写道："安陵渔生，平安归清泉。"

傅锦画在口中低低地念读，刹那便明白过来，这定是虞晋声派人送来的字条，渔生对应虞晋声，而平安归清泉便是指让傅锦画平安归返泉州城。

傅锦画初始惊喜，过后才慢慢将心情缓和下来，耶律楚际为人精明，虞晋声想从他手底下将自己救走，只怕没那么容易。而且，最令傅锦画担忧的是，她现在还是不能明白，济阳王让自己回到耶律楚际身边，究竟是为什么。

就在傅锦画低头思索间，不料手中的字条被人迅捷出手夺去，正是耶律楚际。只见他面色阴沉，待看完字条后，似是不经意地问道："到底是谁以为区区一张字条就能救得了你？"

傅锦画心里一动，半嗔半怒地说道："除了济阳王，你觉得还有可能是谁？"

耶律楚际嘴角挂着一丝冷笑，说道："如若真是他，前几日也就不会放你回来了。"

待到了晚间，耶律楚际一行人夜宿在城外的寺庙中。傅锦画被安置在走廊最靠里的房间，随众人用过膳后，傅锦画闭门不出，想寻个清静。

可是没过一会儿，便听见外面有沉重嘈杂的脚步声。傅锦画从虚掩着的门往外看，原来竟是耶律楚际的两名手下，跟门神似的一左一右站到了门的两侧。

傅锦画用力推开门，朝那两个人喝道："把耶律楚际给我叫来。"

耶律楚际进了房门，便命那两个人退在一旁，傅锦画有些羞恼地问道："耶律楚际，我要你给一个解释。时至今日，你仍然觉得我是你的俘虏吗？别忘了，当初我已经逃出了你的桎梏。"

耶律楚际把玩着手里的佛珠，慢条斯理地说道："庙里的住持送给本王的佛珠，起初本王也没放在心上，这会儿仔细一瞧，竟然不似俗物。"

"耶律楚际，你不过就是元熙朝一个不得意的皇子，性情阴鸷孤僻，人人都道你将来定是坐不上元熙朝的皇位，不仅如此，即便你答应封王封侯远走边塞，他们也不会轻易饶了你。事实已是这般，你做这些还有何意义？难道你还不认命？"傅锦画见耶律楚际不理会自己的话，再也掩不住心里的疑问，言语犀利，非要将耶律楚际逼到死角才肯罢休。

果然，耶律楚际不是没有一丝动容的，他面色阴郁，眼神却是冷冽而愤慨，慢慢逼近傅锦画肆意而张狂地说道："那么，你来告诉本王，本王要如何认命？难道任人宰割、束手就擒，就是认命？难道被人欺压、唯命是从，就是认命？"

或许是耶律楚际的语气过于凌厉，傅锦画一怔，随即缓缓说道："这么说来，你是一定不懂得明哲保身的道理了。你甘于平凡流俗或许还能保住性命，如果誓要与天比高，那么就是不顾自己的性命了。别忘了，你挟持我，丝毫不能左右殇离朝。"

耶律楚际冷哼了一声，颇有几分不屑地说道："你怎么就这么肯定，我挟持你就是为了殇离朝的皇帝？”

傅锦画心下一惊，突然顿悟过来，原来这耶律楚际挟持自己竟是为了济阳王。

“你不过就是未进宫的妃子，况且那钟银煌一次册封了三位妃子，你在他心目中又有多少分量？可是，你对于济阳王意义就不同了……”

耶律楚际并没有将话说完，傅锦画在心里揣摩着他到底知晓多少。不过，傅锦画断定耶律楚际与济阳王之间，定是有着不同寻常的关系，否则他没有理由拿自己胁迫济阳王。

“耶律楚际，我该说你聪明还是说你傻呢？你说劫持我是为了胁迫济阳王，可又说当日是济阳王叫我回来的，这难道不矛盾吗？”傅锦画半眯着眼睛慢慢说道。

耶律楚际轻笑，语气肆意而轻佻，说道：“这句话该是本王说与你听，济阳王到底看重你什么？就凭你这拙劣的试探，谁人看不穿呢？本王警告你，别想从本王口中轻易探出什么来。”

就在这时，门外突然又响起了敲门声。傅锦画应了声，见推门进来的是个小和尚，布衣素衫，说道：“施主，小僧送茶来了。”

小和尚将手中的茶壶置于桌上并不急着走，而是又对傅锦画说道：“女施主，刚才住持方丈见您愁眉不展、郁结于心，所以就叫小僧送来几本经书，以供女施主诵经礼佛，安心地修身养性。”

小和尚说着话，便从怀中掏出几本经书来，恭恭敬敬地递给傅锦画，口中念念有词。

耶律楚际不耐烦听这些，于是便凝视了傅锦画一眼后先自出了门。

傅锦画接过经书来，慢条斯理地翻看着经书走至桌前，用手指蘸了茶水写道：是济阳王还是虞晋声派你来的？

那小和尚眉目疏朗、眼神慧黠，正要用手指向傅锦画写的字时，便见耶律楚际又从门外折了回来，当即拂袖在桌子上一抹，将水渍拭去，说道：“女施主，抱歉，小僧再为您换壶茶水吧！”

傅锦画镇定自若地说道："不用了，天色不早了，我也该早些歇着了。"

那小和尚低低应了声，双手合十道了声"阿弥陀佛"便迅疾离去了。

耶律楚际仿佛是不经意地从傅锦画手中拿过经书来，仔细翻看着。傅锦画也不戳穿他，待他仔细看完，才说道："难道这经书也入了尘世不成？"

耶律楚际自然明白傅锦画的意思，其时只是轻笑，说道："你要明白，'暗度陈仓'这个词，用在女施主和小和尚之间也未尝不可啊！"

傅锦画当下站起身，喝道："耶律楚际，你不要欺人太甚。别管是济阳王还是虞晋声，都是殇离朝顶顶男儿，你以为你一个蛮族皇子就能在他们手底下讨得了好？"

"济阳王？"耶律楚际闻言眉目间闪过几丝令人不易察觉的阴鸷，不屑地说道，"你可知当日你逃走之后，济阳王是如何寻到你的？"

傅锦画微怔，当时她也曾想过要问济阳王这个问题，可是因为自己负气离去，竟是到这儿也解不了心中疑惑。

耶律楚际仿佛是不经意地瞄了一眼傅锦画的胸口，转过身去，说道："你身上带着的是千金醉，此液有股异香。"

"难道说济阳王当日便是凭着这股异香寻到我的？"傅锦画脱口而出，说完却又惊骇起来，这耶律楚际既然道得出这千金醉的来历，那么他肯定也能闻香追寻到自己了。又或者说耶律楚际断定济阳王会寻到自己，所以当日走错岔口后，便在路旁等着没有继续追踪？

或许是察觉到傅锦画神态中的恐慌，耶律楚际冷哼了一声，转身坐在傅锦画的对面缓缓说道："十年前，济阳王与我一同拜在师门下，彼时是热血沸腾的师兄弟，如今却是天涯两路人，我要借他的势夺下王位。"

原来如此，傅锦画顿时明白过来，这济阳王与耶律楚际是师兄弟，是故识。难道说济阳王当初交给自己这千金醉之时，就料着耶律楚际一定会将自己劫持走？

“耶律楚际，济阳王虽然统领三十万精兵，但是也不能做出挥师北上清剿元熙朝的举动吧？况且，如果济阳王将元熙朝攻下，你觉得他会将元熙朝拱手还给你吗？”傅锦画有些不解，耶律楚际究竟是凭了什么要济阳王听他指令。

耶律楚际有些失神，不经意地说道：“他手里握着一样东西，能令元熙朝……”

陡然间，门外传来齐将军的声音，耶律楚际猛然间回过神儿来，止住话没有说下去，看了傅锦画一眼后，便开门离去了。

傅锦画隐约听见齐将军说殇离朝追兵已至安陵城，正往此寺庙赶来，要马上转移隐匿地点才是。

傅锦画从后窗往外看，果然远处山峰下，簇簇的火把如同星光，正往寺庙赶来。傅锦画分不清到底是虞晋声还是济阳王派来的人，又见后窗距地只有几尺高，心下一横，将床帏解下绑在窗棂上，跳出后窗顺着床帏滑落到地上。

但是，傅锦画并没有迎着殇离朝的官兵去，而是朝着相反的方向疾步而行。

所幸寺庙守卫并不森严，傅锦画趁无人之际便出了寺庙，另择岔道而行。傅锦画进寺庙时，耶律楚际曾经叫齐将军给她送来一套素衣，所以此刻即便她出现在安陵城，也不会引人注目。

安陵城，傅锦画势必有此一行。

本来照傅锦画心中所想，进安陵城一是打探下殇离朝君臣对于自己被掳的态度，二是要择机回泉城。至于安陵城的这个虞晋声，她没有想过要去找他。一来虞红萼当日托付自己之事未成，二来她对于虞晋声一无所知，摸不清他的脾性，也就无法断定虞晋声到底敢不敢揽下此事。

待到天色暗亮，傅锦画才走进了安陵城，她不识路，于是越加小心翼翼。这安陵城位于边关，物资匮乏，所以不甚繁华。

傅锦画早已是饥肠辘辘，于是信步走进一家酒楼，点了几样小菜，这才抬头环顾四周，只见这酒楼内并无几个客人。东南角坐着的一个长着络腮胡的男人，一直盯着自己，眼神肆意而猥琐。

傅锦画不禁皱起眉头，再朝北边看去。临窗前的一桌客人，一男子背对着自己，身影消瘦而挺拔，器宇不凡，桌上放着一大壶酒，正举杯自饮。

饭菜很快送了上来，傅锦画匆匆吃完，招呼小二结账。待小二走近时，傅锦画才发现自己手里并无银两，而身上所余的首饰也落在了寺庙之中。

这情景似是被那络腮胡子的男人看见了，他猥琐邪笑着走过来，说道："姑娘是从何处来？怎么安陵城内没见过姑娘这般姿色的人物？姑娘既然囊中羞涩，不如先跟着本大爷回府，本大爷也好为你筹措筹措啊！"

傅锦画不动声色，许久才冷冷地笑道："阁下桌上喝的也是酒吧？"

那络腮胡子有些茫然，点了点头说道："难道姑娘也想痛饮一番？"

"阁下既然从未照过镜子，那么不如就将这杯酒水当成镜子照照……"傅锦画慢条斯理地说道，用力握着手里的茶杯，就待络腮胡男人发作时先自砸过去。

那络腮胡男人先是一怔，待明白过来后果然发怒，喝道："敬酒不吃吃罚酒，这安陵城的女子谁能逃过本大爷的手心。既然你不肯痛快答应，就先跟着本大爷回府，叫本大爷好好地调教一番。"

傅锦画毫不迟疑地将手中的茶杯掷了过去，那络腮胡男人没有料到傅锦画竟做出如此举动，躲闪不及就被砸中了，顿时头额出血，恼羞成怒便吩咐随从将傅锦画先绑起来再说。

眼见寡不敌众，傅锦画又没来由地后悔起来，后悔自己不该逞口舌之利，激怒络腮胡男人令自己身陷困苦之地。

傅锦画犹疑不定，正想着要不要将自己的身份抬出来以屏退这些人，就在这时，北边靠窗的那个男子站起身来，朝傅锦画这边走来。

傅锦画不经意地打量了一眼向她走来的男子，只见他漆眸墨瞳、鬓发清朗，一身白衣素袍，腰间系着云袖流云纹的香囊，恍然间，傅锦画有那么片刻的失神，见白衣男子如冬日暖阳般手持玉扇信步而来。

“这安陵城里鱼龙混杂，你周六儿算不得什么角色吧？”

那络腮胡男人有些迟疑，不知道白衣男子的来头，可是转眼间又出言喝道：“本大爷警告你少管闲事……”

话未说完，便见酒楼外冲进来一暗青色衣衫的男人，飞身迅捷将刀架在他的脖颈间，力道之大，直把他逼得跪倒在地。

白衣男子把玩着手里的玉扇，声若林籁泉韵，低沉温和却带着一股不容置疑与抗争的坚决，淡淡地说道：“这世间，还没有一个在我面前自称为爷……”

穿暗青色衣衫的男人一脚便将络腮胡男子踢开，喝道：“滚远点儿，否则我伍仇非叫你今日就从安陵城消失。”

那络腮胡男子被伍仇一脚踢中当胸，吃痛之下竟喷出一口血来，他身旁那一众随从赶紧抬他出了酒楼。

那伍仇抱刀而立，飞快地扫了傅锦画一眼，然后说道：“这人名叫周六儿，祖上是杀人越货的匪徒，后遣来安陵城躲避仇家，世世代代便在这里住下来了，可能是因为祖上匪性未改，所以这周六儿平时也不知道收敛，撒泼耍赖的也不少见。今日叫他撞见了公子，再吃了我伍仇这一脚，管保他三月不敢再出来招惹是非。”

那白衣男子听完伍仇的话，并未表态，而是朝着傅锦画莞尔一笑，问道：“姑娘来安陵城是探亲还是访友？一路上可还有同伴？”

“我从泉城来，父母亡故，于是来安陵城投亲，路遇劫匪，行李衣物都给夺了去，我也是侥幸逃了出来，所以身无长物一两纹银也未得。”傅锦画垂着头，低低说道。

白衣男子轻轻“哦”了一声，沉吟一番，说道：“既是如此，姑娘要去哪家投亲，只管叫伍仇送你过去，若寻不到那家人，就不如先到我府上盘桓几日另做打算。”

随后，白衣男子也不待傅锦画回绝，嘱咐了伍仇几句后便出了酒楼，逸然而去。

傅锦画的视线随着白衣男子离去的方向投过去，远远地见其背影洒脱而挺秀，那午后暖意融融，渐渐地叫傅锦画生出一份安心来。

沉浸在这份难得而珍贵的冥思中，却突然传来伍仇的声音：“姑娘，咱们赶快走吧，迟了伍仇怕赶不及在天黑前给公子交差。”

当然，傅锦画与伍仇走了两个时辰也找不见那户人家。

看天色已晚，伍仇叹息着只得作罢，颇有一种没有办好主子交付的差事惆怅不已的感觉。

最终，伍仇带着傅锦画来到一处府邸，踏步而入，满目皆是三尺白雪。

傅锦画有些讶异，四处环顾，但见府邸内除了廊亭外，竟是雪上无痕，没有一个踩踏的脚印。

伍仇见傅锦画如此眉目便也知晓她的心思，于是说道：“这是公子的习性，他喜欢洁净，咱们府上的人也都摸得清公子的脾性，所以这庭院里的雪久而久之都没有人敢去打扫。”

伍仇将傅锦画引进正厅坐着，命人奉上热茶，自己便去交差复命。没过多时，便见伍仇从里面出来，说道：“姑娘，公子还在里面会客，要伍仇先将姑娘安置在客房歇息，待明日再尽地主之谊。”

伍仇做了个请的手势，继续说道：“还未请教姑娘芳名。”

傅锦画起身，随着伍仇出正厅，还未作答，便见远处一个瘦小而灵活的身影迅疾而来，差点儿冲撞到傅锦画。

伍仇见那身影未停，直奔正厅而去，在他后面喝道：“莽撞小子，回头再找你算账。”

傅锦画似是不经意地问道：“刚才那个是府上的什么人？”

“呵，他叫甄扇，不过就是公子从死人堆里捡回来的，平常跟着公子习武写字，仗着公子疼他没少张狂。待我伍仇瞅准机会，非要好好收拾这小子一顿不可。”伍仇虽然言辞尖锐，语气却是温和的。傅锦画看着伍仇佯怒的模样，明白伍仇平日里对甄扇的埋怨也不过就是仅仅挂在嘴上的这几句。

待进了为傅锦画安排的客房，伍仇寒暄了几句便离开了。

不一会儿便进来一个细眉细眼的小丫头，给傅锦画送来热水，要服侍傅锦画洗漱。

傅锦画仔细打量着房间内外，那细眉细眼的小丫头嗫嚅地说道：“姑娘可是哪里不满意？这些物件都是公子亲自着人布置好的。”

傅锦画心里一动，于是出言问道：“你们家公子是何时过来布置的？”

那小丫头蹙眉想了想，说道：“青碧记得公子从府外一回来，便令人下去准备物件，亲自过来看着叫人放置好的。”

傅锦画若无其事地点点头，心下却是惊骇。这么说来，这白衣男子竟是早已料定自己投亲不成，必定会跟着伍仇回府，所以才早叫人准备了客房。

青碧在一旁候着，傅锦画洗漱完毕，便叫她先下去歇着。

和衣而卧，傅锦画心绪如潮。

她早已认出，甄扇就是乔装成小乞丐递给自己小字条的那个人，也是昨夜寺庙中乔装成小和尚给自己送来经书的那个人。

这么说来，这个白衣男子赫然便是虞晋声。除了他，又有谁身具这般风采？

次日，醒来之时，青碧已经端来热水以备傅锦画梳洗，手里还捧着一身素净的衣物，说道：“公子请姑娘梳洗完毕到前厅一起用膳。”

待傅锦画进了前厅，便见到虞晋声正端坐在桌前，手里还握着一卷经书，桌上摆着一壶清茶、几样精致的点心。

甄扇站在虞晋声身后，见了傅锦画后眨了眨眼睛，慧黠一笑。

虞晋声颔首示意傅锦画坐下，傅锦画也不多礼，伸手取过桌上的点心来用，却见虞晋声只是喝了一杯清茶，并不进食，遂有些诧异。

甄扇在一旁见状笑道："姑娘莫见怪，我家公子早上向来只用一杯清茶、一卷经文，待到午膳时才进些荤腥，到了晚间却只用些素菜，连油腥都不肯碰。这安陵城的百姓都说我家公子乃是莲荷之身，清澈澄明得很呢！"

虞晋声瞪了甄扇一眼，佯怒道："多嘴，这些说辞也好意思搬弄出来，尽引得人发笑。"

傅锦画一时倒想不到虞晋声是这般节制，诧异之余也有些欣赏，于是说道："都说经文度人于苦海，可是佛语也有'苦海无边回头是岸'的说法，这样说来，读经文到底是可以助人脱离苦海还是不能呢？"

虞晋声一怔，显然也是没有料到傅锦画竟是说出这番话来，沉吟一会儿才缓缓说道："我自小便得高人指点，八岁便开始晨读经文，所谓习以为常，竟是从未想过这个道理，如今姑娘说出来，倒令我一时也不得解。也罢，也罢，今晨就弃了这经文。"

说罢，虞晋声便将经卷搁置在一旁。甄扇小心翼翼地拿起来放在远处的檀木盒中，回身说道："公子晨读经文本是十年如一日，如今说破例竟然就破例了，老爷、小姐如果得知这个事，还不知会怎么吃惊呢。"

傅锦画知道甄扇说的人定是虞红萼，只是这虞红萼已经进宫为妃，想来虽不至于荣宠一世，可是只要虞晋声在边关驻守一时，她也就能保平安富贵一时。

傅锦画还在思索间，便听见虞晋声问道："姑娘，还未请教芳名。"

傅锦画踌躇再三，但见虞晋声眼神清澈明亮，竟是不愿相瞒，于是低声回道："我姓傅……"

名字未曾说出口，虞晋声也不曾追问。

甄扇在一旁抢先笑着说道：“原来竟是傅姑娘，幸会幸会。”

傅锦画见甄扇嬉皮笑脸，心生恼怒，于是冷下脸来，不悦地说道：“虞公子既然已知我的身份，又何必假装不识。”

虞晋声轻声呵斥甄扇不该插嘴，先是将甄扇屏退，亲自为傅锦画斟了一杯茶，才说道：“你不是也先自猜到我的身份了吗？可是你并未向我透露只言片语，你既然不想说，我又何必要追问？”

傅锦画面色微红，情知虞晋声是指昨日相遇之时，自己已然看见他腰间挂着的云袖流云纹香囊，那布料出自宫廷御制，傅锦画是官宦人家女儿，没理由不识得此物。

安陵城虽然是鱼龙混杂之地，可是能带着御制香囊行走的人，除了驻守边关的虞晋声，又还有谁。

只怕虞晋声在酒楼搭救自己之时，也早已识穿自己的身份，让伍仇陪着自己去寻亲，也不过是给自己一个体面的台阶下罢了。

他虞晋声，心思玲珑得很呀！

傅锦画端起手里的茶杯，凝神敛目，说道：“既然虞公子已知晓我的身份，那么我也不妨将话说个明白。我想要知道，我被掳走之后，朝廷态度究竟如何？”

虞晋声漆眸深邃，看了傅锦画一眼后便移开目光，落在庭院圣洁白雪之中，说道：“画妃入宫当日被掳，龙颜震怒，下旨要济阳王全力追寻，务必要将掳走画妃之人斩首宫门。”

傅锦画一怔，随即冷笑，她怎么会听不明白虞晋声话中的深意。钟银煌的谕旨中除了下令将掳走自己之人斩首宫门，丝毫未提及自己的生死。

或许，钟银煌根本不会再想要一个被人掳走的妃子，那样有损皇家的颜面。这么说来，不管自己是否是清白之身，都难逃一死，而无论怎样的死法，都会被冠于傅锦画为保清白而自尽之名，以画妃的礼制下葬。

到时候，钟银煌就会体惜傅臣图丧女之痛，从傅素琴和傅颜书之中，再择一女入宫，以续傅家荣华盛宠。

可是，傅锦画却还有事未明，问道："昨日进寺庙搜查的官兵，可是虞公子的人？"

虞晋声沉吟一番，终是将事情的来龙去脉说了个清楚。

原来，当日傅锦画被耶律楚际掳走之后，钟银煌的谕旨八百里加急送至自泉城到安陵城沿途各州郡，济阳王带着三千精兵也紧追其后。

所以说，早在傅锦画和耶律楚际一众进安陵城前，虞晋声早已接到谕旨，在城外布置好人马。

傅锦画仍旧存着几分疑惑，问道："既然皇上谕旨已到，公子又何须顾惜我的生死，还要叫甄扇为我送那张字条呢？"

虞晋声面色沉着，回道："因为有人要我救你性命……"

霎时间，傅锦画突然明白过来，那隐在心头的疑惑如同拨开的迷雾般消散，虞晋声说的这个人定是济阳王。

这么说来，当日济阳王在雪地中寻到自己后，让自己回到耶律楚际身边，其实也是一种保护。因为如果傅锦画回到殇离朝，那么钟银煌肯定会下令将自己赐死，而跟着耶律楚际反而会保住性命。

济阳王，济阳王，想起他那阴郁冷峻的神情，傅锦画心里没来由地抽紧，有种隐痛慢慢弥散开来。

傅锦画有些黯然神伤地坐在椅子上，手中握着的热茶也有些冷却，渐渐地连指尖也变得冰凉不已。

"你有何打算？"

傅锦画听到虞晋声这般问，苦笑着回道："人生有更替，无论是顺风之车，或是逆水之舟，都要安之若素。"

虞晋声又给傅锦画换了盏热茶，轻笑着说道："听到这样的消息，你不惊慌失措也没有半点儿惶恐不安，怪不得济阳王会看重你几分。

如果是我妹妹红萼，虽不会哭闹，可是怒火自是不可抑制的，到时候再惹出什么祸事来，怕是谁也不能知晓了。”

傅锦画见虞晋声提起虞红萼时的那份宠溺，有几分唏嘘，可惜自家姐妹没有这份温情，否则她傅锦画也不至于这般心凉。

两人这般坐着，谁也没有言语。

过了许久，傅锦画回过神儿来，问道：“济阳王可曾说起过，要你如何安置我？”

虞晋声似是早已料到傅锦画会这般问，也不含糊，当即回道：“耶律楚际一众还未进城，可是安陵城乃是鱼龙混杂之地，难保有他们的内线接应，我们不得不防止他们再度将你掳走。而且皇上谕旨不容违背，如果此事传入宫中，叫人发现你的行迹，于你、于傅家都是十分不利的。所以，济阳王和我都不想叫人知晓你的身份，只好委屈你暂时扮作我府上的丫鬟，跟在我左右，也好随时能护你周全。”

傅锦画略沉吟，回道：“如此便先谢过虞公子，烦请公子为我送个信儿，无论如何，我要见上济阳王一面。有些事，我需要他亲口给我承诺。”

虞晋声没有应声，也没有一口回绝，仔细看着傅锦画，眼神明亮，似是在揣摩傅锦画的语气，到底是如何的坚决。

第六章 千金醉

傅锦画将手伸至虞晋声的面前，纤纤玉手摊开来，赫然便是那个小巧精致的玉瓶，只听她说道：“这个玉瓶里盛放的是千金醉，耶律楚际可以凭着此香找寻到这里。”

虞晋声将玉瓶接过来，淡淡地说道：“我知道该怎么做了。”说罢，便将甄扇唤了进来，说道，“甄扇，你去将这瓶里的千金醉，分别滴在几匹马身上，然后再命人策马往不同的方向而去，务必要星夜兼程让马远离安陵城。”

傅锦画闻言轻笑，暗赞一声妙哉。如此一来，那耶律楚际就是插翅追逐也辨不清千金醉到底往何处去了。

至于济阳王，他总是有法子寻到自己的吧！

不多时，傅锦画便从前厅回到自己的房间。青碧仍在房间里候着，见傅锦画回来后，有些不解地说道：“今儿个姑娘去前厅之后，公子便派人送来几套衣物，青碧看着这些衣服的成色，好是好，可是，可是……”

傅锦画见那几套衣服成色一般，花样略显陈旧，当下明白青碧心里所想，她铁定是料着虞晋声送来的衣物大抵都是上好的，没有想到这些衣物正是虞晋声要傅锦画扮作随身丫鬟所用的。

傅锦画从那些衣物中挑了件绛紫色的换上，又要青碧将自己头上的簪子换成了镶金墨玉簪，显得温婉又不失清爽。

到了晚些时候，甄扇在外面敲了敲窗子，笑道："姑娘莫怪，是公子让我叫姑娘去书房。"

傅锦画走出房门，见甄扇站在窗前，只是笑却不言语，于是作嗔怒状瞪了他一眼，径直往书房去了。

虞晋声的书房甚为简洁，除了桌椅书架并无其他。虞晋声坐在倚榻上，手里仍旧握着一卷经文，听见傅锦画进门的脚步声，并不曾抬起头看她，低沉地说道："济阳王因为画妃被掳之事，深感惶恐，于是面呈皇上，愿将大婚之日推迟。"

傅锦画心里一动，却突然生出些怒意来，这济阳王难道是看自己已被君王摒弃，无从进宫，所以想要用缓兵之计，将婚事无限期地推延？

当初济阳王肯娶傅家之女，便是因为他想要拿着傅家士族来掣肘自己，现在自己已是这局棋盘上的弃子，他济阳王娶傅家之女又有何用？

虞晋声起身，将经文顺手放置在一侧，傅锦画细细看去，那经文正是帝师伍徽泉所著的《倾心吟》，于是不经意间诵读了几句："长远如是，无量无边，流落生死，常坠苦海，如浊如清，静动相寂……"

虞晋声目光中闪过瞬间的诧异，说道："你竟然读过伍徽泉的书？！他平生所著颇多，不过因为他性情孤僻偏执，写下文本后又十之八九尽数都毁了去。所以世间并无几人得以窥得他的真知，我这一生自觉平淡如水，什么都看不到眼里去，倒是这本书得以帝师题名相赠，令我欣喜不已。"

傅锦画拾起那本《倾心吟》，翻开扉页，看见上面写着几个小字，于是从书桌上扯过一张素纸，执笔仿着那字迹也写了几个字。虞晋声近前一看，两相字迹完全一样，蹙眉轻叹，忽得又明白过来，苦笑着说道："原来这本书上的题字，竟是出自你的手笔。"

傅锦画回道："当年帝师曾提起过，说是欠下一位少年的人情债，要赠书与他，我一时顽皮就抢过笔来仿着他的笔迹先自写了，当时帝师也是苦笑不已，说要不是亲眼看见我写下的，否则连他也辨不清自己到底写没写过了。"

"寻常人见帝师一面已是难得，你竟然可以学得帝师书笔精髓，难道……"虞晋声有些不解，出言问道。

"帝师与家父颇有些渊源，于是我们傅家琴、棋、书、画四姐妹都得益于他的教导。"

虞晋声仍旧有些不明，问道："可是你的闺名中镶着的是一个画字，为什么对于行文书法也这般擅长？"

傅锦画眼神似潭底深月，泛着幽幽的光，随意说道："只因为帝师喜欢我的脾性，所以在琴、棋、书、画上就多教习了几分。"

"每个人都有自己的缘分，不过是缘深缘浅罢了。像你与帝师之缘，便是我历经三生也求不来的。"虞晋声似有颇多感慨，言辞恳切。

此后几日，傅锦画便伴在虞晋声跟前，两人吟读帝师之作。傅锦画时而将帝师伍徽泉其他的著作默写下来，赠予虞晋声，令他好生欣喜。

而安陵城外，一直毫无动静，间或听闻耶律楚际一直周旋于安陵城外，因为他们人数较少，有时常乔装易容，所以安陵城官兵很难发现他们的踪迹。

傅锦画有些好奇，传言中虞晋声治军有方，可是未曾见虞晋声出府半步操兵沙场。傅锦画问过甄扇，甄扇一脸的不以为意，说道："咱们公子驻守边关已有五年，排兵布阵，计至千里，那些将士们有哪个不服气的？公子即便是不去阵前，他们也是唯命是从的。"

这一晚，傅锦画遣退了青碧，独自斜卧在床榻上，睡意全消。

现如今，时局不明，而她身居边关回不得泉城，将来福祸也不可知。而虞晋声不过是因为济阳王才将自己留在虞府，如果济阳王要彻底将自己这枚废棋弃掉，她傅锦画还能掩身何处？

况且，虞红萼也已进宫，虞晋声驻守边关，如果济阳王以虞晋声来挟制虞红萼，岂不是更有效力？论起权谋来，她虞红萼出身大家，也未必输于自己。

这般想着，更是彻夜难眠。

傅锦画深知，要想挽救自己这盘败棋，就要彻底将棋盘打乱，才能转危为安。或是险棋乱人心，或是奇招破败局……

次日，已露晨曦之时，傅锦画才睡过去。

醒来时，但见青碧在一旁来回走动，焦急不已。傅锦画轻笑问道："青碧，什么事急成这样？难不成你看我晚起，以为我睡死过去了不成？"

青碧蹙眉急道："姑娘莫再说笑，公子让甄扇来问过几遍了，现在还在门外候着呢！"

傅锦画急忙起身，简单梳洗后，才叫青碧唤甄扇进来。

甄扇一脸的无奈，说道："边关鼓声雷鸣，公子要带着姑娘前去察看，听说姑娘未醒，偏只叫我在门外候着，不得叫醒姑娘……"

傅锦画见甄扇焦急的模样，顿知此事非同小可，当即接过青碧递来的墨绿披风，随着甄扇去见虞晋声。

前厅内，虞晋声仍旧是一副从容自如的仪态。傅锦画匆匆进门后歉意一笑，说道："来迟了，让你久等了。咱们快些走吧？"

虞晋声神色淡然，不急不缓地说道："无妨，待你用过早膳后启程不迟。"

傅锦画微怔，在虞晋声的目光示意下，坐在桌前用了几口粥，便不肯再用，面色微红地与虞晋声相互僵持着。

而此时，甄扇在门外不断催促，虞晋声方才带着傅锦画出府。

傅锦画看府外已经备好马匹，虞府下人给傅锦画牵过来的是一匹枣红色的马。远处，虞晋声看着傅锦画利落地上了马才露出淡淡的笑意。

安陵城处于殇离朝边关重地，来往多是各国行商，所以也有几分混杂的繁华，虞府在安陵城城南，虞晋声一行想要去边城大营，须穿过北城门。

因怕冲撞路人，所以几人都是勒紧缰绳缓缓而行。路过一处茶楼，傅锦画不经意地往里扫了一眼，仿佛看见一抹熟悉的身影一闪而逝。傅锦画蹙眉再细细看去，已杳无踪迹。

出了北城门，距大营驻扎的地方还有二十里之遥，平日里虞晋声多住在虞府，只有军情紧急之时，才住回大帅营帐。

虞晋声策马缓行，傅锦画情知他是因为怕自己跟不上才放缓了速度，见甄扇在一旁焦急地长吁短叹，于是出言说道："甄扇，此去大营还有二十里，不如你我比试一番，看到底是谁先到……"

说罢，一抖缰绳驱马而去。甄扇紧跟其后，不停地吆喝着既然要比输赢定要先说出赌注之类的话。

傅锦画是学过骑马的，只不过骑艺不精，也鲜少有机会骑马，所以速度并不快，不多时便被甄扇远远抛在了后面。

傅锦画侧身回转，见虞晋声骑马一直不急不缓地跟在其后，面色淡然，那神情不像是去探查军情，而是去游山玩水一般。

两人并肩同行，相视一笑，傅锦画却玩心大起，用力一拍马背，顿时已超过虞晋声几丈远，笑道："比不过甄扇，不见得比不过你……"

正在这时，斜刺里却突然蹿出一人，举刀便往马腿上砍去，马儿受惊奋力一跳，将傅锦画摔落在地。

所幸积雪尚存，傅锦画摔下来并未伤及筋骨，正要艰难起身，便见那人举刀向自己脖颈间砍来。傅锦画吃惊之下，举起左臂一挡，只见刀刃未及身前，那人便身体一滞，倒在地上。

傅锦画匆忙起身，见那人身后刺入一柄精致匕首，刀柄上赫然有个“虞”字，情知是虞晋声出手救了自己。

傅锦画抬头望去，虞晋声坐在马上，面色仍旧淡然，向自己伸过手来。就在那片刻，傅锦画没有半点儿犹豫，握住虞晋声的手便被他带上马背，轻搂住他的腰身，两人疾驰而去。

虞晋声行至前方数十丈远，又突然掉转马头往东而行。傅锦画明白他是怕前面有埋伏，所以另择一路前行。

可令傅锦画和虞晋声都始料不及的是，聪明反被聪明误，陷阱恰恰布置于东面。

突然，斜刺里杀出来七八个死士，那些刺客并不真心与虞晋声僵持，而是择机便朝傅锦画下死手。

虞晋声淡然轻笑，将手伸向傅锦画，沉声说道：“如果怕，就不要睁开眼睛。”

傅锦画微怔，依旧是毫不迟疑地握住他递过来的手，尽力压抑住内心的惊恐，勉强笑道：“我不怕……”

就在这时，有一死士冲过来奋力砍向傅锦画，被虞晋声一剑刺中当胸，鲜血当即溅到傅锦画的裙衫之上。

虞晋声将傅锦画拉至身前，眼眸温润，蕴含着丝丝缕缕的关切，低语道：“闭上眼睛，我不想让你看见这些污血。”

也不知为什么在这血腥杀戮之地，虞晋声的话仿佛是那天际传来的咒语一般，紧紧牵制了傅锦画的心神，她痴痴闭目，再也不想见那些刀光剑影下的孽债。

不过就是片刻间，又有三四个死士倒地，余下的两三个死士相视一眼，又齐齐攻了上来。傅锦画被虞晋声扯着往后退了一步，再睁开眼之时，正好见最后一名死士倒于虞晋声的剑下，剑刃上犹自滴着鲜血。

傅锦画慢慢松开虞晋声的手，目光没有离开他手中的软剑，问道：“你将他们全部杀死了，没有留下一个活口？”

虞晋声不动声色地回道："因为他们是死士，完不成任务，即便我不杀他们，他们也会立刻自尽。"

傅锦画眉眼清冷，似是不经意地问道："那么，你要如何知晓是谁想要我的性命呢？还是你压根儿就不想让我知道？"

虞晋声似是没有听见一般，转身昂首，轻吟一声，不再言语。

过了片刻，甄扇和伍仇策马疾奔而来。

伍仇和甄扇见虞晋声无恙，各自松了口气，伍仇朝傅锦画施礼后憨笑几声，兀自埋怨着甄扇，说道："鲁莽小子，竟然抛下公子一人离开，这如果是出了什么事，我看你有几条命来还。"

甄扇涨红着脸，向虞晋声请罪。虞晋声不以为意，吩咐伍仇将尸体葬了，然后又将甄扇叫到一旁，低声嘱咐了几句。甄扇应命而去，临走时冲伍仇挤挤眼睛，一派倜傥不羁的模样。伍仇没好气地瞪着甄扇，嘟囔着说道："要不是公子疼你，今儿个我肯饶你才怪。"

傅锦画走近伍仇，问道："安陵城所传战鼓擂鸣之声，是不是只是误传？"

伍仇微怔，点了点头，回过身望向虞晋声，有些不解傅锦画为什么会知道这些。

傅锦画走到已经丧命的死士跟前，仔细察看他们的刀柄、手腕、颈侧，听到虞晋声说道："他们既然千方百计要做好伪装，又怎么可能留下一些标志性的痕迹？不必白费心思了，你听我的，就这般悠然地候着，总还是会有送上门的证据的。"

傅锦画没有理会虞晋声的话，她仍旧有些不死心。伍仇跟上来顺势踢了那几具尸体一脚，急道："都是些恶臭男人，别污了姑娘的手，还是让伍仇拉去埋了算了。"

话音刚落，傅锦画却突然发现，伍仇那一脚将尸体踢得翻转，身上也有件紫黑色的东西滑落，伍仇低身捡起来，细细看了几眼，惊呼道："公子，这，这竟是济阳王的信物，难道说是济阳王想要了姑娘的性命……”

虞晋声对于伍仇的论断有些不屑，说道：“不过是些栽赃陷害的把戏，也只能蒙骗你这种愣头愣脑的浑人，那济阳王如果想要她的性命，又何必这样费尽迂回曲折的心思？”

伍仇半信半疑地问道：“公子是说，这是有人想要杀姑娘，又想逃脱罪责，所以故意弄这么块信物陷害济阳王？”

虞晋声微微颔首，却不知伍仇那直肠子藏不住话，仍旧急巴巴地说道：“可是，济阳王有什么动机要杀姑娘？如果济阳王没有这样的动机，姑娘压根儿不相信是济阳王所为，那么陷害济阳王的人岂不是跟我伍仇一样，都是没脑子的浑人……”

傅锦画听他们主仆两人兀自说着话，思绪如潮，暗地里却生出凄凉悲苦的愁思。这虞晋声睿智果断，可这伍仇心思单纯，说话最是直截了当，他的话未必没有几分道理。

济阳王，济阳王，她傅锦画势必要见他，当面问个清楚。

因为伍仇的话并未说完，他的下一句是“如果那个人敢嫁祸在济阳王身上，就料定了姑娘是信不过济阳王，姑娘心里生疑，才会对自己见到的所谓事实更加深信不疑”。

傅锦画扪心自问，对于济阳王到底有几分信任，她自己辨不清，可是在看到那紫黑色信物之时，确实背脊冷汗淋漓，失了魂魄一般回不过神儿来。

傅锦画苦笑不已，当初自己对于济阳王而言，不过就是一枚可以利用的棋子，难道现在要坚信济阳王不会将自己这枚废棋逐出局外？

还在思索间，听见马声嘶吼才惊醒一般回转过身，虞晋声骑在马上浅浅笑着，将手递给傅锦画，说道：“如今，你已经身受重伤，性命岌岌可危，所以……”

傅锦画突然明白过来，刚才虞晋声叫甄扇先行一步，定是散播自己身受重伤的消息，那样无论自己死与不死，有心之人自会再派人来探查。

回城路上，风似是缓了许多，傅锦画做出一副垂死模样偎依在虞晋声的怀里，身形微颤，两人都没有言语，一路静寂……

待将行至安陵城门，虞晋声解下自己的披风，将傅锦画裹住，这样外人并不能看出傅锦画的伤势究竟如何。

进了虞府，虞晋声没有丝毫耽搁，即刻将傅锦画送回房间，并招呼几名大夫会诊，一切都显得那么匆忙而又井然有序。

傅锦画卧在床上闭目不言。不明真相的青碧吓得脸色发白，虞晋声守在旁边，吩咐青碧绞来热帕子给傅锦画拭脸。

待青碧端着铜盆出了门，傅锦画忍不住问道："我们这样扮戏，别人难道真的看不出来吗？"

虞晋声为傅锦画掖了掖被角，说道："如果这一切都是真的，又何来扮戏之说？你放心歇一歇，余下的事一切交给我来处理。"说罢，深深看向傅锦画，用手遮住她的眼睛，还未等傅锦画有所思量便点了她的睡穴。

没过片刻，青碧端着热水进来，绞了帕子来给傅锦画擦脸，才拉过傅锦画的手便怔住，在虞晋声清冷的眼神下仓皇回神，发窘地笑了笑，然后用毛巾遮着，似是不经意地在傅锦画的脉门上细细揉着……

正在这时，甄扇匆匆进了门，正待说什么，见青碧还站在屋内便止住话。虞晋声用眼神示意青碧下去，青碧有些不自然地端了铜盆即刻出了门。

"公子，你叫甄扇先自回来查看，果然发现一些端倪。虞府各处都跟往常一样，但是看管后院的张千忠不在府上，谁也不知道他去了哪里……"

虞晋声冷笑一声，说道："吩咐下去，彻查安陵城，将张千忠给我找出来。"

"公子，这个张千忠在虞府已经数年，从未出过这种状况，而且他不会武功，平时管家也只把他当作杂役来使唤，难不成公子真的怀疑他跟城外刺杀的事情有关？”甄扇说完，又刻意压低声音迟疑地说道，“如果这件事真的跟他有关，那这个张千忠会不会是济阳王的人？”

“现在说这些都为时尚早，不见他的人我不做任何定论。”虞晋声话语干脆，却带着一丝身不由己的无奈。

甄扇怔了怔，旋即应命欲要转身出门，刚行了几步，又转回身来，似是有些棘手地问道：“公子，如果张千忠拒不回府……”

“杀。”

窗外似是风雪又起，有些许呜咽低嚎之声传来，令人寒战阵阵……

虞晋声走近傅锦画的床榻，隔着两步远停下来，望着傅锦画那精致如玉的面庞，那满铺如扇的黑密睫毛，似是自言自语地说道：“我虞晋声虽不是一国君主，也非异地封王，可是我总不会叫别人伤了你……”

话音刚落，虞晋声徐徐踱步出门，伴着一声似有似无的叹息。

没过多久，青碧捧着两个暖炉进来，走近傅锦画的床榻，试探地唤道：“姑娘……”

傅锦画睁开眼睛，倏地起身，拥被而坐，有些戒备而诧异地望着青碧，问道：“你究竟是什么人？刚才为什么会趁着你家公子不注意的时候给我解开穴道？”

青碧踌躇难言，在傅锦画逼视下，终是说道：“青碧听命于济阳王。”

傅锦画眼神狠厉，喝问道：“青碧，不要拿这些话来蒙骗我，如若你果真是济阳王的人，为什么先前没有告诉我？”

“先前青碧并不知姑娘身份，而且青碧奉济阳王之命潜在虞府，不得露出马脚，否则就是死……”青碧说到这儿，轻咬薄唇艰难地说道，“刚才姑娘被公子点了睡穴，如果青碧不是怕姑娘出事，还是不敢贸然出手的。”

“你现在既知我的身份，该告诉我济阳王身在何处了吧？我要见他，马上要见他！”傅锦画披衣起身，抓着青碧的手臂，不自觉地就加了几分力道。

青碧蹙眉，低声说道：“青碧不知济阳王的行踪，青碧只是昨日收到一纸传书，要青碧好生保护姑娘。”

傅锦画有些黯然地松开了手，转身立于窗前。窗外雪如梅落，霜冷沁寒，烈风吹来席卷一地白沙，盘旋着又再次落下……青碧上前给傅锦画披上披风。

刚才，青碧在为傅锦画拭脸之时，便察觉到傅锦画被点了睡穴，她趁着虞晋声不注意，慢慢揉着傅锦画的脉门输了小股真气，才将傅锦画的睡穴解开。傅锦画睁开眼之时，恰好看到青碧使眼色叫她不要声张。

当青碧被屏退后，傅锦画闭目卧在床上，将甄扇和虞晋声的话听得真真切切，于是她问道：“青碧，虞府的张千忠是不是也是济阳王的人？”

青碧低头思索，摇头说道：“青碧可以肯定张千忠不是王爷的人，这虞府上下其实并无几个王爷安插的人。”

傅锦画有些心领意会，这么说来除了青碧以外，虞府内还有济阳王安插的人。

青碧顿觉失言，于是岔开话题，说道：“姑娘何以要问起这张千忠来？还有，今早姑娘不是跟公子去了大营吗？怎么又半路折回来，还扮成了身受重伤的模样？害得青碧吓出一身冷汗来。”

傅锦画将在安陵城外发生的事情一一说给青碧听，青碧脸色发白，叹道：“那张千忠断不是济阳王的人，青碧也猜不出究竟是何人指使。不过这张千忠既已经逃了，公子再派人去找，哪里那么容易找得回来？”

傅锦画却不以为意地摇了摇头，神情清冷，淡淡地说道：“这张千忠不仅没有逃，而且定会在繁华闹市中等着公子派人去寻呢！”

青碧一时想不明白，还待追问，听见外面有些碎乱的脚步声才作罢，疾奔窗前，往外看去，原来院子里竟是来了一队侍卫，分列站在傅锦画的门前。

“公子对姑娘可算是用心，这虞府上下没有多少侍卫，现下可全部安排过来了。”

傅锦画将披风扔给青碧，重新卧回床上，说道：“随他们折腾吧，这回我可是真的乏了。”傅锦画闭上眼睛，抵不住困意，仍是辗转反侧才沉沉睡了过去。

醒来时，天色已晚，青碧还在旁边候着，给傅锦画绞来一方温热的帕子，含笑地说道：“姑娘这一觉睡得可当真是时候，公子给姑娘点了睡穴，原本是想让姑娘装病瞒过虞府上下众人，我还以为谁也没胆子进姑娘的房间探查，可就刚才那一两个时辰的工夫，还是有好几拨的人，以各种名目进来问东问西，真有些讨人嫌呢！”

傅锦画蹙眉起身，接过青碧奉过来的热茶，问道：“难道真有人进门不成？可我明明是睡着，那些人难道发现不了？”

话音刚落，便见青碧掩嘴“哧哧”笑着，眼睛中透出一股顽皮而慧黠。

傅锦画刚要佯怒瞪她，便见青碧从妆台上捧过一面镜子来，傅锦画探头看去，镜子中的自己竟是脸颊如雪，额头上还有些青紫瘀红，说不出的骇人。随即也明白过来，青碧定是趁自己睡觉的时候，为自己易容化妆以此蒙骗过那些探查的人。

傅锦画忍俊不禁，正要指着青碧的额头说她是鬼机灵时，伍仇敲门进来，见到傅锦画的模样，当真是吓了一跳，急道：“姑娘怎么成了这副模样？今早见姑娘之时还是好端端的。青碧，你说你是怎么伺候姑娘的？”

恰在此时，青碧递过来一方温热的帕子在傅锦画的脸上一抹，那些脸上的脂粉如数尽去，青碧斜睨着伍仇，得意地说道：“你看，这不还是完好如初的模样。”

伍仇拍着胸口憨笑着，说道：“跟甄扇那小子一样，尽整出些歪门邪道的东西来。”

“公子叫你来请姑娘去书房，偏偏你在这里多事念咒我，小心我回头告诉公子。”甄扇从门外探头进来，嬉笑着说道。

伍仇见是甄扇，当即一手提着甄扇的领子将他揪了进来，毫不客气地回道：“好小子，竟学会威胁我了？那你这不是逼着我去告诉公子，你将公子珍藏的好酒失手打碎，还偷拿他的宝剑习练……”

不待说完，那甄扇忙不迭地求饶，嬉笑着说道：“公子还在书房等着姑娘呢，你我在这儿说闲话，回头叫公子知道了，还不是一起受罚？”

伍仇见甄扇又将自己给牵连上，羞怒之下更加口拙，直急得面色涨红。

傅锦画忍俊不禁，借口换件衣服将两人遣出门外，青碧递过来一件暗紫色的披风，边角上绣着几朵落梅。傅锦画看那针法有些熟悉，便将披风拿过来细细看着，赫然发现这针绣竟是出自芸娘之手。

傅锦画急切地问道：“青碧，这披风哪里来的？”

青碧有些茫然，不以为意地说道：“这件披风是青碧从隔壁房间里翻出来的，青碧看这披风还新着呢，左右无人穿，不如拿来给姑娘穿。”青碧看傅锦画的脸色有异，于是低下声音来试探地问道，“难道是姑娘不喜欢吗？”

“这隔壁房间里曾经住过什么人？”

傅锦画摇了摇头，叹息一声，披上这件暗紫色的披风出门，听青碧的口风便知她根本不清楚隔壁房间里曾经住过什么人，至于这件披风是何人的就更不清楚了。

想要问出详情，只有当面问他虞晋声。

所以，当傅锦画随着甄扇和伍仇来到书房，虞晋声的目光良久落在自己所穿披风之时，她便单刀直入地问道：“这件披风是何人的？”

虞晋声回转身，声音一如既往的清润悦耳：“一位故人的……”

傅锦画没有追问，暗自揣摩虞晋声话里“故人”的深意，可是她却不敢擅下妄断，想虞晋声这样的男人，“故人”两字于他，只能是阳关孤唱，怎能是烟花柳巷之戏言。

难道说，这芸娘当真如自己所料，并不只是绣娘那般简单？

正在这时，甄扇在门外禀告：“公子，找到张千忠了，他在茶楼与人大打出手，闹得不可开交，还口口声声说自己是虞府的人，那茶楼伙计就来给咱们报信，伍仇已经赶过去擒他了。”

傅锦画冷笑，果然如自己所料，那张千忠不过是在茶楼故意找碴儿，好叫虞府的人发现他的行踪罢了。

因为对于他的无故失踪，总是需要一个说得过去又能洗清嫌疑的理由。

伍仇将张千忠带了回来，那张千忠貌不惊人，五十岁左右，粗布青衣，一身酒气，醉醉歪歪地给虞晋声行了礼，又飞快地扫了傅锦画一眼，别过身去醉醺醺地打了个酒嗝儿。

伍仇皱起眉头来喝问他：“张千忠，平日里你一向循规蹈矩，怎么今儿个就失了规矩偷跑出去喝酒闹事？”

“老奴不过是昨日与人赌钱赢了两个，一时酒瘾犯了才偷着出门喝了几盅酒，喝得多了一时忘形才惹出祸来，老奴知错了。”那张千忠醉眼惺忪，声音忽高忽低地说着。

“我再来问你一件事，如果你不说实话，别说公子不饶你，就算是我伍仇，也会将你扒皮抽筋！”伍仇做出一副鬼见愁的模样，故意瞪大了眼，嗓门儿也如洪钟一般，着实有些吓人。

“伍爷请问，老奴不敢隐瞒。”反观张千忠，便是一副畏缩怕事的模样。

“你会武功吗？”

张千忠赶紧摆手，急忙说道：“伍爷，这可开不得玩笑，老奴是得公子赏口饭吃才留在了虞府，如果当真会什么武功，怎至于只做看管后院这样的差使。”

伍仇听完张千忠的话，一时不知道该如何再问下去。因为在他心里，这个张千忠当真是无法与城外刺杀之事联系在一起的，于是伍仇有些不知所措地望向了虞晋声。

虞晋声把玩着手里的玉扇，一直没有出声，眼神冷寂，说道：“张千忠，你是何时进的虞府？”

张千忠未及答话，抬眼之间看见傅锦画突然起身，迅捷地抽过伍仇别在身上的腰刀，往虞晋声的身上砍去……

在场的人，谁也不曾想到傅锦画竟会做出这番举动来，伍仇和甄扇生生愣在了那里，而虞晋声却是纹丝不动，不曾闪躲。便在这时，瘫坐在地上的张千忠却突然弹起，飞身至傅锦画身前，左手捏住刀身，右手便伸向傅锦画的喉咙，身手矫健……

而一直端坐在椅榻上的虞晋声，这时掷出玉扇，将张千忠右手的攻势破去，顺势将傅锦画拉至身前护着周全，孤傲地冷笑，气定神闲地看着张千忠。

一直僵在旁边的伍仇和甄扇回过神儿来，齐齐朝张千忠奔了过来，看那态势定要将张千忠大卸八块才肯罢休。

傅锦画叹了口气，说道：“罢了，他好歹是对你们虞家尽忠，杀了又有什么意思。”

伍仇在一旁茫然问道：“姑娘，为何如此说？”

傅锦画有些心灰意冷地坐下身来，眼神却落在虞晋声身上，说道：“那么，你问他到底是受何人指命。”

甄扇和伍仇齐齐朝张千忠喝问：“还不快说？你竟敢在公子面前撒谎，当真是吃了豹子胆了？”

张千忠站直了身子，脸上醉意涨红全消，狂笑几声，现出几分狰狞来，说道：“自然是济阳王。”

傅锦画冷笑，说道：“到这个时候，你还想着嫁祸于济阳王？左右这里都是你们虞家的人，你说出实情来，谁又会奈你何？了不起你劝你家公子将我给杀了，岂不是正好称了你的心思？”

那张千忠没有料到傅锦画言辞犀利，竟是不肯给他留下一点余地，于是梗着脖子倔强地说道：“我张千忠受了那人天大的恩惠，宁愿今天将命留在这里，也不能吐露任何实情。”

“你既然不便说，不如我替你说出来，”傅锦画慢慢踱步，走至张千忠跟前，并无惧色，说道，“指使你杀我的人，并不是济阳王，而是虞家二小姐虞红萼……”

第七章 齿痕

在场的人面色各异，伍仇和甄扇相视一眼，又齐齐看向了虞晋声。而虞晋声仿佛也早已料到是虞红萼一般，面色如常，只不过眼神中却多了几分无可奈何。

张千忠急得跺脚，说道：“你既然知道了，我张千忠没有办好二小姐交付的差事，又还有什么脸面活在世上，不如死了，一了百了的痛快。”说罢，便要举手朝自己天灵盖上拍去。

就在此时，虞晋声伸手阻住张千忠的去势，顺势点了他的穴道，叫他动弹不得，然后朝傅锦画说道：“既然他是我们虞家的人，又是听命于我妹妹，我也该为他担一份罪责。”

傅锦画冷笑，似是没有听见虞晋声的话一般，质问张千忠：“虞红萼叫你杀我，是何缘由？”

张千忠虽是被点了穴，口齿却仍旧能言，颇有些不屑地说道：“小姐说你是祸国的妖孽，留你在世上，别说殇离朝风云变色，即便是公子，也会连带着遭殃。”

傅锦画微怔，随即大笑了起来，那笑声悲凉而又落寞，良久才说道：“你家小姐真看得起我，她如今是皇宫里养的金丝雀，我却还只是大雁孤飞，你说，我如何可以祸国？”

那张千忠一时愣住，不知道该如何回答，正要再继续争辩，却被虞晋声冷冽的眼神制止。

“罢了，我不怪你，也不会叫你家公子杀了你，怎么着你都是为虞家尽忠，我身边但凡有你这样一个效忠于我的人，我也心安，可惜，我没你家小姐这样的福气。只是，我劝你以后不要再生杀我的心思，即便我不使出手段来，你家公子也是不允的。”

傅锦画说了些话，终究是给了虞晋声和张千忠一个台阶下，她挥了挥手，似是不愿再见到张千忠。

伍仇和甄扇见状，便在虞晋声的示意下，将张千忠带下去了。

房间里，只剩下傅锦画和虞晋声两个人。傅锦画走至暖炉前，将旁边放置的熏香掰了一点儿扔进去，不过片刻，房间里雾气氤氲，沉香袅袅……

“这次是红萼过于冒失了。”

傅锦画转过身来，望着虞晋声，他眼神清澈依旧，却多了几分无力挣扎的悲怆，有时亲情也会成为一种桎梏，当初济阳王不就是凭借着这种桎梏要挟自己吗?

“我不怨她，我只是觉得自己有些可悲罢了。”

傅锦画苦笑不已，当日如若不是虞红萼求自己将虞晋声调回泉城，费尽苦心助自己夺得钟银煌的眷顾，自己也不会在风口浪尖上被耶律楚际掳走，然后浪迹在塞外边关，困身于这安陵城之中。

傅锦画情知，当日虞红萼求助于自己之时，是因为她根本不知道自己也能得皇上眷顾进宫为妃。如今她既已进宫，便会使出百般手段邀宠，以求皇上将虞晋声调回安陵城。

而今日，那虞红萼却动了杀机，要将自己置于死地，无非是怕她的哥哥虞晋声卷入是非。她虽在深宫，得宠与否却和虞晋声的威望遥相呼应，荣宠与共，所以，她不能眼见虞晋声陷入这泥潭之中。

再者说，即便傅锦画不会被济阳王当作废棋弃之，而是重返皇宫，那么她虞红萼也不会期望多一个夺宠之人。

思索至此，傅锦画突然问起了耶律楚际，以她对耶律楚际的判断，此人城府极深，阴狠毒辣，决计不会找不到自己身在何处，为何一直没有现身倒是令人费解。

“耶律楚际可有消息？他盘桓在城外已久，不可能没有一丝动静，以此人才智，别说寻我，即便是要将这安陵城搅个天翻地覆，想必也未尝不可。”

虞晋声将琴架上的古琴取下来，用锦帕慢慢擦拭着，淡淡地说道：“他既然没来，自然有没来的原因，不必问了。”说罢，轻调琴弦，便拨动了一段妙乐绝音。

傅锦画心里有气，当下上前一步，大力按在琴弦之上，琴弦绷紧，发出喧嚣刺耳的声音。

“自从我到这虞府，你便处处隐瞒，不肯告诉我丝毫真相，我叫你安排我见济阳王，你不肯，现在问起耶律楚际来，你也不肯谈及，你究竟是为何？如果仅仅是惧怕济阳王而对我施以援手，那么你就别想我会因此感激你。”

傅锦画说罢，见虞晋声面色如常，嘴角甚至抿着一抹令人不易察觉的笑意。

“虞晋声，你欺人太甚！”

傅锦画心生恼怒，冷脸朝虞晋声说罢，却见虞晋声忽然身形一顿，手臂一伸将自己搂在了怀里，一个腾跃便离开琴架几步远。

便在那刹那，有几支箭从窗外呼啸而至，直指傅锦画刚刚所站之地。

傅锦画正待惊呼，便见虞晋声用手掩住了她的口，傅锦画硬生生地忍住没敢叫出声来。虞晋声抱着傅锦画，两人倚在房间角落墙壁上，虞晋声背朝窗外，将傅锦画护在怀里。

虞晋声用眼神示意傅锦画不要再出声，傅锦画不自觉地点了点头，知道那刺客从外面看不到书房内，定是听音辨位，才在傅锦画说话之时，准确地将箭射杀过来。

不多时，书房外便传来熙攘的脚步声，甄扇和伍仇大喝着追赶刺客。

傅锦画试图长舒一口气，发觉自己还被虞晋声掩着嘴几近窒息，于是想也没想地便朝虞晋声的手掌咬了下去，初始很用力，几乎是毫无顾忌一般地用力，却在抬眼看到虞晋声那清澈亮透的眼神时，慢慢松开了牙齿，直至将唇落在齿痕上，失神……

那一刻，有种莫名的心战，说也说不清楚。

傅锦画脸色绯红，推开虞晋声，仓皇地退了两步。

便在这时，书房门被推开，傅锦画又急忙退了几步，伴着伍仇和甄扇混乱无序的话语，书房内隐晦而暧昧的气息，仿佛冲淡了不少。

“公子，那名刺客身手矫健，我和甄扇未等去追，早已逃得无影无踪了。”伍仇跺脚急道。

甄扇用力拔出了射在地上的其中一支箭，有些疑惑，说道：“公子，这箭好生奇怪，跟我们殇离朝的箭有些不同。”

虞晋声仅是扫了一眼，淡淡地说道：“这箭名为凤羽，青铜造就，能射三百步外，你仔细看看这箭羽上是不是还镶着一个‘齐’字？”

傅锦画蹙眉，当下也料想到是何人之箭了，未等出声，便听见伍仇惊呼说道：“公子，你是说这是耶律楚际手下齐将军的兵器？”

甄扇急道：“难道说这耶律楚际已经进城了？那些守城的将士们怎么不拦住他们？”

虞晋声不置可否，对伍仇和甄扇说道：“你们二人速速传我之令，就说耶律楚际已然进城，叫安陵城内的将士们多加小心，尽量避免与之冲突。”

甄扇说道：“公子，要不要甄扇去大营调三千精兵进城？否则那耶律楚际趁势逃回了元熙朝，咱们再想抓到他就没有这样好的机会了。”

虞晋声挥了挥手，眼神有意无意地落在傅锦画的身上，说道：“他一时半刻不会离开安陵城的，他想做的事情还没有做完。”

傅锦画心神一动，挺直了脊背，却暗自生疑，为什么齐将军也要置自己于死地？

正在这时，甄扇突然叫道：“公子，你的手背怎么……”

虞晋声轻咳一声，止住甄扇的话，甄扇似有所悟地转身看向了傅锦画，嘻嘻笑着。傅锦画面色微红，强作镇定地说道：“我乏了，先回去歇着了。”

虞晋声在她身后，正待要说什么，见傅锦画执意离开，只得作罢。

边关塞外，风雪来势更加猛烈，自从傅锦画到了这安陵城，这天儿就没有晴过，今日尤甚，不过才傍晚时分，已经暗沉沉得难以辨清方向。

傅锦画径直推开门，进到房间，见青碧站在床前，面色不清，用紧张焦急的声音，颤巍巍地说道：“姑……姑娘，你回来了……”

傅锦画有些诧异，失笑问道：“青碧，你是怎么了，说话怎么有些……”

未等傅锦画话音落下，便见青碧从床前走了过来，脚步迟缓、身形呆滞，傅锦画惊愕地发现她身后竟然还跟着一个人，不消说那人定是用匕首抵在青碧的腰间，要挟于她。

傅锦画进门之时，青碧站在床前，那人站在青碧身后，用床帏隔着身子，再加上天色昏暗，所以傅锦画很难察觉这房间里竟是多了一个人。

那人出手迅捷，点了青碧的穴道，青碧身子一软倒在了地上。

傅锦画镇定自若，徐徐落座，说道：“来者是客，我不会这样对待我的客人，自然你也不应这样对待我的丫鬟。”

那人走近了，声音冷冽却带着几许嘲讽，说道：“在这将军府，你也不过是被人收留而已，还说得出来者是客这样的话来？难道说你想要做虞晋声的女人？那么本王劝你绝了心思，依你如今的身份，留在这将军府也只能做个见不得光的小妾，否则虞家和傅家都免不了满门抄斩的命。”

来人正是耶律楚际，多日不见，他脸上的阴戾更甚，口气刁钻，继续说道：“不如同本王回元熙朝，那里没人会在意你的身份，即便你想要做我的王妃也未尝不可。”

傅锦画自斟了一杯热茶，握着茶盏正要送入口，不料却被耶律楚际夺了去满饮入腹，于是冷笑着说道：“不要告诉我，你将我掳走就是为了让我做王妃，这样的借口太卑劣，否则刚才又怎么会命令你的手下将我一箭射死？”

耶律楚际一怔，随即带着更加讥诮和不屑的语气说道：“说来好笑，那齐将军是怕本王会对你动情，由此不舍得拿你做饵，坏了本王的大事，所以才只身闯至虞将军府杀你。”耶律楚际上前挑起傅锦画的下巴，口气怨毒地说道，“本王就是得到消息，所以才来看看你到底是否无恙，本王还不想弃了你这么个鲜美的诱饵。”

说罢，便压低声音笑了起来，那笑声邪魅，分明带着肆无忌惮的讥刺。

傅锦画甩开他的手，见桌上有座灯盏，便顺手取过火石，点亮了油灯。傅锦画不敢大声呼救，因为她拿捏不清耶律楚际的性情，害怕激怒他。

傅锦画取下发钗，挑着灯芯，没有理会耶律楚际的话，却趁着他分神之际，握住灯盏用力朝窗户掷去，霎时间窗纸便燃了起来。

正因泼洒灯油，窗纸窗棂燃起的火苗很快便蹿了出去，火光冲天，惊动了庭院里的人，渐渐有熙攘惊叫声传来。

耶律楚际低喝一声：“该死……”

傅锦画冷冷笑着，看着耶律楚际因为火光映照显得更加阴狠的面色，说道：“你如果怕了，现在走还来得及。”

耶律楚际上前钳住傅锦画的脖颈，将她拽在身前，在她耳边低声说道：“只怕来不及了……”

恰在这时，门被人一脚踢开，甄扇闯了进来，紧随其后的便是虞晋声，他扯住正待冲上前的甄扇，吩咐他先去救仍旧昏迷的青碧出去。

甄扇伏身为青碧解穴，试了几处穴位都不得行，顿时急得抓耳挠腮。虞晋声拿起桌上的发钗，朝青碧脐上一寸处的关元穴掷去，分寸拿捏得正好。青碧悠悠醒转了过来，见傅锦画已然被耶律楚际擒住，急道：“公子，救救傅姑娘吧！”

耶律楚际冷笑着说道：“她哪里是什么傅姑娘？她是钟银煌诏告天下典册进宫的画妃……”

外面赶来救火的人越来越多，可是因为风势凌厉，火势一时控制不住，直往屋子里扑来。甄扇抓着青碧将她推出去，虞晋声却将甄扇也一并推出了房门，回转身，定定地看着耶律楚际，说道：“要么你放了她走人，要么我们三个人齐齐被烧死。”

耶律楚际眉峰抖动了一下，捏在傅锦画脖颈间的手没有松开，反而越发加了一分的力道，说道：“虞晋声，别告诉我你不清楚她和济阳王之间的纠葛，她是济阳王看上的女人，难道你当真愿意为这个女人死？”

虞晋声望了傅锦画一眼，眼神镇定而澈亮，抽出腰中的软剑，直指着耶律楚际的眉心，说道：“在我安陵城，我说她不能死，就没有人能伤她一分。”

耶律楚际放声狂笑，笑声还未敛去，便见屋顶上横梁已然被烧成焦炭，顷刻间便落了下来。耶律楚际想也未想便将傅锦画推向了虞晋声，落下来的焦炭重重砸在了耶律楚际的左臂上。

傅锦画被耶律楚际用力推倒在虞晋声的怀里，虞晋声揽起她的腰肢，疾速弹身闯出房门，霎时间，这间屋子的横梁尽数落下，都淹没在火海之中。

傅锦画用手抚着脖间的隐痛，耶律楚际手掌的余温仍在，想起刚才他在危急之时将自己推离，而他又丧命于火海，忍不住唏嘘不已。

青碧上前想搀扶傅锦，还未及身子，便见傅锦画软软倒了下去，急道：“公子，傅姑娘昏倒了！”

虞晋声上前探其脉象，说道：“她刚才被浓烟熏呛，又受了烈火炙烤，现在出了门乍受严寒，身子受不住，歇几日便好了，无碍的。”

虞晋声说罢将傅锦画抱起，安置到另一房间，并吩咐青碧近身伺候，另命伍仇带着几个身手好的侍卫日夜守在门外，不得再叫任何人接近。

待到傅锦画醒来的时候，已是次日午后，仍旧有些昏昏沉沉，身子也疲乏不堪。青碧见状上前扶她坐起身来，低声说道：“姑娘，有人想要见你。”

傅锦画心下一动，有些惊疑不定，仍问道：“他在哪里？”

“虞府外十丈远，有一马车……”

正说着话，便听见伍仇在门外叫道：“公子……”傅锦画和青碧相视一眼，当即重新躺下来，闭目假寐。

虞晋声走了进来，青碧上前见礼，说道：“公子，姑娘还未醒，不如公子过个把时辰再来。”

虞晋声有些诧异，说道：“到这时都没有醒，她的身子不应这样弱才是，难不成耶律楚际在她身上动了手脚？青碧，你为她换衣之时，可曾见她身上有什么青紫瘀痕或者针眼暗伤？”

傅锦画听见虞晋声的话，忍不住面色绯红，虞晋声见此正待上前察看，便见青碧抢先一步说道：“定是青碧刚才多放了几个暖笼在屋里，热着姑娘了，待公子走了后，青碧就为姑娘除去外衫。”

话说到这里，换成虞晋声的面色有些不自然，深深地看了傅锦画一眼后，旋即离开。

傅锦画听见虞晋声脚步声渐远，才倏地起身，捂了捂自己的双颊仍有热辣，长长舒了口气，才缓下心情来。

待又过了小半个时辰，青碧在屋子里大声说道：“姑娘也该醒了，我先去厨房端些清粥。”

说罢，便有一人从房间里走出来，用帕子掩住嘴低低咳嗽着，伍仇随意说道：“青碧，你尽心照顾姑娘是好，也该注意下身子才是。”

“青碧”不停地点头，旋即就疾步走出了庭院，径直朝府门外走去了。虞府的门卫识得“青碧”，所以不曾拦她。

她沿着虞府门外的路向西走了几丈远，果然看见一辆马车停在闹市中间，紧张惶恐之际，连手中的帕子掉了也不知，原来扮作青碧出府的人，正是傅锦画。

傅锦画缓缓往马车走去，这几丈远的路走得格外艰辛与犹疑，不是没有期待的，只不过瞬间便否定了自己。

待傅锦画在马车旁站定，不见赶车的人，也看不到车厢里坐着的是何人，她不敢张口去问，如果这车厢里的人不是济阳王，她待如何？

正在这时，车厢里响起低沉的声音：“怎么不上来？难道这安陵城粗犷的繁华，你看不够吗？”

乍听这熟悉的声音，傅锦画心神一战，眼睛里瞬间便升起一层朦胧的雾气，未待伸手拭去，便被那人伸手拉进了车厢。

傅锦画与那人促膝而坐，她低垂下头，恰好望见那人的鞋履，干净整洁，不见风雪尘泥，他济阳王倒是潇洒自在得很呢！

想到这里，傅锦画有些倔强倨傲地仰起头，毫无畏惧地瞪着济阳王，说道：“王爷当日要我留在耶律楚际的手里做人质，如今我误打误撞地进了虞府，王爷可是有些懊恼愤恨呢！”

济阳王抱臂倚在车厢上，傅锦画这才发现他面色绯红，眼睛里布满血丝，略显倦态，再三犹豫之下，伸手上前抚在济阳王的额头上，触手之处尽是滚烫，傅锦画不禁大骇，惊呼出声：“你在发热……”

济阳王将傅锦画的手握住，按在自己的胸前，也不说话，蹙眉闭目。傅锦画被迫俯身靠向他，抵在他胸口的手感受到强而有力的心跳，沉稳而踏实。

傅锦画咬了咬牙，几乎是耗尽全身的力气，将自己的手抽离，喝道："钟华离，你要么去看大夫，要么就放我回泉城，我还不想将性命交付给一个不顾惜自己性命的人……"

济阳王慵懒而疲惫地笑了笑，这似乎是傅锦画第一次见到他这种没有戒备而放松的神态，他的声音低哑，说道："连本王都没有想到，竟有那么多人想要你的性命，好在本王知道虞晋声会护你周全。"

傅锦画见济阳王提起虞晋声，想起他昨夜在大火中镇定淡然地营救自己，心下感慨，说道："他肯救我性命，只怕你也用同样的手段来要挟他了吧？如今耶律楚际已经死了，我也不必再在他的手里做什么人质。"

"这耶律楚际如何会死？仅凭虞府上一场小小的火事，便能夺了他的性命？你太小看他了。"

"昨夜，我们差点儿葬身火海，将命丢在这府中，你却说这只不过是一场小小的火事？你难道是铁石心肠？难道我们这些被你要挟的人的性命这么低贱吗？"

济阳王微怔，抬了抬眼皮，将傅锦画拉至自己胸前，傅锦画正待挣扎，便被他用左臂死死牵制在自己的怀里。济阳王用右手在傅锦画的脸颊上缓缓地打着圈，用不相信的语气嘲讽地说道："傅锦画，你在清音庵之时，透着的那股聪慧劲儿哪去了？怎么出了泉城，事事愚笨了起来？"

傅锦画本来心下便有气，被他这样轻薄羞辱更加羞愤，喝道："别忘了，是谁让一个弱不禁风的女子离乡背井浪迹塞外边关？如若不是老天眷顾，只怕她早死了好几次了，你竟说她愚笨？那么运筹帷幄的你，说说看，你要帮她如何挣脱这厄运重返泉城？"

“你那么想回泉城？”

济阳王似是不经意地一问，却叫傅锦画生生愣住，她难道真的那么期盼回到泉城吗？即便现在回到泉城又如何？钟银煌已经下令要将自己处死，如果没有济阳王和虞晋声相助，自己如何回到泉城都是个问题。

她一时不知道如何回答，有些呆呆地望着济阳王，这副娇弱神情被济阳王看在眼里，却是有些怦然心动，只觉得连带着身子都有些热了起来。

他长叹一口气，搂住傅锦画的胳膊又加了几分力道，却没有感觉到傅锦画任何的挣扎，心下诧异之时，便察觉到胸口之处有些冰凉传来，紧接着便注意到她肩膀耸动，伴着压抑的哽咽声……

“这次回泉城，本王就要大婚了。”济阳王也不知道为什么在这当口说了这句话，直觉上他想要知道傅锦画是何反应，只觉得怀中的人身形一滞，轻轻推离他坐在了对面，拭去泪痕，勉强笑道：“如果王爷娶的是我二姐，那么我更该说声恭喜了，可惜我身陷边城，不能回去观礼。”

济阳王没有说话，就那样看着傅锦画，眼神淡淡的，甚至带了一丝轻柔。傅锦画别过头不肯再与他对视，终是忍不住说道：“只是不知王爷如何肯在我失去棋子作用后，还肯娶我二姐，难道说王爷对我二姐确实有几分情意？”

这几句不清不淡看似戏谑的话，此时却令济阳王有些生受不起。他皱起眉头，压抑住怒气问道：“在你眼里，本王对你除了利用，别的就再也没有一丝一毫了吗？”

傅锦画冷笑几声，讥诮地说道：“王爷不会要说对我情根深种吧，我傅锦画担待不起，如果王爷真有心，便先告知如何助我走出困境才是，这将军府既然能安插了你的人，也定会安插了皇上的人，这样闹下去，皇上难道猜不出虞晋声收留的女人就是我吗？”

济阳王的目光转瞬间便带了几分残忍狠绝，说道：“如果皇上果真知道了，那么你的下场只有一个字，死……”

傅锦画心下大骇，仓皇间后退撞到了车厢壁上，硬生生忍住痛，倔强倨傲地说道：“不愧为济阳王，杀伐决断毫不留情，我不恨你这样对我，我只恨自己入不了宫，左右不了君王之意，不能令风云变色、乾坤翻转。”

济阳王眼神复杂，低哑着嗓音说道：“在你心里，本王是不是就是个恶魔？”

傅锦画缓缓摇了摇头，苦笑不已，抬脚下了马车，决然离去。罢了，已经知道答案了不是吗？前途是死，结局是死，如何也逃不了一个“死”字。

她怎知，就在她离去的瞬间，有个人想要唤住她，只为了怜惜地看着她，说一句：“曾经的傅锦画是死了，可是你仍旧会活着，会好好地活着，不是吗？”

不多时，有人跳上济阳王的马车，将马车赶到数里远，那里有一队人马正乔装扮成商旅等在客栈里，见到济阳王回来，齐齐围上去，说道：“王爷，咱们兄弟们候在这客栈里心急如焚，生怕王爷出个闪失，如今这安陵城鱼龙混杂，连耶律楚际的人马也潜在里面，就算是虞将军恐怕也难以控制住局势。”

另一个人上前问道：“王爷，咱们几时去将军府？咱们再不亮出身份，属下担心……”

济阳王坐在倚榻上，喝了一口热茶，挑眉说道：“你担心我们不亮出身份，虞晋声会和耶律楚际联手将我们除去？到时候上报朝廷，就说是不知道我们的身份，只以为是流寇悍匪？”

那人讪讪笑了笑，没有答话。

济阳王长舒一口气，眼睛里的红血丝更多了，说道：“莫急，今夜便去虞府，只是你们传令下去，要将士们不得四处打秋风敲诈勒索，虞晋声不似旁人，他治军甚严，最恨士兵阳奉阴违。”

那几人纷纷点头，莫不以济阳王之令为尊。

而傅锦画刚踏进虞府没有几步，便被甄扇拦着，急道：“我的姑奶奶，你跑哪里去了？”

傅锦画知道自己假扮青碧出府之事，已然被虞晋声知晓，当下也有些不好意思，微微笑着说道：“我在府里待着气闷，出去走走。”

甄扇扯着傅锦画的衣袖，说道：“姑奶奶，快些跟我回去吧，公子发了怒，要伍仇自罚直到你回来，再迟一些，我怕伍仇的脚都保不住了。”

傅锦画大惊，当下一点也不敢耽搁，疾步回了房间，只见虞晋声坐在椅子上手里握着热茶，青碧跪在一旁低低抽泣，而伍仇站在一排尖刀上走来走去，面色惨黄，已是大汗淋漓，可知他施展轻功不让自己被尖刀刺穿脚心到底耗尽了多少气力。

甄扇见状，急忙给伍仇搭了一把力，扶着伍仇下了尖刀。伍仇汗流浃背当即瘫坐在地上，说道：“姑娘，你可算回来了，再晚回来一步，伍仇的脚就废了，再也不能替公子跑腿儿了。”

傅锦画愧疚不安，上前拉起青碧，再扶起伍仇，说道：“甄扇，你扶着伍仇下去歇着吧。青碧，你也去伺候着，再去厨房端些补气血的汤水送过去。”

傅锦画说这些的时候，没有看虞晋声的脸色，甄扇和伍仇候在一旁不敢动，连青碧也不敢离开。

直到虞晋声随口说了句“下去吧”，三人这才如同得了赦令一般，迅速离开。

傅锦画苦笑，说道：“都说虞将军治军有方，岂不知连家仆侍从也这般训练有素。”

虞晋声冷不防地说道：“如果我虞晋声果真治军有方，怎么会纵容伍仇将你放出去？我虞晋声自小习武，难道还不能由气息分清一个人是真睡还是假睡？”

傅锦画面色一红，有些不自然地说道：“我不是故意瞒你……可你当时为什么不拆穿我？”

“我如果拆穿你，你不也是要想别的办法溜出去？说不定会做出过激的事情，罢了，既然你要去见的人是他，我又为什么要拦呢？”

虞晋声的话语简单明了，却透露出一个事实，他知道自己去见的人是济阳王。傅锦画有些试探地问道：“你怎么知道我要去见的人是他？难道你早已知道他来了安陵城？”

虞晋声避而不答，站起身来，走近了傅锦画，这是虞晋声第一次毫无缘由地主动走近她。虞晋声漆黑温润而又奕奕有神的眼睛，带着几分怜惜之情，说道：“今儿晚上，不管发生什么事，你都要记得，站在我的身后，那样就没有人可以伤你半分。”

傅锦画诧异不已，难道说虞晋声已然知晓，济阳王会在皇上得知自己的存在时将自己置于死地？想到这里，傅锦画心口一痛，差点儿落泪。

“你为什么要救我？”

傅锦画怯怯地问，她想要寻求一个答案，一个能令自己心安的答案。

虞晋声做思索状，半晌才回道：“我救你，但是我要你答应我一个条件……”

傅锦画的心慢慢沉了下去，心里泛起悲苦滋味。罢了，罢了，左右都是死，不如顺其自然。

“我要你答应我，留在这安陵城，陪我一生一世。”虞晋声的声音如金玉相击，眼神明明是轻灵澈透，不含一丝杂欲，却仿佛带了万般魔力，将傅锦画引进了万丈深渊，不得救赎……

傅锦画心神一动，转身坐在椅子上，不敢再朝虞晋声看去，低声问道：“为什么？你为什么要我答应这样的条件，这意味着……”

“这意味着你这辈子只能是我虞晋声的女人。”虞晋声在傅锦画的身前，伸手握过傅锦画的手，说道，“我虞晋声一生清傲，从不沾惹脂粉烟柳，只因为我懂得英雄惜红颜，这‘红颜’二字应当赠予你这样的女子。”

傅锦画想要抽离自己的手，怎奈虞晋声不消用力也紧紧握得住，挣脱不开只得作罢，说道：“你应当知道我如今的身份，也应知道我如今是何处境。但凡有人知晓，傅、虞两家永无宁日，这样深的罪过，我傅锦画担不起。”

“有我在，一切的罪责我来担，我虞晋声的女人怎能受苦？”

傅锦画不是没有心动的，只不过，只不过她还没有想好，这一切来得太过突然，她犹疑着，她惶恐着，她想要挣扎逃避着。可是，虞晋声却突然将自己的手举至她的眼前，上面月牙般的齿痕犹在。

“如果没有一丝情意，又何必在我的手上留下印记？”虞晋声不容傅锦画回避，继续说道，“这齿痕在，我的情意便在……”

“可是这齿痕，总有消失不见的一天。”

“不，你等三天后、三个月后、三年后、三十年后再来看，它仍旧会在……”

第八章 边城倦客

傅锦画情知虞晋声肯定是用了药物，才在手上留下长久的疤痕，她心生不忍，低低念道：“这又是何苦？我与你不是一路人，你远离尘嚣，经卷清茶相伴，我却堕在轮回中不得救赎，这条路太曲折，也太艰辛，我宁愿一个人受着，也不肯再牵连其他人。今晚，是生是死我都料不到，我又如何谈及情爱？”

“今晚是谁的生死之夜，你料不到，我却算得出，不要再惴惴不安，在我眼中，你不是这般柔弱怯懦的女子，你有谋略，也有胆识。”

虞晋声说到这里，傅锦画仰起头看着他却忍不住笑了，眼角带着闪烁的泪光，既俏皮又惹人怜惜。

“为什么要笑？”虞晋声有些无奈地笑了笑，眼中泛着一股掩饰不住的宠溺。

傅锦画娇羞不已，终是说道：“我笑是因为我猜得出你为何要留下我，”或许是看得出虞晋声颇有听她说下去的兴致，傅锦画挑了挑眉，继续说道，“因为在这安陵城中，适合你的女人寥寥无几，而即便是皇上指婚的女人，也不见得愿意来这安陵城中的将军府安居，可是我，因着这层说不清的隐秘，却能甘心留在这里陪你，即便这里是塞外边关，即便这里不甚繁荣……”

虞晋声拍手赞道："以你的聪明机辩，将来在这安陵城中，我再也不会觉得有一丝孤独和惆怅了。"

虞晋声笑得开怀，傅锦画却因为他没有反驳自己而不悦，嗔怒道："原来我说的一切都是真的，虞晋声，别说我现在没有答应，即便将来真的被迫留在安陵城，也不准你欺辱我。"

虞晋声脸上笑意未减，正待说话，便听见甄扇在门外说道："公子，午膳已经备好了。"

虞晋声欲挽着傅锦画同去，傅锦画避开他的手，无论如何也不肯，行至前厅的路上，傅锦画低声问道："想来那伍仇已经追随你多年，他也不过就是一时疏忽犯了一点点过失，难道你真忍心让他踏在尖刀上，刺穿脚心废了双脚？"

虞晋声颇有些不以为意地说道："亏我先前还赞你聪慧，你难道没有发现，伍仇脚踏尖刀之时，穿的是一双特制的鞋？那鞋底内含一层天蚕金丝，不浸水火，也不怕刀刃。"

傅锦画恍然大悟，这才想起先前伍仇跳下尖刀之时，确实又换回了自己的鞋来穿，笑道："原来虞公子也是会玩猫腻的人，只不过那伍仇鲁莽猜不透其中奥妙，可是你那个鬼灵精怪的甄扇，难道也没看出来？"

虞晋声笑而不答，远远跟在后面的甄扇，却疾步走上前来，压低嗓子对傅锦画说道："那是因为这些主意都是我给公子支的招……"说罢，还一脸得意地笑着。

"哦，"傅锦画拖长了尾音，继续说道，"原来是这样啊……"

甄扇看傅锦画满脸的意味深长，脸色一变，慌忙朝傅锦画摆手，说道："姑娘可千万不要告诉伍仇，否则甄扇可有苦头吃了。"

傅锦画一脸的大度，说道："要想我不告诉伍仇也行，可是你必须答应我一个条件。"

甄扇有些戒备地问道："什么条件？"

“那就是，以后你只听我一个人的话。”

甄扇挠了挠头，望着虞晋声，看虞晋声笑而不言，转瞬间明白了过来，连忙答道：“只要姑娘肯在这将军府一日，那么我甄扇自然听姑娘的。”

傅锦画初始不以为然，后来才意会过来甄扇话里的深意，不禁羞红了脸，佯怒瞪了甄扇一眼，转身朝虞晋声说道：“素来听闻你待人公平，既然有整治伍仇的招数，那么势必还有整治甄扇的招数吧？”

甄扇在一旁急道：“姑奶奶，你饶了甄扇吧，甄扇什么都听您的还不行吗？”说罢，不待虞晋声吩咐便溜之大吉。

傅锦画望着甄扇慌不择路的模样，笑得花枝乱颤，不期然间便遇上虞晋声的眼神，低垂下头，听见虞晋声在她耳边低声说道：“其实，我也有待人不公平的地方，譬如女人……”

虞晋声的话语气清朗，傅锦画听在心里却多了几分暧昧，只听见虞晋声继续说道：“世人总讲‘公平’两字，却不知在男女之情上，永远都没有办法企求‘公平’两字，我虞晋声既然将情思赋予你，眼中就再也不会有其他的女人。”

傅锦画仰起头，眼神温和，或许带着更多的感动，问道：“虞晋声，这是承诺，还是誓言？”

虞晋声有些不解，问道：“两者可有分别？”

“男女之情的誓言如同云烟缥缈，永远无法停在最美的时刻，而大丈夫许下的承诺却不同，头颅可掉，承诺却不可不做到。”

“这样说来，承诺比誓言更重，那么我虞晋声许给你的不是誓言，是承诺。”

傅锦画望着他，眼神再没有逃避，而虞晋声站在廊亭之下，手握玉扇，如同月华般清俊。如果，如果一切没有变数，他该是最好的良人归宿，不是吗？

青碧从远处过来，看到傅锦画和虞晋声如此神态，轻咳了一声，说道："公子、姑娘，再不过去饭菜就要凉了。"

傅锦画乍然回神，脸色却是娇羞不已。虞晋声浅笑几声，先行踏进了前厅，而傅锦画正要移步之时，便被青碧扯了扯衣袖叫到了别处。

青碧欲言又止，终是艰难开口地说道："姑娘，你……你万万不能与公子有任何的瓜葛，公子是安陵城的昆仑月，王爷却是那泉城的玉蛟龙。"

"青碧，你是怕王爷会因为我与虞晋声起冲突？"

青碧点了点头，迟疑地说道："姑娘，你毕竟也是王爷看重的人，青碧虽比不得姑娘的身份，可是也料得清其中的利害关系，王爷看似残暴，却最恨人背叛于他，他实在是个可怜人。"

"王爷是不是可怜人我不知道，我只知道他现在想要杀了我，"傅锦画苦笑不已，说道，"或许就在今夜。"

青碧有些瞠目结舌，难以置信地望着傅锦画，又用力摇了摇头，说道："青碧不信，王爷吩咐过青碧，一定要拿性命来保护姑娘，他怎么会杀你？姑娘，如果王爷真要，真要……青碧一定会誓死进谏，保住你的性命。"

看着青碧娇憨的神态，傅锦画突然明白了济阳王指派来监视虞晋声的人为什么会是青碧，因为青碧心思纯良，绝不会为了一己私利而在其中来回挑拨。青碧眼中的事实，仿佛是客观而不含一丝私欲的。

想到这儿，傅锦画对青碧又多了几分好感，拉过青碧的手，说道："青碧，我承你的情，会记着你的好意的。"

傅锦画怕迟迟不进前厅，虞晋声又会派人来找，于是挽着青碧的手往回走，继续说道："我在傅家也有一个好姐妹，她叫问雁，她跟你一样，心思单纯而又体贴……"

直到进了前厅，傅锦画才止住话，朝青碧笑了笑叫她安心，心下却感动不已。在傅家时，问雁也常常给她这种感觉，只是不知自己被掳后，问雁究竟是何处境。

刚落座，便见伍仇急匆匆地从外边进来，顾不得见礼，便给虞晋声奉上了边关急报。

虞晋声翻开一看，低低念读：“元熙朝三万精兵朝我殇离朝边境压来……”

“公子，这次只怕是真的了，刚才伍仇回来的时候，听酒馆茶楼里的人说，他们从元熙朝贩卖货物回来时，曾经看到有大批士兵经过。”

傅锦画有些不解，问道：“我朝与元熙朝势如水火，那些货商贩卒怎么会见到元熙朝官兵后还能安然无恙地回来？”

甄扇有些得意地说道：“这可是我家公子的功劳了。想当初，我朝与元熙朝都是见了对方的百姓便杀，边境内外的百姓人心惶惶，被迫四处迁徙，苦不堪言。公子见状，心生不忍，于是在一次战事中，只身闯入敌阵，生擒元熙朝的大将，硬生生地逼着元熙朝的皇帝答应不再滥杀无辜。从此以后，边境百姓都能自由贩卖货物维持生计，在别处生计毫无着落的人，也都到安陵城安家，这安陵城慢慢地就有了现在的模样了……”

甄扇兀自说得神采飞扬，被虞晋声轻咳一声止住话后，顿时蔫儿了下来，朝傅锦画吐吐舌头，站在虞晋声身后不敢再言。

虞晋声朝伍仇说道：“你现在就回大营，将我交付你的事先行办妥，另外派人密切注意元熙朝大军的动向。”说到这里，虞晋声却似是不经意地朝傅锦画看了眼，说道，“最迟今晚，我便回营。”

伍仇带着虞晋声的手谕应命而去，即刻前往大营。

饭罢，虞晋声与傅锦画同在书房。

傅锦画素手执笔，一盏茶的工夫却画出一幅两军对阵图，画中有一位白衣盔甲英姿威武的将军骑于马上，对面敌军中的将军却面目隐晦阴鸷……

傅锦画停下笔，有些心烦意乱，再也画不下去，说道：“那场火事，是不是不足以将耶律楚际烧死？”

虞晋声接过傅锦画的笔，在敌军大将的身上打了一个叉，说道：“他怎么可能会被区区一场火烧死？他是耶律楚际，就算是我这将军府化为灰烬，我相信他仍旧会好端端地走出去。”

说到这里，傅锦画突然又想起，当日耶律楚际将自己推开之后，左臂被房梁焦炭重重砸到，不知伤势如何，深深一声叹息，说道：“我是被他掳出泉城的，可是没有想到他却为了我受伤。我原本该恨他的，现在却只盼着他快点儿离开安陵城，回到元熙朝，那么他要争江山也罢，要夺社稷也罢，与我再无牵连。”

虞晋声却不以为然，说道：“耶律楚际既然肯冒险进泉城，就不会轻易放弃离开。”

或许是看出傅锦画的紧张，他淡淡一笑，说道:“有我在，别怕……”

两人坐在书房内，各自静言，一时相顾无声，傅锦画手里握着本书，却时时将目光落在虞晋声的身上。

一旁的虞晋声早已察觉，意味深长地说道：“你我还要一世相伴，不需要现在这般深情眷顾吧？”

傅锦画没有着恼，良久叹息，苦笑着说道：“如若你果真许给我一生，让我留在这安陵城未必不可，怕只怕我熬不过今夜了。”

虞晋声走近她身前，用手轻抚她的墨发，眼神清澈，语气温和，说道：“我说过我会护你周全，不会让你受到无谓的伤害，但是你需答应我，无论是在什么样的情况下，你都要相信我，不要质疑我的举动。”

傅锦画微怔，旋即缓缓点了头，算是应了声。

她隐隐觉得有些不安，她料想定是有难以估测的事情发生。

不多时，甄扇敲门进了书房，说道：“公子，甄扇已经在正厅左侧门布好奇门遁甲，依照您的吩咐，正是‘杀破阵’第三十六式——雁字回声，并且将府中仆人尽数散去，藏于将军府各处秘道中。”

“你且退下吧，他们也该来了，你去府门等着，叫他们各人都在府门三丈远下马，不要扰了我将军府的清静。”

傅锦画隐约猜出来人是谁，却仍有些不确定，解惑问道：“他们是谁？”

“他们自是该来之人……”

“虞晋声，你这是想要给我打机锋吗？”

“你既然已经心悟，我又何必直言？”虞晋声着笔写字，寥寥数字即刻写完，将纸笺叠又了叠，递给傅锦画，说道：“这字条，待今晚过后才能看，切记，切记。”

傅锦画有些懵懂地接过那字条来，放置在腰间的荷包内，却突然问道：“如若来人是济阳王，他又怎么肯在将军府三丈外下马？他一向横狂，会听甄扇之言吗？”

虞晋声自信沉着，徐徐说道：“只因为济阳王知道我自小习读奇门遁甲之书，既已布下阵，如若没有甄扇指路，不见得能进得府中来，即便硬闯进来，也要费上个把时辰功夫……”

“可是，当他进到这将军府，难道不恼你？”

“他一向是个聪明人，聪明人做事怎能只是依仗权势威吓众人？济阳王比你料想的更能识人用人，胸有千壑……”

傅锦画苦笑，说道：“这么说来，你们两人竟是有些英雄相见、惺惺相惜。”

傅锦画回想起当日济阳王提起虞晋声之时，戒备之色未必不是因惜才看重。

不多时，虞晋声唤来仆人，吩咐厨房按照泉州城的菜式准备一桌酒宴，仆人应声而去。

“来人可有兴致喝酒？”傅锦画摇头苦笑，一脸的无奈与伤悲。

良久，虞晋声叹息回道：“我曾说过，你要安心些，现在的自怨自艾都无济于事，你唯一需要做的就是信我……”

说罢，他走出去，留下傅锦画一人怅然若失地坐在书房内，翻看着桌上的几本经文，却渐渐地更加心神不宁。

不知道过了多久，就在傅锦画再也承受不起这份压抑的时候，有人轻轻敲门走进来，原来是青碧。

她手里捧着一叠衣物，说道："姑娘，公子说今夜……今夜有些不一样，请姑娘换上新衣。"

傅锦画接过衣物来，细细看去，精绣之作定是出自宫廷，也不多言，当即让青碧服侍自己换衣。

"姑娘穿上这衣服真好看。"青碧眼眶有些红，叹息地赞道。

傅锦画失笑，拉过青碧的手，说道："青碧，等你出嫁那日，我一定送你比这还好看的衣裳。"

"青碧哪里有这样的福气，怕只怕青碧那时……"青碧声音低落，说到最后已是哽咽不已。

傅锦画有些诧异，感觉到青碧的手略有些颤抖，正待细问，便听见虞晋声走进来朝青碧说道："青碧，你该知道有些事容不得人去反悔……"

青碧怯怯地抽回自己的手，潸然落泪，似是对虞晋声又似对自己说："青碧不悔。"说罢，看了傅锦画一眼，旋即疾奔而出。

远远地传来压抑的呜咽声，似有似无地令人难以判断，这到底是如何的痛彻心扉。

"你要青碧答应你做什么？"

"做她情愿去做的事。"

"难道一个女子的绝望你看不出？难道她眼中含着的求生之念打动不了你？"傅锦画走近虞晋声的身边，一句句逼问。

虞晋声却一脸深情，言辞恳切地说道："正因为如此，正因为我读得懂你的眼神、读得懂你的内心，所以才更盼着你能活下去。锦画，我只想要你活下去，伴着我，从此经文清茶，大漠黄沙，琴棋书画，寒月西沉……"

就这般炙热而强烈的言辞，似是倾诉，更似是一种逼迫，将傅锦画的内心堡垒彻底击碎，她茫然后退两步，望着虞晋声澈透而期待的眼神，那种想要逃离的慌乱渐渐消失。

“虞晋声，我是什么身份你是知道的，我不敢保证与我有牵连的男人会不会得以善终。”

“我虞晋声喜欢上的女子，你是第一个，我不信老天爷这么残忍，不给我喜欢一个人的时间，我要的时间很短，不过就是一辈子。这辈子欠下的债，下辈子我去替你还。”

虞晋声眼眸深邃，泛着清澈而真挚的情感，令傅锦画在感动之余徒添苦涩。傅锦画仰起头看着他，很久之后才明白，就在这一刻，他那鲜活而温润的面庞已经铭刻在心中，生命是场奔赴终点的历程，而她浪迹边关漂浮无依，一直想要在劣境中维持自己的尊严，早已疲乏不堪，她是多么希望能有一份踏实执着的情感，令自己可以如飞蛾扑火般投入，或者泯灭……

或许就是在这一刻，她暗暗藏起了一份相思，有段记忆再也无法忘却，那段浮华过后烟云渐散，显露出刻骨而铭心的深情。

“虞晋声，我答应你，如果我活过了今夜，我会留在安陵，与你相伴一生……”傅锦画将话说出口，轻轻吐了一口气，心底猛然间轻松了不少。

虞晋声笑着将傅锦画揽入怀，下颚轻轻抵在她的顶心，低低地念道：“你记着你说过的话，不要忘，否则天涯海角我也会追着你，直到你记起来。”

傅锦画犹豫许久，才伸手回抱着他，那一刻将脸埋在他的胸前，有淡淡的梨木香，令她沉醉不已。

两人这般静静拥抱着，如若这是在岁月静好之时，未尝不是一出花前月下的动人戏码，可惜在这风雨欲来之时，却徒添了一份令人寂寥的悲凉。

良久，虞晋声挽着傅锦画的手，行至正厅，那里早已布下宴席。

甄扇一脸肃穆，匆匆而来："公子，皇上钦差已到府门。"

傅锦画心惊，顿时便感觉到虞晋声握着自己的手加了一分力道，似是示意她安心，只听他说道："锦画，我说过，无论今晚发生什么样的事情，你都要相信我，相疑便会误了大事……"

"虞晋声，这一刻，我可以抛却理智、抛却明断来信你，可是如若你负我，我断不会原谅你。"傅锦画的话说得坚决有力，她没有退路，除了相信虞晋声，她还有退路吗？

便在这时，门外传来一阵不羁的笑声，那人倚在门口，行为放荡而又揶揄，正是钟寻泽。

即便钟寻泽是御史钦差，虞晋声也没有行礼，依旧是云淡风轻的一笑，摆手叫钟寻泽落座，说道："几年不见，你还是往日的模样，嬉笑怒骂性情依旧……"

"几年不见，你不也是往日的模样，温文尔雅，风华不减？"

说罢，两人相视一笑，随即对饮。

"晋声，记得当日你奉圣命驻守边关之时，我曾说过，要与你狂饮一场，不醉不欢，可是时局紧迫，你连夜开赴安陵城，竟不得与你道别。今日相见，且叫我看看，你酒量增了几分，我可是清楚记得你的酒量还不及我七分呢！"钟寻泽当即落座，也不见外，举手便开始斟酒。

虞晋声笑道："那时我刻苦用功，怎么及得上你终日流连欢场以酒当水？可是，现在我在这安陵城，除了看这冷月如钩，唯有烈酒相伴，咱们就来比试一番，昔日我不及你酒量的七分，今日怕是你不及我酒量的五分了……"

傅锦画情知虞晋声定是早已得知钟银煌要派钦差来安陵，而此行的目的也势必是要取自己的性命，虞晋声即便说要保全自己的性命，难道他还能抗旨不遵？

罢了，罢了，看来今夜的宿命到了。

傅锦画素手执杯盏，爽朗说道：“既然你们要饮酒论英雄，何不捎带着我这伤心人喝一杯？”

虞晋声不动声色，钟寻泽却是微怔，说道：“既然，既然傅姑娘也想要把酒言欢，我钟寻泽自然舍命陪红颜了……”

仍旧是嬉笑不羁，傅锦画却颇有些感激地望了他一眼，他没有称呼自己画妃，而是叫了一声“傅姑娘”，已经是为自己存下颜面。

已是薄酒微醺时，前门却传来一阵熙攘的脚步声，甄扇急道：“公子，济阳王到……”

傅锦画浑身一个激灵，似是听到了怎样惊骇之事，当即站起身来，恰好看见迎门而入的济阳王，只见他锦袍华服，外面罩了件镶丝墨色绲边的披风，系扣上嵌着两颗拇指大的东珠，端的是倜傥无双。

“寻泽，皇上叫你来，就是为了让你喝这几杯酒的？”济阳王语气阴狠，带着不容人质疑的威势。

济阳王将披风解下随手扔给随从，眼神阴郁，隐隐夹杂着几许愤怒，一直落在傅锦画身上未曾移开。

傅锦画脸颊酡红，挂着一分惑人的迷醉，取过酒杯来，亲自斟了一杯酒，举杯朝济阳王身前走去，饶是她心里多么惊怕，此时也化作怨愤和悲怆。

“王爷，不如你也来尝一杯酒……”

傅锦画将酒举至济阳王的跟前，济阳王不去握酒杯，反而握住了傅锦画的手腕，眼中布满的血丝丝毫未减，低喝道：“本王来此，难道也只是为了一杯酒？”

傅锦画感觉到济阳王握住自己手腕的手，炙热滚烫，诧异之下想要挣脱，一时挣脱不开，便不再挣扎，接着说道：“这酒是用安陵城的水酿的，虽比不上王爷府中的佳酿，可是甘甜浓烈外还有一番回味的苦涩，因为这里毕竟是边关，安陵城的水苦，驻守在安陵城的将士更苦，王爷如若答应我昔日之请求，那么我今日断然叫王爷安然如意地离开。”

抬头间，不可预料地便撞上济阳王那冷冽如霜的眼神，手腕上的力道愈发重了，直到傅锦画承受不住蹙眉惊呼出声。

虞晋声上前借着接过傅锦画手中酒杯之际，真气拂过济阳王的脉门，才得以将傅锦画拉至身前，扶着她在身旁坐下，接着又将手里的酒杯递给了济阳王，说道：“王爷踏雪而来，怕是受了风寒之气，喝杯酒祛祛寒吧。”

济阳王冷哼一声，接过酒杯之后旋即落座，朝身后的随从说道：“你们几个去别的厢房歇着吧，没有本王之命不准随意走动。”

众人应声而去，甄扇也跟着过去招呼厨房多置办些酒菜送去。

钟寻泽四处顾望，诧异地说道：“晋声，你这将军府怎么不见一个侍妾？如若需要，我从我府上给你挑几个尤物送过来，再不济叫王爷从府上也挑几个送过来，省得你夜深寂寞……”

济阳王怒瞪了钟寻泽一眼，说道：“钟寻泽，你给本王闭嘴。你就不怕本王将你府上姬妾的胳膊全部斩了？本王可是听说，你府上前些日子不甚太平，姬妾争风吃醋闹出不少事来。”

钟寻泽说起这事来，当真是有些发愁，一捶桌几说道：“女人就是麻烦，缺了无趣，多了烦心……”

傅锦画冷笑，说道：“既如此，学着王爷一并将那些姬妾给杀了不是更好？现在想来，王爷果然明智，知道不能对女人动情，如若有一分动情，不如将那人索性给杀了，省得扰心自乱。”

济阳王闷声不答傅锦画的话，眼神复杂，掠过她落在正厅屏风后。

钟寻泽站起身来，想要为济阳王斟酒，举手之间怀中掉落一物件，原来正是钟银煌亲笔谕旨，钟寻泽略有些夸张地惊叫一声，俯身捡起来，用手似是不经意地拂了拂上面的尘土。

济阳王冷笑着说道：“寻泽，你既然是奉王命而来，何必又忸怩避讳？不如将圣旨念出来，皇上是何谕旨，给在座的人一并说了吧。你既想将皇上吩咐的差使办好，又不想伤了兄弟们间的感情，本王理解。”

钟寻泽被济阳王说破了心思，有些不自然地笑了笑，还未等说什么，便见济阳王盯着傅锦画，似嘲似讽地说道：“可是你如若不早说出来，本王怕在座的某个人生不如死啊……”

分不清到底是酒醉，还是羞怒，傅锦画涨红着脸，疾步上前便夺过钟寻泽手里的圣旨，见上面寥寥数语，大意是要画妃毙命，让钟寻泽扶柩回泉城，以妃嫔礼制下葬。

傅锦画只觉得头脑一热，眼眶一酸便大笑了起来，动手将谕旨撕掉，说道：“皇上赐我的是鸩酒还是白绫？罢了，罢了，我还舍不得这红尘漫漫，不如，不如你动手了结了我吧！”

虞晋声仍旧不动声色，坐在一旁默默饮酒，而济阳王却好整以暇地望着钟寻泽，说道：“寻泽，你虽是流连花丛浪荡不羁，可是本王听说你却怜香惜玉得很呢，从未伤过任何女人，今天皇上要你杀一个鲜活动人的女子，你可下得去手？”

钟寻泽微怔，面色有些迟疑，望了傅锦画一眼旋即避开，说道：“要我钟寻泽动手杀个女人，皇上确实有些失策了。”钟寻泽突然眼神一亮，朝济阳王说道，“我下不去手杀一个女人，王爷却未必如此，不如……”

济阳王发热未退，再加上饮酒，眼中血丝更多，几近血红。他走近傅锦画，用手轻轻挑起她的下巴来，那温热的气息扑面而来，强势而疏远。他眼中仿佛散发着危险的气息，令傅锦画不期然地退了一步，被济阳王扶住腰身，才没有跌倒过去。他低声说道：“本王一生杀人无数，从没有因为对方是女人而心慈手软过，可是这个女人本王不想动手……”

傅锦画怒瞪着他，曾经在被耶律楚际掳走之后，她唯一的期望与依托便是济阳王。可是如今，他想将自己这枚废弃的棋子除掉，她无力反抗。

便在这时，突然响起熟悉而又令傅锦画不敢相信的声音，“那么就由我来动手杀她……”

仿佛是石破天惊的一句话，叫傅锦画再也无法自持，挣脱开济阳王的手，回身望着虞晋声。虞晋声仍然是面如冠玉绝代风华，他衣袂飘然，带着几许无奈和隐忍，朝傅锦画走来。

傅锦画几近绝望，摇了摇头，说道：“你曾说过，要我信你，你也曾说过，要我伴你一生一世，话音仍旧在咫尺之远，这难道就是你所谓的承诺？大丈夫千金一诺，转眼间，你却要动手杀了我。虞晋声，你难道不知，我宁愿你跟济阳王一般，不拦阻、不闪躲，亲眼看着我死去就好？”

济阳王脸色愈发不虞，冷笑着说道：“原来晋声也会对女人动情？可惜，这个女子留不得……”

傅锦画悲苦不已，从桌上拿起茶盏猛力一摔，顿时一地碎瓷。傅锦画捡起一片碎瓷，挺直了脊背，慢慢走向屏风后，说道：“这红尘不恋也罢……”

傅锦画万念俱灰，脑海中已是空白一片，只觉得人生再无希望，不如归去，归去……

刚踏进屏风后，便听济阳王疾步上前，喝道：“既然你也觉得生无可恋，不如我来助你一掌，给你一个痛快的了断。”

济阳王揽过傅锦画的身子，用力在她的粉唇上一啄。傅锦画惊诧地瞪大眼睛，恰好对上济阳王那复杂的眼神，竟是流露出几丝不舍和怜惜，未等她反应过来，便感觉脖颈一麻，再也没有知觉了。

多年以后，她曾回忆起当时的心境，为何那么坚决地执意去死？是绝望，也是负气，对于济阳王弃棋之举，对于虞晋声背弃承诺之事，都叫她心灰意冷、肝肠寸断。

每当傅锦画回忆起济阳王的眼神，都会禁不住泪流满面。人在逆境中感受到任何一份温情都会不自觉地将它放大，直到无限……而济阳王眼中流露出的温情，是傅锦画从未希冀能得到的，她总是这样安慰自己，或许那不过是自己即将死去，所以才心神恍惚看错了，看错了。

边城倦客，多少雄心，几许消沉。山鬼哀号，磷火青幽，灯影沉醉。情思流转几经年华，烟霞映透锦衣……

待到傅锦画醒来之时，发现自己身处军帐大营，傅锦画披衣起身，轻揉仍旧有些酸痛的头颈，走出帐外，刹那，竟感觉过往已是地老天荒。

候在一旁的甄扇疾步上前，搓着双手笑道："四姑娘，你可醒了，你昏睡了三日，公子便命我白日守在帐外，外面天寒地冻的，都要将我冻成雪人了。"

傅锦画看甄扇果真受不住冷，口唇发青，连忙将他唤进帐内，见桌上放着热奶茶，便斟了一杯递给甄扇，自己斟了一杯饮了几口，肚腹间的不适才消失。

傅锦画有些恍如隔世般的惘然，话语散乱，问道："甄扇，我还活着？我还未死？那济阳王不是要一掌取我的性命吗？钟寻泽呢？他不带着我的尸首回去，如何向皇上交差？"

甄扇失笑，说道："这些话，你还是去问我家公子吧，他在主帅大营议事，过一会儿便来看你。"

傅锦画仍旧有些茫然，四处环顾，喃喃问道："青碧呢？她怎么不在我跟前伺候？"

傅锦画见青碧不在，原以为定是济阳王将其带回了泉城，但见甄扇语气淡淡地说道："她死了……"

傅锦画倏地起身，诧异地问道："青碧怎么会死？那晚她还来给我送过一套宫衣……"

"其实那衣裳准备了两套……"甄扇迟疑了一会儿，终是说道。

傅锦画猛然明白过来，青碧为自己送衣之时，眼眶通红泪流不止，是因为她知道她要穿上同样的衣裳，代替自己命丧黄泉。

甄扇倚着帐布，轻轻哼着不知名的曲子，曲调高亢而清越，不甚符合傅锦画的心境。傅锦画有些烦闷，不悦地说道："甄扇，难道青碧死了，你心里一点儿也不会觉得难过吗？"

甄扇微怔，旋即说道："我不难过，如果现在要我替公子去死，我不会有一点犹豫。青碧既然肯为四姑娘去死，那么她心里就不会有憾，待她七七之日，我多烧一些纸钱，让她黄泉路上一路走好便罢了。"

甄扇的话闲闲散散，却隐含着多少辛酸，他是对虞晋声忠心无二的，否则怎么会轻易将生死置之度外。

待到了晚些时候，帐中升起了灯烛，虞晋声命人送来饭菜，并且传话说今夜继续议事，不过来瞧她了。傅锦画心里空空落落的，留下甄扇与自己一同进食。

"甄扇，钟寻泽和济阳王都已经走了吗？"

"四姑娘……的那晚，钦差大人便带着灵柩连夜启程回泉城了，同行的还有济阳王。"甄扇终是没有将"死"字说出来，他不知道对于一个死而复生的人来说，压根儿不会再忌讳了。

"甄扇，你为什么要称我为四姑娘？"

"公子说，从今以后，世间再无画妃，也再无傅锦画，咱们大营中，只有一位四姑娘……"甄扇说着话，又嬉笑起来，似乎在暗示什么。

傅锦画低着头，良久没有言语。甄扇感觉有些不对劲儿，再细细看去，傅锦画已是眼眶微红，于是大惊地说道："四姑娘，都是甄扇不好，说话冒失，唐突了姑娘……"

傅锦画用衣袖匆忙拭脸，含笑说道："不怪你，只是有些感慨过往罢了。"

就这般过了几日，天气渐暖，积雪渐渐消融。

傅锦画终日在营帐内，并未等到虞晋声，甄扇每日抱过几本书来，让傅锦画打发时间。傅锦画翻看着这些经文，一直未能平心静气，于是随手搁置在桌上不再翻阅。

“四姑娘可是心里有事？”甄扇见傅锦画心神不宁，于是问道。

傅锦画摇了摇头，突然说道：“甄扇，我在泉城时，也听说过你家公子的威名，那时他年纪尚小，怎会如此声名远扬？”

甄扇话本来就多，这时提起虞晋声以往的事迹，更是眉飞色舞，“公子天赋异禀，自小得遇名师，精通文墨，又刻苦习练五行八卦、奇门遁甲，而且公子最得意的本事不在于文墨武艺，而是计至千里运筹帷幄的兵法……”

第九章 梨妆

甄扇言谈甚健，将虞晋声自小的事迹讲来，傅锦画在一旁安静地听着，心底柔软了许多。在听到虞晋声前几日骑马将御赐的披风衣角撕裂之时，心里突然一动，便让甄扇去将这披风偷偷拿来，不要声张。

那一夜，傅锦画仔细缝补着撕裂之处，一夜未成眠。待到甄扇次日来看的时候，才惊诧发现，那撕裂之处从外面已经看不出任何端倪，可是一看里面，竟是绣着一朵火红的花。

“四姑娘，这是什么花？”

“这叫彼岸花。”

“这花开在哪里？为什么我从未见过此花？”

“因为它是开在黄泉路上的花，能够唤起死者生前的记忆……”傅锦画说到这里，便止住话，有些凄然地笑了笑。

甄扇想把这披风给虞晋声送过去，临行时傅锦画唤住他，说道：“不如……不如我亲自送过去吧！”

傅锦画左臂上搭着披风，右手将自己披风上的风帽拢起，还生怕惹人注意，挑了午后才送过去。

待行至虞晋声的营帐之时，傅锦画逐渐心跳加快，长舒一口气，掀帘而入。而营帐内的那个人眼神跳动了一下，仍旧是云淡风轻般浅笑了下，并不多言。

傅锦画将披风搁置在他的桌上，见上面书籍散乱，于是当即为他细心整理，在整理到最后一幅画的时候，虞晋声匆忙伸手过来遮盖，竟是连同傅锦画的手也一并遮盖在下面。

“不过是闲来无事，随手画的……”虞晋声的声音明显有一丝慌乱。

“是吗？那么你对我许下的承诺也只是闲来无事，随口说的？”他不知，傅锦画已经认出画中的人儿正是自己。傅锦画仰头看他，两人近在咫尺，近到能听见彼此的呼吸。

虞晋声轻轻地摇头，说道：“自然不会，我虞晋声从不玩笑出口。”

傅锦画凄苦万分，轻咬粉唇，旋即说道：“那么你将我从鬼门关救回，就是为了让我躲在别的营帐内终老其身吗？你……你为什么不去看我？”

虞晋声眼中泛过几丝惊喜，顺势将傅锦画的手握住，说道：“那夜之事，攸关你的性命，我没有对你详述细情，我怕你早已着恼于我……”

不待虞晋声话音落下，傅锦画已扑至他的怀中，环抱着他的腰身，低喃道：“你不是许了我一生吗？你不是说要我留在安陵城，用一辈子来相守吗？可是，一生一辈子的时光实在短暂，容不得我们来挥霍，哪怕仅仅是几天……”

虞晋声将她揽在怀中，下颌抵在她的顶心，可以闻得到她发丝的幽香：“岁月不会饶恕我们的年少，哀颜断韶华，我们在一起，永不分离……”

两人坐在一处，手指交缠相握，傅锦画窝在虞晋声的怀中，听他给自己细细讲来那晚的始末。

原来，济阳王早已得知钟寻泽奉圣命而来，于是派人送书信给虞晋声，要商议出两全之计，既成全钟银煌的颜面，又要保住傅锦画的性命。两人商议出的结果，便是偷梁换柱，要一个人代替傅锦画赴死。

青碧便是可以代替傅锦画死，却不会令人怀疑的女子，因为她的左臂上同样有一颗守宫砂。

虞晋声准备了两套宫衣，吩咐青碧给傅锦画送来一套，命她自己穿上另一套，藏在将军府正厅秘道下，而甄扇便在下面操持机关。

当傅锦画踏进屏风后，济阳王低喝跟过来，点了她的睡穴，随后甄扇便在秘道之下，将青碧托了上来，再将傅锦画带走，连夜带回大营，伍仇早已守在那里接应。

而济阳王确实击出去一掌，那一掌落在青碧的头上，生生拍碎她脑颅，血肉模糊，令人辨不清她的面目。

这一切安排得天衣无缝，济阳王和虞晋声都自信瞒过了钟寻泽。

钟寻泽不过是扫了青碧的尸首一眼，并未察看，而济阳王借口路途遥远，尸首容易腐烂，于是催促着与钟寻泽一同上路，返回泉城交付皇命。

临行之时，济阳王并未再见到傅锦画，才意味深长地对虞晋声说道："晋声，有些人是值得一辈子去珍惜的，也是值得拿命去保护的……"

虞晋声点了点头，说道："晋声明白，晋声一生从未动情，而一动情便只会是一辈子。"

或许是看得出虞晋声语气中的坚决和无悔，济阳王松了口气，眼神却更加阴郁，心里藏着一股难以排解的情绪，那便是嫉恨。

傅锦画昏睡的三日内，虞晋声吩咐甄扇每天白日守护在帐外，而夜里却都是自己亲自守护着，时而也会进帐看傅锦画几眼，却更怕她随时醒来后的指责和愤恨，所以他才在听说傅锦画醒来后欣喜若狂，却不敢来探望。

寒梅已是飘零意，杨柳已是婀娜垂绕，杏桃仿佛素手点尽胭脂色，斜阳余晖下，青草嫩绿，微波荡漾。

距傅锦画之“死”已是过去一月有余，这期间战况稍缓，元熙朝突发宫变，大队人马顾不得应战，只得连夜奔回朝都。

而殇离朝也是一片平和，钟寻泽和济阳王将灵柩送回泉城。钟银煌下令按照贵妃礼制下葬，为抚恤傅家满门忠良，又钦点傅家长女傅素琴进宫，封号琴妃。

更值得令人寻味的是，皇上诏令济阳王与傅家二小姐傅则棋大婚之日，与傅素琴进宫之日是同一天。傅家同时嫁出两女，长女进宫封妃侍君，次女嫁给一人之下，万人之上的济阳王，俱是荣宠。

傅家一时盛况空前，大家都已忘记，傅家四女不久前才香消玉殒，埋骨地下。

傅锦画随着虞晋声又搬回了将军府，只不过因为她前面所住的房间着了火，所以虞晋声便将她安置在自己隔壁的房间。

将军府中重新换了一批仆从，谁也不知傅锦画的过往，对外人提起时，总说是虞家送来服侍公子的女子，丝毫未提及傅锦画的身世来历。

虞晋声称她为“小四”，所以其他人总是客气地称呼一声“四姑娘”。

大多数时候，两人都在书房内，或是吟诗作画，或是研读经卷，时而傅锦画抚琴一曲，时而虞晋声舞剑几式……

这一日，傅锦画见窗外枝头上啼鸟莺莺，一时来了兴致，便执笔作画，不过片刻，便勾勒出一幅《鸟啼春晓图》。

傅锦画放下笔，将画拿起来左看右看，颇有些得意地说道：“晋声，你快来看，我画的这鸟儿可是神韵俱佳，你没发现吗？这些鸟儿中间唯独有两只鸟儿远离鸟群，就在那高枝上独筑巢穴，好不逍遥……”

傅锦画说完话，未见虞晋声回应，诧异回身，不期然便撞到他的肩怀。虞晋声伸手揽过她的腰身，将头埋进她的发丝间，低低地说道：“小四，你是不是也想让我们像那两只鸟儿一样，远离这尘世喧嚣？”

傅锦画低低应声，说道：“这样恬淡的日子，已是我梦寐以求了，我只盼着这样的日子可以永远继续下去……”

虞晋声轻叹，说道：“只不过在这边城塞外，确实有些清苦了些。”

傅锦画仰起头，有些奇怪地问道：“晋声，我在泉城之时，也曾听过你的名声，前几日甄扇还对我说起过你精通兵法，我原以为，原以为……”

“你原以为我定是征战无败事，所向披靡，使元熙朝的士兵退却，说不定连元熙朝也可攻破？”虞晋声望着傅锦画，眼睛里满是笑意。

傅锦画有些面红，只听见虞晋声继续说道：“如果我一举攻下了元熙朝，即便我还能安然驻守在这安陵城，皇上能容得了我吗？”

傅锦画突然明白过来，虞晋声身负奇才，可是一直敛尽锋芒，既不击退元熙朝来袭，也不溃败三军，只是这样均衡相持着，钟银煌就只能将他安置在这里，离不了他，也弃不了他。

“难道，难道济阳王也看不出其中端倪吗？”傅锦画试探地问道。

“他是济阳王，他也曾统领三军征战沙场过，怎么会不清楚我的心思？于是，为了制衡我，他也会克扣军饷、拖延钱粮，这样一来，即便我果真要用兵之时，也是不能放开手脚的。”

“晋声，不如我们离开这里，找一处山清水秀之处，永不问世事……”傅锦画未曾说完，看到虞晋声面上的苦笑，自己的心情也跟着黯然下来。

“小四，你父母无义，姐妹无情，你可以抛得下他们。可是我父慈爱，红萼又是因为我而入了宫，唉……我如何可以自私离去？”虞晋声无奈叹息，饶是通透如他，仍旧是有无法挣脱的烦忧，“红萼知道我的脾性，不想理会世间纷扰，所以她想尽办法，一心想要让我回泉城，远离这战事频频的荒芜之地。进宫，于她争的不是荣宠，而是一道调我回泉城的圣谕。红萼还是太单纯了些，皇上又怎么会为了一个女子改变心意？”

“你是怕皇上会给虞红萼冠上‘嫔妃干政’的罪名？”

虞晋声摇了摇头，说道："那倒不然，红萼如今怀了身孕，又是今年进宫的女子中最先怀有身孕的，正在盛宠之时，皇上不至于会为难她。不过，我怕……"

"你怕她会成为宫中女子的众矢之的，保不住肚子里的孩子？"

虞晋声默然，后宫之争向来不亚于沙场战事，那里藏着更深的嫉恨与权欲，沙场失算不过仅是损兵折将，重新整顿或许还能挽回败局，而在后宫却如履薄冰，一步踏错就是万劫不复的境地。

世上都道是宿命，其实不过是种下缘来的因，就得收获缘去的果。

这一日，虞晋声带着傅锦画出城踏青，甄扇和伍仇也相伴左右，不时插科打诨地逗乐。

"小四，你看前面有一片梨花，正是花好之时……"

几人策马前行，及近梨花林才下马，傅锦画和虞晋声兀自前行，伍仇也欲紧随其后，被甄扇一把扯住。

"我们在一旁候着就是，你跟着去，岂不是扰了兴致？"

伍仇冷着脸瞪大眼睛冲着甄扇低喝："到底是公子和四姑娘的性命重要，还是那什么兴致重要？"

"性命自然重要，可是此时兴致更重要……"

两人争执着，转眼间傅锦画和虞晋声的身影渐远，伍仇只得愤愤作罢，随即便开始与甄扇争辩不断。

梨花林正当盛景之时，素雅淡然，精致芳香。

傅锦画欣喜不已，惊叹道："泉城外多是桃花林，我总觉得过于妖红流俗，唯独这梨花，如雪凝香树，不染尘埃……晋声，如果以后，我们能在梨花林处相守一世，那该有多好？"

虞晋声挽着傅锦画的手，背倚着梨花树坐下，环看四处淡白梨花，心地清明，有种豁然开朗之势。

"小四，我答应你，如若将来有那么一天，我一定带你去一处满是梨花的地方，削竹建房，焙泥为瓷……"

“那么我来烧山泉水，泡梨花茶，酿梨花酒，做梨花糕……”

“那么我来为你化梨花妆……”虞晋声的声音温润含情，他用手拂去落在傅锦画脸颊上的梨花瓣，顺势落下轻吻。

傅锦画娇嗔着捶他，听见虞晋声笑道：“原来你的脸如梨花，素净恬淡，被我这么轻轻一亲，绯红羞涩，竟是跟那媚颜桃花一般……”

“亏着大家说虞家公子说话有点石成金之妙，现在看来不过尔尔，就是会讨女子欢心罢了。”傅锦画斜睨了他一眼，佯怒道。

“所谓情至所动，情到深处不可禁，至于说我讨女子欢心，我承认，可是今生今世我只想讨你的欢心……”虞晋声将傅锦画的墨丝缠绕在指间把玩着，深情而又认真地说道。

傅锦画面色绯红，调皮地刮了虞晋声的鼻子一下，旋即站起身跑开，两人戏耍追逐好不快活，就在虞晋声追上傅锦画一把将她揽入怀之时，远远听见甄扇喊道：“公子，公子，大营传来急报……”

虞晋声挽着傅锦画的手，疾步走出梨花林，听到伍仇急道：“公子，元熙朝再度来袭，听探子回报，这次领兵的是元熙朝的太子，亲率五万大军出征，并且粮草充足，看来这一次他们是想打个持久战了……”

几人速回将军府，虞晋声命人发八百里急回宫呈报，随后带着傅锦画回到安陵城外二十里处的大营。

“晋声，咱们这大营有多少人马？”

“安陵城内驻守精兵五千，这边关大营内驻扎了精兵十万，只不过粮草已是所剩无几，如果半个月内粮草再未运到，只怕这十万精兵也难以支撑。”

“如果半个月内粮草果真未到，我们也不能坐以待毙吧？不如先从临近州府调来粮草，以备应急。”

虞晋声苦笑，摇了摇头，说道：“济阳王曾经下过令，没有他的手谕，任何人都不能私自押送粮草，而且这临近州府的将领都是他的心腹，想要借到粮草怕是比登天还难……”

傅锦画微怔，没有想过济阳王对虞晋声竟是这般戒备，不光在府中安插了眼线，在粮草上加以限制，甚至连临近州府都换成了自己可以掌控的心腹。

营帐内，虞晋声看着边防图默默沉思，傅锦画斟了热茶递给他，说道：“我猜想，当皇上看到边关急报，定会即刻派人押送粮草，到那时你安心打仗，便无后顾之忧了，毕竟军情重于国事，即便有些恩怨，济阳王也不会分不清的。”

“公子，据探子回报，元熙朝领兵前来的太子，竟是……”

正在这时，甄扇匆匆进了营帐，一脸担忧，望了望傅锦画后欲言又止。

傅锦画冷笑，却了然于胸，说道：“甄扇，你是想说，元熙朝率兵而来的太子不是别人，正是当日掳我而来的耶律楚际吧？”

“四姑娘，你如何猜到是他？”

“他当日掳我离开泉城，便是为了要挟济阳王，借以在元熙朝行事，可是自那晚他潜进将军府被焦炭砸伤后就杳无音信，如若他还继续在安陵城，早过来三番五次地挑衅生事了，既如此，想必在传闻元熙朝发生宫变之时，跟着元熙朝大兵一同撤回了都城。”傅锦画继续说道，“他年幼之时便遭逢过宫变之舛，身世流离，所以一心想要夺权得势，如今既得了机会得以护驾，杀戮肆虐，又怎么会得不了太子之位？”

“四姑娘，你果然料事如神……”甄扇拍手称赞。

虞晋声却淡淡地笑着，说道：“不尽然，那耶律楚际长于山野，是人尽皆知的事情，那些迂腐之臣又怎么会甘心拥戴这样的皇子得以继承大统？耶律楚际定是明白这些，所以才亲自领兵攻打我朝，一来为建功立业得民心，二来……”

听到这里，傅锦画也明白过来，冲虞晋声无奈地摇了摇头，笑着说道："二来也是为了将兵权握在手上，纵使将来老皇帝反悔、臣民反对，那时候也只能对掌握兵权的耶律楚际无可奈何。"

甄扇貌似听出了些端倪，还是有些茫然，呆呆问道："甄扇还是不懂，耶律楚际此行到底是为了什么啊？"

傅锦画握起书桌上的经卷，用力在甄扇肩膀上一拍，笑道："他啊，就跟你们家公子一个心思……"说罢，与虞晋声相视一笑，心照不宣。

待到夜深之时，傅锦画独自卧在营帐之内，却无论如何也睡不沉，辗转反侧间竟是醒了过来，听见帐外有细微的叹息声，于是披衣起身走出帐外，那人站在月色银光下，身形颀长，正是虞晋声。

傅锦画走近他，用手整了整他的衣衫，似娇似怨地说道："夜深寒凉，小心站在外面冻坏了身子……"

"无妨，我睡不着，又想离你近一些，所以才站在你营帐外，我是不是扰了你的清梦？"虞晋声含笑温和地说道。

傅锦画摇了摇头，回道："我哪里还有什么清梦？我不过也是想起耶律楚际之事，心神不安才睡不熟的。"

虞晋声挽着她的手，走向营帐后的山坡高处，并肩坐在一处。虞晋声解下自己的披风将傅锦画裹住，说道："你说耶律楚际与我一样的心思？"

"难道不是吗？不过都是拖延时间，避开锋芒，所以说我朝与元熙朝的战事不会轻易决出输赢的，不过就是你方唱罢我登场，输赢各半。这样一来，晋声，对你不也是有利处吗？"

"在朝在野，高歌低吟，这一生尽了，终是无负男儿傲性……"虞晋声声音低落，唤着她的名字，"锦画……"

暮霭沉沉，夜色渐深，远处间或传来士兵巡逻的脚步声，放眼望去，营帐内的灯火未熄，如簇簇火苗般燃烧着。

傅锦画靠在他的肩头，听他低唤了声"锦画"，心下一惊，待要抬头望他时，又听他继续说道："你是傅家的四小姐傅锦画，可是你也永远是我的小四，对吗？”傅锦画还未答话，那虞晋声又抢先问道，“小四，如若有一天，傅家身陷囹圄，你还会以傅家女儿的身份站出来营救吗？”

傅锦画怔住，她从未想过，或者说她从未敢想过这个问题，“我，我……”一时语迟，竟是答不上话来。

良久，虞晋声长叹一声，揽住她的手就势在她的肩膀上拍了拍，传递给傅锦画更多的仍旧是无奈。

“我不是逼你，我只是想告诉你，如若有一天你为了傅家……我宁愿舍了自己的性命，也要我们两个人相守在一起。”

傅锦画兀自咬着嘴唇不应声，肩膀耸动，有些情绪难以排解与释放，憋闷在心里难受得慌，径直窝在虞晋声的怀里，闭目不言，不知不觉竟睡了过去。

待到醒来之时，远处天边已是泛起鱼白之色，仍旧有些晨雾弥散，傅锦画惺忪地睁开眼，抬头之时正遇上虞晋声灼灼的目光，才记起昨夜是与虞晋声宿在营帐后山坡上，自己还被他抱在怀中，不禁一慌，羞红了脸，说道：“你也不叫醒我，这如果叫甄扇和伍仇知道你昨夜未回大营，还不知如何闹腾呢！”

傅锦画坐起身来，理了理秀发，将虞晋声给自己的披风紧了紧，听到他轻笑道：“那两个早就寻过来了，我怕他们惊扰了你，就打发他们回去了。”

傅锦画羞赧不已，想到再见之时甄扇说话会是如何打趣，恨不得钻进地洞去才安生，嗔怒道：“我不过是睡过去了，你却是发了疯，只穿着单袍就敢坐在外面一夜，回头着了凉可怎么办？”

傅锦画想要站起身来，却不料被虞晋声扯住手腕，就势一扯身子便倒进虞晋声的怀里，惊叫一声，只觉得脸热得发烫。

“小四，我就是想看看你睡着的样子，看了这一夜，仍旧没有看够。”

傅锦画伸手轻抚他的脸颊，见他眼神清明，却泛着几条血丝，心疼地说道：“我们许下的不是彼此的一生吗？你又何苦……”

“我只怕这样的日子一天比一天少，我此生从未惧怕过什么，唯独对你的事，竟是怕得厉害……”

天色已经大亮，传来士兵操练之声，惊醒了沉醉在情意之中的两人。

虞晋声挽着傅锦画的手回到营帐，一同用过早膳。傅锦画又吩咐甄扇给虞晋声端来一碗姜茶驱寒，虞晋声不肯独喝，非要傅锦画喝过了才肯再喝。傅锦画失笑，只得勉强喝了几口，又递给虞晋声，看着他喝完才舒了一口气。

傅锦画见帐门外，几名将领相继进来与虞晋声商议战事，正要起身离去，不料被虞晋声扯住，说道：“你不要离开，就在这里陪我，这样我才能时时刻刻都能看见你……”说完，就将她拉到帘帏后歇着。

傅锦画卧在虞晋声的榻上失笑，心里泛起柔情蜜意，却听到众将领议事时提及“济阳王”的字眼，心里一紧，凝神听了起来。

“那济阳王分明是借君威来压制我们，咱们的人刚出安陵城，就被临近州府的人拿下了，生生耽搁了几日才放行，我老魏就是看不上济阳王的行事……延误军机，理应处斩才对。”说话的人叫魏应伦，是军中有名的火暴性子，因救过先皇之命，又说话直爽，得罪了不少人，所以被分派到这荒芜之地。可是他却很听虞晋声的话，只要是虞晋声的指命，他从来都不问是非，简直可以说盲目遵从，正因为如此，济阳王对他也生了芥蒂，平日里加封受赏的事总是轮不到他。

“那济阳王是朝中重臣，又是皇室宗亲，殇离朝亡了于他何益？照理说他万不该如此啊，平日里将士们对他敢怒不敢言，不过是因为他总拿事儿挤对公子，如今他要拿着殇离朝来跟公子置气，我伍仇头一个不答应，就算是豁出性命去，也要与他理论一番……”伍仇本来只是虞晋声的随身近侍，本不应该在议事之时插言，还待说些什么，被虞晋声瞪了眼才讪讪作罢。

众将士群情激愤，看那神情即便济阳王在当前也不惧怕似的，纷纷看向虞晋声，非要虞晋声表个态决议出什么来。

虞晋声只是不作声，握着经卷的手紧了又紧，说道：“你们先退下吧。”

那些将领仍旧不甘心，可是看虞晋声面无表情、眼神犀利，一时不敢逼得他太紧，纷纷退下了。

营帐内，虞晋声坐在桌几前，将握在手中的经卷搁置在桌上，提笔往经文之上画了个圈，静望了片刻，才合上经书，扔在一旁。

而傅锦画坐在帘帏后的床榻上，屏住气息，小心翼翼地不发出任何声音来，只觉得心里有股劲儿使不出来，憋闷得很。

正在挣扎犹豫间，便听见虞晋声淡淡地说道：“刚才的话，你也听见了，你说我该怎么办？”

傅锦画乍一听他的话，突然松了口气，也不再别扭地干坐着，掀开帘帏走了出去，斟了杯热茶递给虞晋声，意味深长地说道：“那些人是疯了，这样逼你，难道是想要逼着你反了不成？”

虞晋声微怔，旋即站起身来，走近傅锦画，若有所思地望着她，终是没有说出什么来。

傅锦画心里却是五味杂陈，如果仅仅是经卷茶盏在握的虞晋声，又怎么会在几年内传来赫赫声名？他必定藏着什么，可是自己一时还看不到。

第十章 擒龙令

两人待在一起直到过午，傅锦画却无论如何也不肯再留下，说道："晋声，你已经一天一夜未睡了，现在战况未定，你更要小心爱护着自己的身子。"

虞晋声握过她的手，含笑应了声，将她送回营帐才折回来小憩了片刻。

伍仇和甄扇一直候在帐内，说道："公子，军中这几天传来一些风声，说耶律楚际做了太子，那些不安分的老臣都在撺掇……"

虞晋声一挥手，蹙眉问道："我想知道，济阳王和钟寻泽回到皇宫后，皇上是如何处置的？"

甄扇急道："公子，都是火烧眉毛的时候了，你还是先顾着边关将士和殇离朝的安危，再来关心傅姑娘的事吧！"

虞晋声瞥了他一眼，淡淡地说道："你懂什么，皇上到底有多么精明，你不晓得。他不追究此事也就罢了，如果他要较真儿，那么你觉得我这十万大军中还能藏得下她吗？"

一向愚钝的伍仇，这会儿却像是突然开了窍，说道："公子心思我伍仇明白了，可是即便皇上猜得出事因，在这节骨眼上，他也不会为难公子吧？他殇离朝的江山，还需要公子在边疆镇守呢！"

甄扇微怔，看向虞晋声的眼神也有了些变化。虞晋声苦笑，拍了拍甄扇的肩膀，说道：“想必你猜出个中玄机了，唉……伍仇终究是个少根弦的人……”说罢，便出了营帐。

伍仇一把拉住欲跟过去的甄扇，急道：“怎么回事？难道我伍仇猜得不对？公子平白就说我少根弦，我不服。”

甄扇略带鄙视地瞅了他一眼，说道：“皇上与公子交好，自是有一份情谊在，可是君臣自古便有云泥之别，济阳王对公子的诸多刁难，难道你觉得只是济阳王胆大妄为吗？”

伍仇瞠目结舌地望着甄扇，眼睁睁看他远走，才心有余悸地低声说道：“人心深似海，帝王心那就更不是我伍仇这样的粗人能够揣测得了的，只是可怜公子了。”

虞晋声走出营帐，各处巡视，见有些将士交头接耳、眼光闪烁，心下一沉。在众将士操练之时，有意无意间却站到了箭靶附近，众人不敢射箭，在虞晋声再三呵斥下才拉弓射箭。

突然，有一个士兵脱了靶，将箭歪斜朝虞晋声射了过来，众将士大惊失色，追随而来的甄扇面色惨白，朝虞晋声扑了过去，却仍晚了一步。

虞晋声纹丝未动，不慌不忙地挪了一步，那箭身擦着他的衣角斜斜刺进旁边泥土中，连根齐没。

甄扇迅疾闪身朝那士兵冲了过去，捏着他的脖颈吼道：“浑蛋，你是吃了熊心豹子胆了？竟敢拿箭朝着公子射？”

话音刚落，突然感觉身后传来呼啸箭声，迅疾到甄扇不敢闪躲，那箭身擦着甄扇头顶寸许处直钉入那士兵的头盔顶上，力道之大，甄扇两人齐齐滑了丈许才跌坐在地上。

那士兵手里握着被刺中的头盔，浑身抖得就跟筛子一般，失魂落魄地朝魏应伦处看了过去。

虞晋声将手里的弓箭扔给魏应伦，冷冷扫了全场一眼，一言不发，朝外走去。

甄扇紧跟其后，急道：“公子，就这样放过他吗？公子平时对他们太过纵容了，所以他们才会这么嚣张起来。不如趁这个机会立威……”

虞晋声若有深意地笑了笑，不理会他。

远处，傅锦画款款而来，走到虞晋声的跟前，才朝甄扇说道：“刚刚如若你家公子杀了那个人，也只不过是让人有些震撼而已。杀个人算什么，关键是要如何杀，怎么要他们闻风丧胆不敢心生妄念。杀人要有杀人的价值……”

甄扇微怔，愣愣地看着傅锦画，还在琢磨。虞晋声却意会地看着傅锦画，眼神脉脉，上前挽过她的手，并肩朝大营外走去。

“小四，你果然聪慧，我的心思你总是猜得到。”

虞晋声的声音温润低沉。傅锦画默默咀嚼了片刻，却心生苦涩，意有所指地说道：“该让我瞧见的，我都记在心里；不叫我看见的，我一概都不知道。”

两人在大营几十丈远的山坡上小憩，虞晋声指着远处说道：“你看，那就是耶律楚际的大营，他们这次的大营是用牛角筋结丝纺成，既坚韧又抗风沙，他们的刀枪用的是冷石锻铁，也比我们将士用的长枪短矛好些，他们的士兵乃是名副其实的精兵，而我殇离朝号称有十万精兵，其实不过就是滥竽充数罢了。你说，这场仗又是如何的战局？”

傅锦画望了望他坚毅的嘴角，低声说道：“打胜你没有把握，可是你也不至于就会轻易落败，对于你来说，能拖住他几日就是几日的胜利。”

虞晋声用力握了握傅锦画的手，苦涩地笑了下，说道：“你果然是了解我的，虽然你有时看不清自己……”

“此话差矣，如果这世间连我也看不清自己，那么谁还能看清我？只不过有时不想那么认真跟自己较劲罢了，本身就已是疮痍满目，又何必非要扒开血淋淋的内里看呢？”

虞晋声微怔，凝神蹙眉。傅锦画本以为虞晋声会恼怒自己说话唐突，后听见虞晋声扬声说道：“既然耶律太子甘愿纡尊降贵，亲自来我营探听动静，又何不现身一见？”

傅锦画心下一沉，这才知道虞晋声意有所指，顺着虞晋声眼神方向看去，远远地有一人影倏忽而至，华冠锦服，眼利如刀，扫了傅锦画一眼。傅锦画只觉得浑身如冰水浸过一般，往虞晋声身旁移了半步才觉得心安。

傅锦画飞快地看了虞晋声一眼，只见虞晋声并无异状，朝傅锦画暖暖地笑了笑，傅锦画情不自禁地上前扯着他的衣袖，而虞晋声却更是热切，反握住她的纤手，说道：“别怕，一切都有我在。”

“我不怕，如果一定要说怕什么，那么我只是怕不能长久地陪在你身边。”傅锦画抬头，微微笑着，夕阳落日的余晖落在她的身上，顿时绽放出无尽的光彩。

耶律楚际的眼神却更加阴戾，几近是漆墨沉沉，良久才忍不住讥讽道：“好一场风雅情事，一位是镇守边关的虞大将军，一位是当今圣上的画妃，不知道百年之后，会不会有人写诗撰文来为二位传颂？”

“曾经的画妃已死……”

耶律楚际对傅锦画苍白的辩驳不置可否，嘴角带着淡淡的讥讽说道：“既然如此，等到虞晋声铩羽回朝之时，让你们殇离朝的皇上亲自为你们指婚，岂不是也成就一番天作之合？”

虞晋声始终平和，不为耶律楚际的话所动，淡淡地说道：“这场仗还未打，你如何料定我虞晋声会输？不过，也要请耶律太子放心，你带兵亲征，用意太过明显，晋声一定会多加配合，你看可好？”

话音虽是看似谦和，却是句句讥讽，不曾留有一寸余地，耶律楚际如何不恼，冷笑着说道：“本太子要如何，还轮不到你指手画脚……”

话音未落，便伸手朝傅锦画探来，虞晋声揽住傅锦画的腰身旋转退避，怎知耶律楚际却步步紧追，迅疾扯住傅锦画的衣袖，只不过轻轻一带，便将傅锦画从虞晋声身侧牵离。

耶律楚际扯着傅锦画迅速朝后退去，口中兀自狂笑着，仓皇之间傅锦画只远远看到虞晋声落寞而悲凉的身影，眉间隐约带着忧愁，就那么静静地站在那里，如一抹黄沙，随时都会掩去。

傅锦画张了张嘴，却始终没有说出什么话来。或许有些话已经不言而喻，心里清楚却始终不能说出口。

元熙朝大营前，耶律楚际遥指着北方，说道："你看，那边就是元熙朝大都，总有一天我会成为元熙朝的主人，会成为这天下的主人……"

他神态狂傲，一派自信的口吻。傅锦画听着心里却另起波澜，脑海中浮现出另一个人的影子，那个人也曾被自己的一句话道穿心思。

他想要的也是天下？

耶律楚际扯下衣衫一角，给傅锦画遮住脸，眼神魅惑，在她耳边低声道："如果不将你的脸遮住，只怕本太子那些姬妾容不得你这么个千娇百媚的人儿。"

原来，就在这随军大营中，耶律楚际也是姬妾如云。元熙朝尚武，那些姬妾大多都是身怀武艺的人，平日里随着大军浴血杀敌，到了夜里又会承欢身下娇吟声声。

是夜，耶律楚际在军帐中设宴，傅锦画在军帐的一侧角落抱膝而坐，眼看着众姬妾环侍其旁，漫漫清音，媚态尽出。

杯盏倾倒，酒菜狼藉，耶律楚际随手挑了一个媚眼如丝的姬妾留下来侍夜，其余女子则愤愤不平地离去。

耶律楚际斜倚在榻上，朝那名姬妾招了招手，说道："花梨，你过来……"

那叫花梨的女子立即如风一般贴了上去，她柔软的腰肢扭出惑人的妩媚，如玉手臂缠绕在耶律楚际的脖颈间。耶律楚际不动声色地回应着，手在花梨的腰间揉捏着，另一只手挑着她的下巴吻了下去，肆虐而沉吟，花梨服帖在耶律楚际怀里的娇躯略有些颤抖，身上的衣物冷不防地被耶律楚际扯开了，露出令人刺目的白皙。

傅锦画清楚，耶律楚际这样做无非就是想折辱于自己，将自己脸上刻意流露的清傲一分分打消。她甚至感觉到耶律楚际在做这一切的时候，眼睛从未移开自己身上半寸，她心里不屑，眼角处的轻蔑自然更明显了。

花梨讨好地在耶律楚际脸颊上吻着，一声声唤着“太子”，那声音中有情欲初涨的暧昧。可是花梨越来越有些疑惑，眼睛顺着耶律楚际一直出神在望的方向看去，赫然发现了倚在角落的傅锦画。

“太子，她是谁？难道是太子的新宠？”花梨疑惑地问道。

耶律楚际用手指缠绕着花梨的墨丝，慵懒地说道：“花梨，别去招惹她……”

因了耶律楚际的话，花梨眼神中陡然升了敌意，她跟随耶律楚际已久，了解他的脾性，知道他最不喜欢唯唯诺诺的女子，所以有时违逆反叛还能更得他的喜爱。

“你是谁？为什么会在太子的营帐内？”

花梨虽然惧怕耶律楚际，可是凭仗着他平日里诸多的娇宠，倒也有几分放开了手脚，于是慢慢从耶律楚际身上滑落，就这么赤裸着半个身子来到了傅锦画面前。傅锦画脸上虽然还遮着面纱，手脚却未曾被绑缚，她对于花梨这样的姬妾一直不屑，于她刚才的媚态也有些憎恶，于是便扭过头没有理会她。

花梨发怒，喝道：“你为什么要蒙着脸？难道见不得人吗？”

话音未落，花梨便上前扯开了傅锦画的面纱，登时有些怔住了，若非那双眼睛里有太多的孤傲不屑，那么此刻的她定是绝世孤鸿。

耶律楚际一直冷眼相看，此时才上前，说道：“花梨，是不是本太子对你太过纵容了，还是你根本不将本太子的警告放在心上？她的面容，你看不得……”

说罢，迅疾抽出腰中软剑刺入了花梨的胸口，花梨仓皇落地，至死都是用不敢相信的眼神望着傅锦画，或许在她心里仍旧存着解不开的疑惑，不过又是一个新欢，任凭如何绝世秀美，也不至于一定要杀死旧爱吧？

耶律楚际用帕子擦拭着软剑上的血渍，斜睨了傅锦画一眼，说道：“你看，我为了你，连我最心爱的姬妾都杀了……”

傅锦画悄声叹息，不忍多看，低声说道：“这又何必呢？你就算是要营造声势，也没必要杀了她，换种方式不一样吗？”

耶律楚际笑道：“你果然聪明，知道我这么做，就是要将消息散布出去，让世人都知道，我这元熙朝大营中藏了一名女子，那么他肯定会找来的。只不过，你说要我换种方式……”耶律楚际靠近傅锦画，低低抬起她的下巴，近乎贪婪地盯着她，说道，“难道是要我折辱你？不过我当真有些舍不得呢，怎么办？”

傅锦画扫开他的手，站起身来，走至军营主座前，取过一盘没有动过的点心吃了一口就皱起眉头，说道：“你们这蛮夷粗食，我吃不惯，去准备些精软细食过来。我在这大营一天，你就好生伺候，否则哪一日我活腻了，你不是一点儿好处都捞不到？”

耶律楚际失笑，颇有些意味地说道：“活腻了？是怕济阳王不肯来？还是伤心虞晋声刚才……”

“住嘴！”傅锦画匆忙喝住他，努力做出冷静镇定的模样，可是那微蹙的眉头和凌乱的气息却掩盖不住内心的不平静。

耶律楚际脸色不变，冷笑着走了出去，可是傅锦画分明看到他压抑不住的得意。

果不其然，元熙朝大营风传他们的太子耶律楚际为了一个神秘蒙面女子将一直宠爱的姬妾给杀了，连主帅大营军帐都让给了她居住，并且命厨子精心准备细食，那女人食用之时只是眉头一皱，他们的太子竟然让人将那名厨子活活打死了，真是骇人听闻。

一连几日，傅锦画都在耶律楚际的授意下，一直蒙面示人、深居简出，而且从服侍在她身边的丫鬟那副战战兢兢的神情中，也知道耶律楚际此举颇有成效。如今的傅锦画俨然早已成了“元熙朝太子军营秘闻”中的主角。

傅锦画将耶律楚际拨过来服侍自己的丫鬟遣了出去，她不喜欢她们的眼神，那份伪装成敬畏的敌意。

这几日耶律楚际并没有过来，似乎是刻意的冷落，可是在外人看来仍旧是荣宠无双。傅锦画独自坐在军帐中，有些心绪不宁，耶律楚际此举目的何在她自然是十分清楚，先前在进宫之日将自己掳走就是为了威胁济阳王，可是谁能想到局面早已是物是人非。

耶律楚际扬手掀开帐帘走了进来，眼神邪魅，说道：“我元熙朝大营可好？如果不是牵涉大业，我倒是真想事成之后带你回宫。”

傅锦画轻叹，平静地说道：“耶律太子也不像是糊涂之人，可是为什么在这件事上思虑不周呢？”

“此话怎讲？”耶律楚际挑了挑眉，坐在傅锦画的一侧，伸手挑过傅锦画的一绺墨发把玩着。

傅锦画斜睨了他一眼，站起身来，淡淡地说道：“当日济阳王肯受制于你还有些顾念。可是如今时局不同，早已是物是人非，我既不是宫中宠妃，又无一技在身，你想济阳王凭什么肯为了我受制于你？耶律太子，我奉劝你，拿我做筹码是你妄想了。”

“是不是我妄想，你心里清楚得很。他会来的，他一日得不到你的消息，定会心急火燎。也是，即便当初没有深情厚谊，可是凭空见自己喜欢的女子被别的男人掳去，又怎么会甘心呢？”耶律楚际说到这里，像是再次要挑起傅锦画的痛楚，漫不经心地说道，“不过，说不定也有例外，譬如虞晋声……”

果然，傅锦画的脸色骤变，眉目一横，怒瞪着耶律楚际，可是没过多久，又被眼中的湿意逼得低垂下了头。

她怎能不知晓呢？她怎会看不出个中究竟呢？

凭着虞晋声的武功，让耶律楚际在三招之内将自己掳走是多么匪夷所思？

除非，是他心甘情愿地放开了手。

傅锦画不敢细想，只能苦笑着麻痹着自己的痛苦。这几日萦绕在心头的疑惑乍然被耶律楚际这么挑开，仍是有些吃不消。

她不怪他这样做，她相信他这样做有他的缘由，只要他先前曾对她有那么少许的暗示，那么她为他身先士卒又何妨？不甘心的是竟没有一句。

突然，军营内外传来阵阵擂鼓号角之声，耶律楚际脸色一凛，喝道："来人……"

军帐外有人应命，踏步进来之时，傅锦画才发现此人正是齐将军。齐将军乍见到傅锦画，也是一怔，脸上浮起一股诡异的笑容，片刻之后才正色朝耶律楚际说道："太子殿下，我军大营西南后方粮草起火，东北角处奇兵来袭……"

耶律楚际不敢大意，马上嘱咐几个侍卫守在营帐内，喝道："你们几个务必保护她的安全，如若她有一丝闪失，你们的下场便可预见。"说罢，看了傅锦画一眼后，便带着齐将军匆匆而去。

傅锦画本想问那几个侍卫军营之中出了何事，可那几个侍卫只是眼观鼻、鼻观心沉默不言，就只好打消了这个念头。

傅锦画有些紧张，握起书桌上的书卷翻动了两页又有些心烦意乱，便随手掷下。此时偷袭元熙朝大营的人，究竟是谁？

傅锦画长舒一口气，坐下身来，自斟了一杯热茶，还未等举杯入口，便听见几声闷哼，眼前黑影一闪将手中茶盏夺了去，傅锦画大骇之下未等出声，便被那人紧紧拥住。

猛然间撞入这熟悉的怀抱，傅锦画只觉得眼眶酸痛热泪袭来，突然耳朵吃痛不已，却是被那人重重咬了一口，耳边是他略显低哑的嗓音，“这个时候，你还有闲情逸致品茶？我早该知道你一直就是这么没心肝的女人……”

傅锦画奋力挣脱开他的牵制，顾不得擦拭泪珠，仰起头辩驳说道：“那也要看是拜谁所赐，如果是你济阳王，那么我自然要有这份闲情逸致，否则只是唯唯诺诺、哭哭啼啼，岂不是让你失望？”

济阳王拥着她，将下巴轻轻摩擦着她的发丝，又含糊不清地说道：“为什么？为什么一定要与本王针锋相对？你就这么恨本王？本王只要一句温情的话，哪怕只有一句……”

傅锦画心里酸苦，回想起在清音庵时的过往，更是唏嘘不已，可是仍旧执拗不肯流露，冷冰冰地说道：“济阳王这是在做什么？难不成又想让我受宠若惊之下再为你做事？可是迟了，今非昔比，我已经不会再受你胁迫了。我傅家，大姐进宫为妃，二姐已是你正妻，你就算为了自己不受牵连，也会力保傅家不会出事。而我，已是一枚废棋，你即便有心利用，又如何用之？”

济阳王双目泛红，近乎发狂地再度将傅锦画揉进怀中，低叹道：“早知道，早知道先前在清音庵，我就不该放过你，那样的话就不会有后面的是是非非，而你也只是我钟华离的女人……”

傅锦画犹如被什么击中一般，窝在他的怀中，良久发着呆，待到回过神来，才急切地想要将他推开，凄苦说道：“告诉我，你这样做又算是如何一回事？当初你逼我进宫，你逼我随耶律楚际走而不施手营救，在我孤苦无依的时候你身在何处？在我遭受刺杀时你又身在何处？如今，如今，我摆脱困境，就要寻到属于自己的安逸，属于自己的温情之时，你又要来告诉我，你后悔了。济阳王，一场游戏总是有始有终，你我之间该结束了……”

“你所说的安逸，你所说的温情，就是指虞晋声？”济阳王冷笑，继续说道，“如果他果真是，又如何让你被耶律楚际带到元熙朝大营来？醒醒吧，你眼中那个温润如玉的虞公子，他与本王都是同一类人，为了目的一向是不择手段。”

“我不准你这样说他……”

傅锦画说罢用力推开济阳王，冷不防见济阳王额上细密冷汗，眉目微蹙似是在忍受极大的痛苦。傅锦画心下一动，仔细察看才赫然发现他腰腹间有一道深入寸许的剑伤，应该是近几日的新伤，已经结了痂，如今被她用力之下，又挣了开来，傅锦画慌忙拿着丝帕去捂，汩汩血水迅速染红了傅锦画手中的丝帕，顺着她的指缝流下。

傅锦画只觉得被抽了魂，急切地说道：“你伤得这样重，如何是好？”

济阳王执起她的手，眉目间竟是有几分压抑不住的喜悦，说道：“你终究还是关心我的，你怕我死掉，是吗？”

傅锦画只觉得有些站不稳，眼见济阳王鲜血直流，她再也顾不得许多，又伸手去捂，按压住伤口，迫切地吼道：“趁着没人发现，你快走吧，走吧……”

“我不走，要走我也会带着你一起走，这一次我无论如何也不会再放开你的手。”济阳王气息有些虚弱，语气却犹是坚定。

傅锦画用力撕下左侧袍袖来，环过济阳王的腰间，将伤口扎住止血，低下头之时，依稀感觉到济阳王在亲吻着她的发丝，也依稀闻到他身上淡淡的酒气。傅锦画黛眉微蹙，不满地说道：“都已是受了这样重的伤，还不顾性命饮酒。你做事难道一向是这样盲目自大、暴戾恣睢吗？”

傅锦画只顾恨恨地说着，一直没有听见济阳王辩驳，待抬头看去，才发现济阳王眼眸深邃，苦笑着说道：“我饮酒而来，还不是怕你不跟我走，与其心里痛，不如身上痛，痛死算了……”

傅锦画呆呆地望着他，伸手慢慢触摸着他的额间鬓角，他仍在发热，他正受着苦痛。曾几何时，才发现自己对他竟是这么怜惜，青碧曾说过他是个可怜人，对，他就是最强势的可怜人。

济阳王显然并不知道她心中所想，只以为她在挣扎犹豫，于是毫无顾忌地出口说道：“我要你跟我走，除非你要看着我死在元熙朝大营……”

傅锦画一怔，未等说话，便被济阳王牵着手走出了军帐。

军帐外，竟已有数千官兵浩浩荡荡地围堵着。

傅锦画解开自己的披风，给济阳王搭上，那一刻她委实不愿别人看到受伤的济阳王，以免他被人轻视。济阳王淡淡笑了笑，傅锦画有些羞恼地别过头去不再看他。

耶律楚际银色盔甲在身，身后士兵入阵，有些肆意地笑道：“师兄好雅兴，跑到师弟的营帐中卿卿我我起来。说来也好笑，这个女人师弟也看上了，师兄想要这么带走，怕是不容易吧？”

济阳王神色不改，说道：“一别经年，你倒是又多了几分心机。不过，师兄奉劝你，留着这份心思跟当年那些与你作难的大臣们斗斗，如果你非要硬碰硬与师兄相斗，难道不觉得欠缺了什么？”

“那些老东西师弟我还没放在眼里，只要师兄交出擒龙令来，师弟立即放行，这个女人嘛，师弟也舍爱让你带走，如何？”耶律楚际扫了傅锦画一眼，颇有些无奈，像是失去什么珍贵的物件一般。

傅锦画猛然听见“擒龙令”三个字，心下大惊，看向济阳王之时，却见他仍旧神色不为所动，说道：“师弟，擒龙令乃是先古遗物，并不是人人可得，即便此物与你元熙朝曾有渊源，师兄也想将它长埋于地下，永不见天日。”

“师兄，这样说来，是否有些不太公平？擒龙令在你手里已有多年，现在只凭你空口说它是不祥之物，师弟我就会相信？”耶律楚际眉目之间有了些不耐，望着济阳王腰腹间露出的斑斑血迹，挑了挑眉毛，多了些按捺不住的杀气。

傅锦画心里有些发颤，眼见跟随济阳王而来的侍从已经横死，只剩下济阳王孤身挽着自己的手，她如何不紧张心慌？

“我自有办法拖延一段时间，你趁机走。”傅锦画附在济阳王耳边，低声说道。

济阳王看了她一眼，似是在怪她多事一般，回道：“到了如今这种局面，你也不肯跟我走？”

傅锦画眼见耶律楚际等人齐齐上前了几步，急道：“钟华离，从前的事我都不会恨你了，现在我只想看着你平安离去，你不能就这样死在元熙朝大营中，听我的话，待会儿一定择机离开，我只能拖延得了一时，不过也足够你走出大营了。”

傅锦画说罢正想朝耶律楚际开口，便听见济阳王笑了起来，笑声有些轻狂也有些欣喜，他紧紧环住傅锦画的腰，说道：“看来，本王是不虚此行。”

耶律楚际脸色显现出阴霾之色，言语之间不禁有了几分挑衅，说道：“师兄独闯大营，为的不过就是一名女子，明知凶险却仍旧执意前来，看来在师兄眼中此女子最为重，江山次之，既如此，师兄何不将擒龙令拿出来，也成全师弟的这份雄心壮志。当年师父曾教习你我帝王大业之道，原不该重美人轻江山的。”

济阳王摇了摇头，有些悲悯地说道：“你我虽然同为江山，却不是殊途同归，我要的是天下清明，你却只想一雪幼时苦痛之耻，你要天下人归属在你的朝国，你要元熙朝老臣跪伏在你脚下后悔当年放逐你出宫的行为。我来寻她，为的只是一份感情，与美色无关，即便今日她容颜尽失，我也只会心痛、遗憾，却不会厌弃于她，世人都说我嗜杀孽重，却不知斩杀的只是各路人马的耳目眼线。说到雄心，我钟华离才配称得上‘雄心’两字，而你只不过是野心，犹如邪门歪道一般，随时都会走火入魔的野心。”

傅锦画的心如同被尖利的锐刺划破，埋藏在心底许久的压抑之情，突然像是找到了一个决堤的突口，似一股暖流汹涌而来，无力抵抗。

在数千敌兵前，听济阳王侃侃谈及对自己的感情、对人生的抱负，那一刻的情景化作刻骨铭心的墓碑，深深地竖立在自己的心中，墓中埋葬的是对济阳王的恨与不满，墓外是满满的温情。

耶律楚际的脸色刹那变得异常难看，低喝道：“师兄，如果你坚持不交出擒龙令，师弟自然也无可奈何，你想离开也可以，除非留下她。”

傅锦画冷笑，耶律楚际果然不傻，他不能与济阳王撕破脸酿成势如水火的态势，就只能放济阳王走。可是一旦济阳王离开，再次相见又岂是易事？只有将傅锦画留下来，那么济阳王势必会再来。

济阳王有些不屑地摇了摇头，说道：“师弟，你还是莽撞了些，你当真以为师兄只带了这点儿人马就来闯元熙朝大营？”

耶律楚际一怔，猛然朝着济阳王视线所处的方向看去，齐将军被人在脖颈上架着刀逼着朝这边而来，劫持齐将军之人乃是身形瘦小的士兵，穿着元熙朝兵服，身上血迹斑斑，看来是经过一场血战。

济阳王神色自若地说道：“师弟，齐将军是你手下第一爱将，你不想就这么轻易地失去他吧？毕竟将来你登基受阻之时，还少不了他的鼎力相助。”

冷不丁，手持利剑架在齐将军脖颈上之人出口呵斥道：“不要试图挑战我的耐心，我数到五，你最好做个决断……”

那声音竟是出乎其意料的清脆，傅锦画知道这定是名女子，想到这里心里一动，不禁朝济阳王看了眼，济阳王不动声色，只额上微微的汗才露出隐忍之苦。

第十一章 最高明的招数

耶律楚际剑眉紧蹙，几乎要将银牙咬碎，喝道：“想不到竟是个女人，在这元熙朝五万精兵面前，难道本太子还要受你们胁迫不成？本太子倒是想看看，师兄受了伤还如何带着两个女人安然无恙地离去。”

耶律楚际猛然间将济阳王受伤的事情抖搂出来，那挟持齐将军的女子竟是有些方寸大乱，喝道：“你错了，济阳王从来未想过会带着我离开，我也从未有过此妄想，我既然敢潜伏进你的军营，已是抱了必死的决心。济阳王是一定要离开这军营的，如果他不顾自身安危非要带那名女子离去，我就将那个女人给杀了，那么济阳王就不用再有什么牵挂了。”

傅锦画猛然听见那女子的这番话，只觉得内心挣扎不堪，这气焰嚣张的千军万马她不惧，可是当想到济阳王要独身一人力战元熙大军，说不定会成为横尸弃骨、荒冢枯草，心里却没来由得一凉，只觉得浑身一颤，竟是抖得厉害，但她仍扬声说道：“同为女人，我敬你豪情几分，不过我向来傲气，怎肯死在你手上？你放心，真到那一步，我宁肯自尽，也不会拖累到他。”

济阳王用力握了握傅锦画的手，低沉说道：“本王不许你这样说。”

济阳王说完之后看傅锦画兀自没有什么反应，又附耳在傅锦画耳边低喝道：“傅锦画，本王告诉你，如若你真敢动这个念头，那么本王就杀尽你傅家，折磨至死你认识的所有人，包括虞晋声……”

傅锦画挑眉看向济阳王，相视之时，如珍石硬玉碰撞出万千火花，许久以来压抑的情感，在这一刻再无顾忌地迸发出来。风起云涌过后，是淡淡柔柔的情思。

傅锦画低低地说道：“如果我死了，就什么都不知道了，你杀谁又与我何干？可是如果我眼睁睁看着你死去，你叫我后半生如何度日？用泪水相伴悔恨一生，还是愧疚至死也难安？”

“本王不想与你争执这些，你该清楚，本王说出来的话一向是覆水难收，如若你果真动了傻念头，那么本王就用他们的血来祭你……”济阳王用力握住傅锦画的手，令傅锦画吃痛不已，却硬生生忍住没有发出一声，她看着济阳王，这个男人眼中的震怒与紧张不言而喻，果真，他心里是有自己的，知道这一点，足矣。

傅锦画抬手抚向济阳王的脸颊，轻柔得如同一团柔絮，说道：“钟华离，你行行好，不要再用这种方式来折磨我，不管是霸道还是温情，我都受不起……”

济阳王微微一怔，突然松了松握住傅锦画的手，就在那时，傅锦画用力挣开他的手，朝耶律楚际奔过去。耶律楚际也有些掩不住的惊诧，却一点儿也没有敢松懈，用手扣住了傅锦画脉门。

“画儿……”济阳王声音嘶哑，半是暴怒半是伤怀。

傅锦画狠了狠心，硬是没有看他一眼，朝耶律楚际说道：“放他走，我留下来做人质，你该清楚，只要我留在这军营中一天，他仍旧会再来的。”

耶律楚际眼神中有些意喻不明的东西闪过，突然阴狠了起来，说道：“可是，从此之后，我便再也不会有机会，可以这样肆无忌惮地打量着我的师兄，可以凌驾于他那威武而夺人的气势之上。你说，我到底是该舍弃齐将军，还是从此让自己少一个平生劲敌？”

青殊架在齐将军脖颈间的剑又往前送了几分，顿时有鲜血流出，虽然明知伤口不足以致命，可是仍旧令人惊骇不已。青殊扬声喝道："耶律楚际，你是不是就想看着齐将军死在你的面前？你是不是要让你的五万精兵知道你是如何冷血自私之人？你为了一己私利，不顾齐将军生死，如果这就是你的君臣之道，你要元熙朝百姓如何信服于你？”

“好个伶牙俐齿的女子，”耶律楚际俯身朝傅锦画说道，“倒是不输于你，只不过就是动不动打打杀杀的，本太子还是喜欢女人娇柔一些，譬如像你这样……”

济阳王再也按捺不住怒气，一声狂啸，抽出腰中软剑便朝近处士兵刺了过去，刀光剑影，一瞬间便斩落那几人的头颅，可是不久济阳王陷入混战之中，又有更多的士兵围攻了上去，令他分身乏术，顾不得傅锦画与耶律楚际之间的争执。

“耶律太子，你最好还是放他走……”傅锦画强压下急切之情，仍旧淡淡地说道，“你不就是想要知道擒龙令的下落吗？我来告诉你……”

耶律楚际面色一变，喜道："你知道擒龙令的下落？快告诉我。”

“放他走。”

“你是在戏弄本太子？本太子将他放走，你说你不知道，本太子又该如何是好？”

傅锦画忧心似火，眼见济阳王腰腹间伤口崩裂顺着衣襟流出鲜血，体力不支之下，左臂上又添新伤，她如何不急。

同样沉不住气的人还有青殊，她虽然刚才伤了齐将军，可到底还是不敢轻易就将齐将军一剑杀死，酿成水火不容之势，当真失去了挟持耶律楚际的筹码。

济阳王如同困兽般挣扎着，眼见他身上伤势渐重，傅锦画心如滴血、寸寸欲裂，迅即出手抽出耶律楚际腰间的匕首，抵在自己的胸口上，低吟道："石激悬流，且饮溪潭，龙行绛气，天语相闻……"

任凭傅锦画声音如何低弱，在耶律楚际的耳中仿佛惊雷一般，迅速松开了按住她脉门的手，眼神中抑制不住的惊喜，喊道："你知道，你果真知道，你竟然知晓擒龙令口诀……"

或许是耶律楚际的声音过大，将士们都闻声朝这边看来，放缓了手里的动作，而济阳王却趁机挑刺了身边士兵的头颅，大声说道："画儿，这擒龙令天下皆可知，唯独他耶律楚际不能知晓，否则势必会酿成难以挽救的大祸。"

耶律楚际蓦地朝济阳王看去，眼神暴戾，朝前踏了一步，似是动了杀机，冷笑道："师兄，到了如今你还是不肯放下你所谓的悲天悯人的情怀？你以为不告诉我擒龙令就是在拯救天下？可是，今日你却保全不了自己了。"

傅锦画握住匕首朝自己胸口送了送，顿时鲜血涌出数朵妖魅的花。傅锦画迎上耶律楚际疑惑不解的眼神，说道："耶律楚际，放了他，让他带着青殊离开……"

济阳王侧头望过来，见傅锦画伤口流血，只觉得心头酸涩，一阵复杂的难以名状的情绪袭来，急道："画儿，你不该如此，耶律楚际杀不了我，可是你要用这种方式将我折磨死吗？"

耶律楚际恼恨之余也一脸关切，大声唤来军医要为傅锦画诊治，傅锦画握住匕首的手再度用了力，黛眉紧蹙，似是在忍受极大的痛苦，声音却是一如既往地淡然沉着，"耶律楚际，放他走，你要想知道擒龙令，我是你唯一的选择，如若我死了，那么你就永远无法再知道这个秘密了。"

"好，本太子放他们走。"耶律楚际眼神中划过一丝锐利，握住剑身的手骨节发白，浑身充满了嗜杀之气。

青殊彼时已经挟持着齐将军靠近济阳王，掩饰不住的忧切之情，见济阳王兀自能够站立才放下心来，听见耶律楚际如此说，便高声喊道："耶律楚际的话你不能信，他如果设下埋伏，王爷照样走不出元熙朝边境。"

傅锦画仿佛早已料到了一般，朝耶律楚际淡淡地说道："那就麻烦耶律太子和我一同相送一程了，我要亲眼看到济阳王走出元熙朝的边境。"

耶律楚际眼神越发阴狠，几乎触及他忍耐的底线。傅锦画眯着眼，暗自捕捉到他眼中流露的情绪，佯装不甚在意地说道："你要知道，我与他大不了就是一死……"

耶律楚际狠狠盯着傅锦画，似是在找寻她身上最柔弱、最没有抵御的漏洞，可是傅锦画就是那么静静地站着，任凭风吹过她的衣衫，墨发飞扬，胸口盛开的花朵越发艳丽刺目，神色淡然沉着，似乎身上并未带着伤，似乎并不是在谈论生死之事。

耶律楚际终是挥手说道："本太子应了你便是。不过你要先将伤口处理下，本太子不愿多看一个带着伤残的女人一眼。"

傅锦画望着济阳王，朝他微微笑了笑，眼神中也略微松懈了几分，只觉得脚步踉跄了下便要骑上旁边的马，说道："耶律楚际，你放心，这点儿伤我还死不了。"

在傅锦画的坚持下，她胸口的伤并没有让军医包扎处理，而是一行人离开大营，骑马飞驰而去。

青殊念及济阳王伤势，于是扔下齐将军，与他共乘一骑。傅锦画骑术并不精，可是仍然尽量将马催得飞快，济阳王知道傅锦画是担心自己伤势，所以才争取时间将自己送至安全的地方。他本想唤住傅锦画，问一下她的伤势，可是喉咙像被什么卡住了一样，张了张口却喊不出声来。

到达边境时，傅锦画面白如纸，胸前衣裳彻底被血染红，再也辨不出原来的颜色，她伏在马背上，任凭马儿将她驮着狂奔。耶律楚际这时也发现她有些不对，正待跳至她的马背上帮她控制马匹，却发现远处密密麻麻的人影齐涌而来，合成包围之势。

为首的正是那白衣盔甲的男子，面庞如玉，一双眸子如墨水般沉静，在见到傅锦画受伤后眉眼挑动了下，说道：“耶律太子，是你伤了她？”

耶律楚际此次带的人马并不多，却是有恃无恐，指了指济阳王，朗声笑道：“不是，是他伤了她……”

虞晋声眼神波动，却看不出任何大的起伏来。傅锦画看着那双眼睛却没有分辨出任何的喜怒来，但觉得心里某处渐渐凉了起来，她本是怨过他的，怨他轻易放开了她的手，怨他放任耶律楚际擒拿自己，如今，她不再怨了，她与他之间本没有那么浓烈至死的情感，足以令彼此放弃一切，不是吗？

耶律楚际没有放过虞晋声内心深处的挣扎，冷笑道：“虞晋声，他已是伤重，恐怕用不着你动手便会毙命，如果你要杀他，这是你唯一的机会……”

青殊断喝一声，喊道：“虞将军，你是朝廷重用之臣，将来封官加爵不在话下，何苦要做一个弑杀王侯的乱臣贼子？”

“封官加爵？”虞晋声低低重复着这四个字，似是自嘲般地说道，“我虞晋声这一生难道是为了这四个字吗？”

傅锦画心中惊疑不定，眼见济阳王几近陷入昏迷之中，于是急中生智，朝虞晋声说道：“封官加爵你可以不在乎，可是虞红萼呢？你也不在乎了吗？他是谁，他是济阳王啊，凭着他的手段，难道你以为虞红萼可以斗得过他？他不能死，他如果死去，虞家一个人都活不了。”

虞晋声眼神闪烁了下，缓缓地说道：“你是在为他说话吗？”

傅锦画紧咬下唇，没有再出声。虞晋声明知傅锦画的心思，却依然不敢将济阳王如何，她说得对，他是济阳王啊，筹谋决断的济阳王，凭他的手段定然是算无遗策，他如何能去冒那样的险，将虞家置于风口浪尖上。

济阳王此时低低唤了声“画儿”，傅锦画身子一战几乎是从马上摔了下来，努力撑到济阳王身前，用手抚了抚他的脸颊，说道：“你好生养伤，我等你伤好了再来接我……”

说罢，待要转身离开之际，怎知济阳王伸手握住了她的手腕，任凭傅锦画如何用力也挣脱不开，眼见济阳王腰腹间的伤口仍自汩汩血流。傅锦画朝青殊说道：“好生照看他，将他带回泉城，不要为了我再冒险。我能不能走出元熙朝是我的命数，不要再为了我搭上无辜的性命。”

这一刹那，青殊见傅锦画虽是一身血衣，面白如纸，却仍掩不住那绝世的风华，她身上那股镇静自若、俯瞰苍生的神态，是任何人都无法轻视的。青殊终于明白，为什么一向沉默寡言的济阳王，竟然肯为了她，在受伤之后还单枪匹马闯进去救她。

“王爷，对不住了……”青殊出手点了济阳王的穴道，然后一扬马鞭，越过重重士兵疾驰而去。

傅锦画又看了虞晋声一眼，眼若秋波，淡然轻笑，说道：“你不杀他，我记你的恩情。”说罢，转身离开，朝着元熙朝境地走去。

身后誓言随风而去，那梨花树下脉脉温情，如同惊鸿一瞥后的淡淡相思，消失殆尽。

“小四……”虞晋声伸手在空中虚无地抬了抬，终是没有出声唤住她，只看到耶律楚际抱起傅锦画的身子远去，而他的眼神也如同破碎的琉璃珠一般，折射出缕缕光芒，映着阴郁的忧伤。

耶律楚际见怀中的傅锦画气息微弱、嘤嘤低语，不禁低音暗骂了一声，催促着亲随快马加鞭回去传军医赶来。他不敢将马催得飞快，傅锦画身上的伤并不算重，可是因为一路颠簸耗时太长，已经流血过多，如果再颠簸回去，恐怕……

耶律楚际也有些惊异，自己何时竟这样紧张一个女子，还见不得她受些微小的苦楚，即便今日没有斩杀济阳王，即便今日没有得到擒龙令，可是如今他能拥她入怀，已觉得是平生难得的欣喜，况且这个女人还知道擒龙令的口诀。

回到军营中，军医为傅锦画包扎过后，朝耶律楚际说道：“太子殿下，这位姑娘的伤势本不重，只是失血过去，所以身体虚弱不堪。但这位姑娘的伤是在胸口处，还需生肌去疤的良药，否则恐留疤痕。”

“皇宫中的宫廷秘药倒是不少，可是此去千里之遥，来回时长怕是对她的伤势无益。”

“太子，虞将军府中指不定会有此药，不如派人前去盗出一二来。”

耶律楚际蹙眉，扬了扬手让军医离开，心里却在琢磨这到底是个应对之策。耶律楚际从窗口望过去，见傅锦画安静地沉睡着，睫毛浓密，铺成半月形的阴影，不由得心里一动，身形一顿转身离开。

是夜，虞府。

一个黑影闯过三道关卡后迅即潜进书房，踏进之时却暗自犹疑了下，便在那时听书房内传来清朗悦耳的声音：“耶律太子，你是不是在奇怪为什么今夜我府上这么疏于防备，让你如此轻易地进来？”

耶律楚际将脸上的面纱扯去，推门走进去，见书桌上放着几个精致的玉瓶，于是朗声笑道：“原来虞公子算准了本太子要来，既如此本太子就不客气了，多谢。”

“这药是给她的，不需要耶律太子来谢。”

耶律楚际倒也没恼，依旧谈笑自若，说道：“只是可惜虞将军的心意了，她此时恐怕最不想用你给的药了。”

虞晋声眼中闪过些微微的自嘲，淡淡地说道：“耶律太子可以不必告诉她。”

“是，本太子不会告诉她的。”耶律楚际像是故意强调了一般，说道，“虞晋声，你要记得，这一次是你亲手将她推离……”

说罢，抄起书桌上的玉瓶飞身离去。

甄扇走进来，急道：“公子，难道就这么放他走了？如今两国交战，如果我们能够抓到耶律太子，虽不能简单杀了了事，可是就有了谈判的筹码，至少也能让他们献出两个城池来。”

“抓住他不是没有可能，可是别忘了小四还在他手里，我已经伤害过她一次了，又怎么能再伤害她第二次？”

“公子之所以那么做，也是身不由己啊！济阳王得皇上谕旨亲自来安陵城，如若让济阳王知晓公子与四姑娘的情谊，他势必会在这节骨眼上让公子难堪，更何况小姐在宫中侍君怀有身孕，如果再牵连她，只怕……”

虞晋声背身而立，身影落寞，月光从窗边泻入，映着淡淡的光晕，将书桌上的经卷照得格外透亮。甄扇为虞晋声辩驳，说着说着声音也低落了下去，不管怎样，他心里知道四姑娘与公子再也回不到从前了。

“甄扇，济阳王现在回到他的营地了吗？他的伤势如何了？”

原来，济阳王此次来安陵城是奉皇上谕旨统率三军，将元熙朝侵占的城池重新收复，并要元熙朝君主立誓十年内不能再度进犯边境。而济阳王来此途中却得知傅锦画被耶律楚际掳去的消息，担忧之余只带了青殊几人彻夜赶路，谁知在路上还是遭遇数道埋伏，腰腹受伤。济阳王简单包扎后，不顾青殊阻拦潜入营中，于是有了后面发生的一切。

所以，即便耶律楚际如何再出言相激，虞晋声也不会轻易将济阳王如何，因为他的精锐部队已在安陵城南驻扎，不过饶是如此，他心中仍是有挥之不去的烦闷，那就是傅锦画对济阳王明显紧张的回护。

甄扇答道：“济阳王已经回到安陵城南的大营，他这次带来数万精兵，粮草充足，怕是短时间内不会撤兵，皇上既然已经下旨要公子交付兵权给济阳王，不如，不如公子趁机，趁机……”

虞晋声扫了甄扇一眼，见甄扇慌忙低下头去，说道：“除去今日这一次，我已经再也没有机会杀他了。如果不是因为小四，他如何会将自己置于这样的险境？也只有为了小四，他才做出这般冲动任性之事来。”

历史中总是有些女人的作用被无限放大，或被称为红颜祸水，魅惑众生，祸国殃民，可这一切都是浮在表面上的现象，真正的实质是情感，是情感至上践踏理智而做出的疯狂之事。

这一切不可诠释，只能领悟，至于能够悟到几分，只能是个人情缘。

人生中到底能有多少机缘可以去肆意挥洒情感？这虽然是个未知数，可是虞晋声断定即便是未知数，也是屈指可数的未知数，少得可怜，所以虞晋声知道济阳王此生怕是永远不会再做出这般不顾性命的轻狂之事了。

有些事，人这一辈子，做一次便罢，足以震撼众生，没有遗憾；有些事，即便日日夜夜在做，也激不起片刻的涟漪波纹，如深潭死水。

而济阳王却在这最恰当的时刻，选择了以这种方式，彻底俘获了傅锦画的心。从此后，对于济阳王任何的指令，她再也不会有丝毫的犹疑。

“济阳王，这实在是你最高明的招数。”

虞晋声默默在心里念着，却觉得更加苦涩起来，甄扇早已下去歇了，而他站在窗前，那影影绰绰的身姿投在地上，竟是一夜未眠。

第十二章 消梦散

元熙朝大营中，傅锦画悠悠醒转，胸口还隐隐作痛，见营帐内多了位清丽的女子守在跟前，傅锦画已然认出她是那日伴舞的姬妾之一。

那名姬妾见傅锦画醒来，也不上前服侍，不甘愿地撇了撇嘴走出去唤人去知会耶律楚际。

不一会儿，耶律楚际便带了军医过来，傅锦画伸出手让军医把脉，懒懒散散地并不理会耶律楚际。军医离开之后，耶律楚际站在傅锦画身前还是没有走的意思，傅锦画终于忍不住瞪他一眼，说道：“你不走也就罢了，还不让人给我弄些吃的来，难不成救活我就是为了活生生再饿死我？”

耶律楚际见傅锦画肯理会他已是欣喜，失笑之余命人如流水般送来好些吃食。傅锦画也不阻他，单挑了几样清淡的入口，其余的便不肯动筷了。

饭罢，耶律楚际见傅锦画闭目不言，又待了个把时辰才离开。那名姬妾见耶律楚际离开后，又怒目看向傅锦画，嘴里嘀咕个不停。

如此这般过了几日，傅锦画的伤势也好得差不多了，于是靠在软榻上，也有了闲心与那名姬妾说话，“你既然这般不情愿过来伺候，走便是了，何苦这样难为自己。”

“要不是太子说，你如果要有一个好歹，就拿我的命来抵，你以为我稀罕来伺候你。”

傅锦画见营帐内布置着一张书桌，于是上前铺开纸张，研磨写字，边说道：“你喜欢太子？”

“玉珍自然喜欢太子，他是元熙朝除了皇上之外最尊贵的男人，天下又有哪个女人不喜欢他，不甘愿臣服在他的脚下？”

“喜欢一个人，难道不是甘愿与之比肩而行，互尊互谅吗？怎么谈及臣服在对方的脚下呢？两个相爱的人，一定是在内心没有差距的，无论他是帝王还是走卒……”傅锦画挥笔姿态如流云，潇洒自若。

玉珍怔了怔，嘴唇动了动却没有说话，她低着头思索了半晌，隐约似是明白了傅锦画的意思，脸上却泛起自嘲与苦笑来。姬妾始终逃离不了被玩弄的命运，何况玉珍只不过是军营中随侍的姬妾，将来即便战胜，她也没有进太子宫殿的资格。

傅锦画本以为耶律楚际会着急逼问自己擒龙令的下落，可是这几日过去，耶律楚际除了每日早晚都过来看她外，并不多扰她，她也乐得清闲自在，每日写字画画。

那日过后，玉珍对她敌意稍减，话便也多了起来，说道：“玉珍看得出，太子很喜欢你，他从来没有这样待过一个女人，等打了胜仗回朝，太子肯定会请皇上恩准你为太子妃。”

“打胜仗？安陵城有一个虞晋声便罢了，如今还来了个济阳王，你们太子也不过就那点儿权术，如何能斗得过他们，打了败仗能回去保住太子之位就算是上天眷顾了。”傅锦画有些不屑地说道。

玉珍却不以为然，说道：“听说，济阳王这次前来就是奉皇命收缴虞将军的兵权，虞将军现在已经被软禁起来，不主事了。济阳王也不好，他自从上次带伤闯营被重创，一直陷入昏迷之中，再过几日还醒不过来，只怕就离死不远了。”

傅锦画研磨的手指略微发战，内心深处被刺扎一般隐痛不已，淡淡地说道："不会的，他不会死，不会死……"傅锦画低低吟念着，终是无力支撑身子，顺着书桌软软地滑了下去，玉珍大惊失色，上前将她扶起坐在软榻上，见傅锦画缓过一口气来，才说道："我这时才明白为什么你对太子从来不肯假以辞色，这是因为你心里早已有了中意的人，这个人便是济阳王，对吗？"

傅锦画望着玉珍，似是思索一般，良久才郑重地点了点头，答道："是，我心里中意的那个人就是济阳王。"

这是傅锦画第一次面对自己的内心，连傅锦画都诧异，自己竟然在玉珍面前承认对济阳王的情感，而她不过是耶律楚际营中的姬妾，是一个自己初识且前几日还对自己抱以敌意的女子。

说完，傅锦画也似轻松了许多，说道："玉珍，你信我，济阳王不会有事的，他会醒过来，他会好好地活下去。"

玉珍点了点头，又像是试探般地小心翼翼地问道："如果，我是说如果济阳王当真死了，你会不会很伤心？"

傅锦画却淡淡地笑了，轻轻地摇了摇头，说道："我不会伤心，因为他若因我死了，我不会独活。"

玉珍被面前女子眼中坚定沉静的神采所折服，半晌，几不可闻地说了句："对，济阳王不会死，只要他见到了你，便不会那么轻易死去。"

因济阳王昏迷不醒，殇离朝营中军心大乱，于是战事不利，被耶律楚际带兵折损了数千将士。

是夜，耶律楚际在营中大摆庆功宴，姬妾如云，美酒如水。

傅锦画听着前面的动静，烦乱不已。玉珍也不知道去了何处，一时没有看到她的人影了。不多时，一士兵装扮的人匆忙闯了进来，扔给她一套元熙朝士兵服饰，说道："快，换上衣服跟我走。"

傅锦画仔细辨认才看出那是玉珍，疑惑说道："去哪里？"

"今夜太子大摆庆功宴，营中戒备松散，我去买通看守军营出口的士卒，你趁机离开。"玉珍见傅锦画兀自不动，于是上前帮她换衣。

“买通士卒？拿什么买通？”傅锦画随口问道。

怎知，玉珍却低垂下头，紧咬着下唇，良久才自嘲般地说道：“我能有什么？有的不过就是女人的身子，像他们那些士卒，平日里哪里有机会能够摸到女人的身子，如今我主动送上门去，他们喜不自禁，哪里还顾得再来拦你？我只需要拖着他们两个时辰，你便足以走出元熙朝边境。”

“玉珍，我不能这么做。为了走出这军营，我可以杀人，却不能眼睁睁看你为我受到这样的折辱，如果我弃你而去，与那些士卒又有什么两样？”傅锦画拉着她的手，恳切地说道。

玉珍霎时间热泪盈眶，说道：“玉珍和那些姐妹在军营已有两年之久，那些男人虽然有时也巧言令色，可是玉珍知道他们不是真心的，只是贪恋我们的身子，关键时刻如果需要我们抵命，他们眉头也不会皱一下的。而你，竟是唯一一个肯顾及我性命的人……”

傅锦画心里也是一阵唏嘘，将玉珍递过来的士兵装饰换上，说道：“别说那么多了，我们到军营出口试试，果真能出去，我自然是要带着你一起离开的。”说罢，拉着玉珍的手悄悄溜出了营帐。

到了军营出口处，果然见戒备松散，只余几人站在那里，手里还各自握着一坛酒。玉珍让傅锦画藏在阴影处，解开胸口的衣襟，扮作酒意朦胧走了出去，娇声说笑着，那几个士卒互视一眼，仗着酒劲淫笑着朝玉珍走来。玉珍待那几个靠近了，抽出腰间匕首迅即无比地结果了那几人的性命。

玉珍从暗处牵过一匹马来，拉着傅锦画一起上了马，绝尘而去。

傅锦画眼见篝火通明的大营渐行渐远，只觉得犹如腾云驾雾般不真实。良久，待到身后玉珍的气息越来越急促，才恍惚感觉有些不对。

“玉珍，你怎么了？”

“我很好，没有事，你看前面就是殇离朝了，你终于可以回去了。”待到元熙朝边境，玉珍却浑身无力从马背上滑了下去，傅锦画大惊，急忙随着跳下马背，见玉珍手捂着前心，气息急促，痛苦呻吟着。

傅锦画努力回忆起刚才的打斗，知道玉珍并未被那几个士卒所伤，唯一的解释便是，她是自伤。

“为什么，玉珍，你为什么要这样做？你看前面就是边境，只要离开这里，走进济阳王的大营，我们便安全了，你可以隐姓埋名，从此安安稳稳地度过余生。”傅锦画用手捂着她的伤口，那鲜血从指缝中汩汩而出，她只觉得浑身发凉，叹道：“玉珍，如果你是为了我，那么让我一生良心何安？”

“我只是在成全一段爱情，今生我都没有办法拥有自己的爱情，我情愿用命来成全另一段爱情，成全你和济阳王的爱情。而我生是元熙朝的人，死也是元熙朝的鬼，我是不能踏进殇离朝半步的。你快走吧，迟了，恐太子发现会追过来……”玉珍用力推了傅锦画一把，悲切地催促她赶紧离开，“你快些走，不要让我白白牺牲。”

两人，一个站在元熙朝的边境内，一个站在殇离朝的边境内，就隔着那么一步，却似隔了千山万水，傅锦画试图去拉玉珍的手，玉珍却又后退了一步，急道：“你为什么还不明白？我这么做并不是因为你，我是为了我自己，我在军营中过得是行尸走肉、毫无尊严的生活，如今我想要求得解脱，帮你只不过是为了让自己死得更有意义一些罢了。走吧，除非你想要亲眼看到我死在你的面前……”

或许是玉珍的话太过于凄厉，傅锦画终是不忍再逼迫她，转身朝漆夜深处跑去。而玉珍又艰难地爬上马背，顺着来时的路又缓缓折返回去。当耶律楚际追赶而来时，发现迎面马儿缓缓走来，玉珍无力地趴在马背上，几乎昏迷。耶律楚际毫无怜惜之意地将玉珍从马背上扯下来，喝问傅锦画的去处。

玉珍仰起头，朝耶律楚际嫣然一笑，咯出了一口血，似是用尽了全身的力气说道：“她去找寻天下最珍贵的东西去了……”

耶律楚际一怔，待要追问，却发现玉珍已死，只得作罢。

齐将军说道："太子，属下刚才派人去察看，傅姑娘可能已经进了殇离朝的边境，如果我们贸然派人去追，只怕……"

耶律楚际狠狠怒骂了一声，又朝玉珍尸首用力踹了一脚，犹不解愤。

"太子，玉珍的尸首要如何处置？"

耶律楚际几乎暴怒道："这种事情还需要本太子亲自过问？当然是拖下去喂狗，喂狗……"

耶律楚际回身上马，朝天怒吼一声，疾驰数里才压制住内心的狂躁，终是朝齐将军说道："还是将她好生安葬了吧。这军营一众姬妾中，本太子从未宠幸过玉珍，没想到今日也会对她另眼相看，她有这番胆识，本太子就成全了她。"

傅锦画生怕被耶律楚际追赶上，于是铆劲儿疾奔而去。漆黑寂夜，她不辨方向，凭着安陵城高楼灯台微弱的灯光做指引，踉跄而行。

"站住，什么人？"几个殇离朝士卒走过来，将傅锦画围住，"是敌军探子？"

"我要见济阳王……"傅锦画话音未落，猛然间被那几个士卒一推搡，帽子落在地上，一头墨丝滑落在肩。

那几个士卒看到傅锦画是个女人，怔愣过后，目光各异，有一年龄较长的士卒上前，似是有些按捺不住，说道："是个雏呢，兄弟们，你们不都想见识下女人的好处，今儿个不如……"

"马九，济阳王治兵甚严，如若让他知晓，恐怕……"

"怕什么？只要咱们不说，谁会知道？"

傅锦画惊惧不安，她不敢随意透露自己的姓名，正苦于到底要不要开口求救之时。突然，身后传来一声断喝："住手。"

那几个士卒回头看去，齐齐噤声，惶恐不安地站在那里，傅锦画认出是青殊，于是上前说道："我要见济阳王……"

青殊牢牢盯着她，眼神极其复杂，终是说道："跟我走吧。"

傅锦画见到济阳王之时，已是凌晨，众人只见青殊将那么个瘦小凌乱的“元熙朝士兵”带进济阳王的营帐，觉得有些不妥，可是青殊对济阳王那是过命的忠诚，所以也没有多做阻拦。

“你看，他就这样躺在这里近十日了，如果……如果他有什么不测，我会将你千刀万剐。”

傅锦画知道青殊心中的怨恨，并没有出言相驳。

济阳王至今躺在软榻上，面色发青，眉宇间还有些淡淡的紫黑色。傅锦画拉起他的手，仔细察看，见他指甲颜色竟也是呈着淡淡的青紫色，于是说道：“他这是中了毒。”

“中毒？中毒怎么可能还会维持十天的性命？”

“下毒之人很懂得把握分寸，既没有夺了他的性命，又让他陷入昏迷之中，怕只怕，久而久之，他就会灯油耗尽。”

青殊顿了顿，似是将全部的希冀放在傅锦画身上，眼中泛起无尽的神采，小心翼翼地说道：“那么，你会解毒，对吗？”

“我不会。”

傅锦画轻轻地摇了摇头，济阳王的手很凉，而她的脸也很凉，将济阳王的手覆在自己脸上，不知道到底是谁温暖了谁。

“你不会，你说你不会，那么你来这里做什么？”青殊眼见心中的希冀落空，情绪有些失控起来。

傅锦画掀开济阳王的衣襟，见他臂膀和胸口处的伤势都已见好，唯有腰腹间的那个刀口却始终不见好，于是问道：“青殊，你老实说，王爷去元熙朝大营之前怎么受伤的？”

如果是寻常刀伤，没有理由会比这几日受伤的创口晚愈。青殊柳眉一飞，恨道：“那是因为青殊与王爷在途中遭遇了三道埋伏，那些刺客当中有一人身手了得，伤了王爷。不过王爷当时并没有察觉出中毒的迹象来。”

傅锦画思前想后，却不知济阳王到底是中了谁的埋伏。他既是奉皇命而来，是谁有这样的胆量敢在官道上行刺？

绝不可能是耶律楚际，否则他既然有机会伤了济阳王，又如何只是下毒这么简单？

傅锦画刚才给青殊说，她不会解毒，是千真万确的。

可这并不是说她不会辨认此毒，这毒名为消梦散，顾名思义，中了此毒的人，即便是终日昏迷也不会做一个梦。傅锦画轻轻抚了抚济阳王瘦削的脸颊，那么这十日来，终日昏迷却无梦的他该是如何的孤寂？

不过，要想追查出是谁下的毒倒也不难。因为此毒用量不慎会有生命危险，下毒之人意识到这一点，一定会小心谨慎地控制药量，药量既轻，毒性就不可能维持多时，所以隔三日必须再度用毒。

傅锦画将此中道理告知青殊，饶是青殊半信半疑，也不敢不将所知告诉傅锦画，说道："这十日来王爷营中请安的人不在少数，隔三岔五而来的人也很多，青殊一时半刻也记不起。不过，既然有这条线索，再追查下去怕是不难。"

青殊命人拿过来一套换洗衣服，递给傅锦画，说道："去换上吧，看着碍眼。"

傅锦画去旁边营帐中沐浴更衣，回到济阳王的营帐中来，见青殊正想尽办法喂济阳王喝粥，说道："不要白费力气了，这种毒药不仅能让人昏迷，也让人丧失味觉和食欲。"

青殊将碗往桌上重重一放，怒喝道："让我查出是谁下的毒，我将他千刀万剐。"

傅锦画去雕花铜盆中绞了一方帕子，给济阳王细细拭了拭脸，说道："济阳王已经昏迷的消息朝廷知道了吗？"

"自然是知道的，青殊只怕皇上会下旨……"

如今战事已起，两国交战已是水深火热之势，傅锦画知道青殊是担心钟银煌会下旨将兵权收回，可是如果将兵权收回，又会派谁人来接管？

论起谋略筹划，论起对边关熟悉程度，唯有虞晋声。

傅锦画想到这里，渐渐有些不安起来，不是没有怀疑过，只不过却不想面对这个事实，脑海中闪过那个面如冠玉的男子的身影，清瘦而俊挺，手握经卷，似是不染尘世俗气。

傅锦画又在想，如果济阳王陷入昏迷，战事胶着，那么得益的人又会是谁？很明显，只有一个人，便是虞晋声。

“青殊，虞将军这一阵可曾来探望过王爷？”

“没有。”

傅锦画悬着的那颗心沉了下来，不是他就好，可是当听到青殊后面的话时，她又不禁苦笑。

“听说虞将军病了，一直待在虞府不曾外出过。倒是每隔几日派甄扇来瞧过，顺便又带了些珍贵药材。”

傅锦画接过青殊手里的披风，说道：“青殊，从今日起，除了王爷随身近侍，任何人不得随意进出营帐，等我回来。”说罢，走出营帐。

青殊追过来，急道：“你要去哪里？”见傅锦画回头看她，不禁又气又恼，继续说道，“我自然不是关心你，只不过王爷为了你连性命都不肯顾，如果他醒来后知道你来过又走了，岂不是会怪罪于我？要去，我跟你一起去。这里都是王爷最得力的心腹，没有人能随意靠近的，王爷的安全不必担心。”

傅锦画思虑再三，点了点头，带着青殊离开了安陵城南的军营。

虞府，前厅。

甄扇说道：“四姑娘，公子在书房相候。”

青殊正待跟着傅锦画后面一同前去，怎知甄扇却借势一拦，嘻嘻地笑道：“我们公子只请了四姑娘一人，这位姑娘还是少安毋躁的好。”

青殊蹙眉正要发怒，听傅锦画说道：“罢了，青殊，你就在这里等我吧。不要轻举妄动，别忘了我们此行的目的。”

青殊愤愤不平，见甄扇仍是嬉皮笑脸，怒瞪了甄扇一眼才作罢。

甄扇引傅锦画进了书房，见两人兀自相视不发一言，吐吐舌头便掩上门离开。

“小四，你的伤好了吗？叫我来看看。”虞晋声温和地笑道。

傅锦画点了点头，却不曾朝他走去。

“那我就放心了。小四，你看这幅字，是我这几日闲来无事写的……”虞晋声淡淡说着，似是傅锦画从未离开过虞府，似是两人还是当日那脉脉温情，时常会凑在一起鉴赏书画一样。

“你是不是早已料定我会来？”傅锦画苦笑。

“小四……”虞晋声放下手里的字画，朝傅锦画走过来，他眼中仍带着那般温情。

傅锦画后退，挥手止住他，摇头说道：“别过来，虞晋声，虞将军，虞公子……”傅锦画自嘲地笑，“我曾以为自己已经了解你，了解你鸿鹄之志，了解你淡泊名利，我甚至在想，即便我们逃脱不了亲情的牵绊，不能离开这里，我们也会是这大漠流沙边关处的神仙伴侣，从此琴瑟相合，安乐度日。可是，我现在才发现，我根本不曾了解你，虞晋声，你想要的到底是什么？”

虞晋声将她拥在怀中，说道：“我们还可以做一对神仙伴侣，从此琴瑟相合，安乐度日。”

傅锦画用力推开他，冷笑道：“不可能了，虞晋声，这一段感情是你亲手葬送的。所以，既然你做了，就要认。毁去的城池可以再建，而心里那座城却永远不可能恢复原样了。”

“小四，相信我，从此之后，我会紧紧相伴你左右，不会再松开你的手……”虞晋声紧紧握起傅锦画的手，傅锦画分明看见他手上清晰的齿痕，心里一动，却终是挣脱开来，大声道：“不可能了，我说不可能了！你将自己掩藏得那么深，我永远猜不透你下一步会做什么，也永远猜不到你会在什么时候再次放开手……”

不是不伤心的，只不过一直以来的骄傲让她不肯面对这个事实，如今这么血淋淋地说出来，傅锦画却觉得心里轻松了许多，也不再觉得那么痛了。

“那么济阳王呢？他也曾放开过你的手，为什么你却不记恨他、怨恨他，还肯站在他的身边，却不肯原谅我，到底是为什么？”虞晋声低哑着嗓子问道。

傅锦画明知要虞晋声问出这样的话是多么艰难，多么损伤一个男人的尊严，却仍是转身背对他，随意答道：“他跟你不一样……”

虞晋声眼中划过痛楚之色，低低重复着傅锦画的话“他跟我不一样？对，他跟我不一样，只因为你心里喜欢的是他，爱的是他，对吗？所以无论他做任何事，你都不会计较，都会原谅他，对吗？”

傅锦画明明知道虞晋声的似是而非，却无力辩驳，或者她根本没有想过辩驳，只是匆匆说了句：“那你也不该派人刺杀他，还让甄扇每隔三日便去下毒……”

虞晋声一怔，随后苦涩一笑，说道：“那么你今日来就是为济阳王来讨解药的？如果我告诉你，这消梦散没有解药，你待如何？”

“你明知道我不会信，又何必说这样的话来骗我。你下毒如果是想要他的性命，大可不必费这般周折。你只不过是想要他昏迷一段时间，让战局失控，皇上知晓这里的情况，必定会将兵权再度交付到你手里，如此一来，你还是会安稳地做你的虞将军，还不必跟济阳王发生正面的冲突。岂不是两全？”

虞晋声冷笑，拍掌赞道：“小四，你果然聪慧，怪不得济阳王会为了你失去理智。”

傅锦画想起济阳王那日的伤势，心里一痛，望着虞晋声的眼神竟然多了几分怨恨，冷冷说道：“给我解药。”

“小四，不要用那种眼神来看我，这让我很不舒服。皇上圣旨未到，我将解药给了你，济阳王醒来后，局势便不是我能掌控的了。那样，我岂不是很被动？”

“虞晋声，我不信你没有第二条退路。济阳王醒来又如何，如果你跟耶律楚际早已达成共识，里应外合，济阳王想要取胜只怕比登天还难。他如果不想在边关丢尽颜面，只怕会请命早日回朝更换主帅也未定。”

虞晋声笑了笑，没有否定傅锦画的话，伸手入怀，取出一个墨绿色的玉瓶来，再度走近傅锦画，俯身在她发丝间贪恋地嗅了嗅，说道：“我可以将解药给你，只不过，你要答应我，从此不能离开我的身边。”

第十三章 断弦无声

前厅。

“青殊，这是解药，给你。”傅锦画将解药递给青殊，看到青殊欣喜若狂的样子，心情越发低沉。

“这下王爷有救了！我们赶紧回去给王爷服药……”青殊踏出了两步，见傅锦画兀自站在原地不动，急道，“快走啊，难道你不想王爷早一刻醒来吗？”

“青殊，对不起。我不能跟你回去，我已经决定了，我要留在虞府。”傅锦画眼眶有些泛红，仰起头说道：“今儿个风真大啊，吹得眼睛发痛。”

“不行，我与你同来，却不带你回去，王爷醒来知道后会杀了我。”

“你可以不告诉他，除了你，没有人知道进出济阳王营帐的我到底是何身份。”傅锦画急促地说完，见青殊站在那里，于是上前推了她一把，大声喊道：“走啊，你快些走啊，你不是一直恨我吗？现在我留在虞府，与济阳王永不相见，不是正合你心意吗？”

傅锦画不曾记得那日她到底说了多久，直到看到青殊离开虞府，她才停下来，无力地靠在廊柱上，心情几近崩溃。

虞晋声上前抱着她，低诉衷肠。傅锦画推开他，他也不恼，说道：“小四，我知道你现在还在怪我，不过终有一日，我会让你知道我的心意。”

傅锦画仍旧被安置在以前的房间，在虞晋声的隔壁，只不过她终日寡言少语，对虞晋声极为客气。对此，虞晋声似是有些无奈，或者他更愿意傅锦画发发脾气宣泄出来，唯独不想她以这种方式冷淡他、远离他……

“小四，今儿个天气好，我带你出去走走。你整日闷在这屋子里，我怕把你闷坏了。”

傅锦画不冷不热地说道：“出去走走？如果遇到他怎么办？还是他早已死了，你不怕我出去会遇见他？”傅锦画虽是故意刺痛虞晋声，却并不是信口胡言，因为自从那日让青殊带着解药离开，她便像与世隔绝一般，与外界失去了消息。

虞晋声一怔，面色是少见的阴郁，拂袖而去。傅锦画似是没有一丝在意，望着窗外难得的艳阳高照，眼神似是穿透高墙，落在遥远的地方。

在虞府这几日，傅锦画根本未曾跟伍仇打过照面，倒是甄扇，依旧是跟在虞晋声身后寸步不离，整日嬉笑顽皮。

傅锦画每日闷在屋子里，无所事事，终日像是在炼狱中一般。如果这一生注定要耗在虞府，没有任何指望，那么傅锦画只会心如死水不再有波澜，也不再有希冀。而今不同，她心里一直有个声音，希望济阳王能够在知晓真相后，带自己走出虞府。正是因为这样一份越来越大的希冀，才让自己挣扎不已。

傅锦画不思饮食，越发消瘦，终是病倒了。

虞晋声陪在她身边，取过一碗粥，正待喂她。傅锦画胡乱推开，说道：“虞晋声，你放了我吧，你难道还不明白吗，我们不可能回到从前了，即便你现在困住我的人，也困不住我的心……”

虞晋声轻轻叹了口气，说道：“你不是一直想济阳王来找你吗？他已经在来虞府的路上了。小四，看在以往的情分上，再静静地陪我一会儿，好吗？”

傅锦画听到虞晋声的话，欣喜不已。她低垂下头，强压抑住内心的欣喜，怕眼中泛起晶莹的光彩将她的心事泄露。

傅锦画始终悬着的那颗心终于放了下来，在虞晋声期待的目光下，缓缓张了口，将他喂的粥一口口咽了下去。傅锦画只吃了小半碗粥，便不肯再用，看着虞晋声，眼角藏不住的喜色，说道："那么，你会让他将我带走吗？"

虞晋声伸手往床帏处重重拍了下，背转过身，负手而立，说道："我会，如果你答应跟他走的话。"

"我自然会答应跟他走。"傅锦画从来没有质疑过这个问题，她自是情愿跟他走的，即便前路坎坷。

傅锦画觉得有些热，将胸前的棉被往下扯了扯，还是觉得有些气闷，于是说道："这天为什么这么热？我去打开窗户透透气。"

傅锦画刚下了榻，只觉得浑身发软，嘤咛地叫了一声便腿软无力跌坐在地上，视线开始有些模糊，看到虞晋声的背影似是有种想要相拥的冲动，傅锦画心里暗暗发惊，说道："这屋子为什么这么热？简直让人透不过气来……"

话音出口，才知是如此的绵软多情。

虞晋声回转身，见依旧靠着软榻坐在地上的傅锦画，脸颊绯红，眼神蒙眬，每一根散乱的发丝都是撩动的情思。傅锦画解开胸前的纽扣，嗔怒道："热，热得让人受不住了……"

虞晋声只觉得气血上涌，上前抱起傅锦画。傅锦画进入虞晋声的怀抱，便觉得犹如万马奔腾的热情找到一处出口似的，伸臂环住了他的腰身。傅锦画此时已觉异常，可是她仍旧不肯相信虞晋声会如此对待自己，问道："你在粥里放了什么？"

虞晋声抱着傅锦画柔软而又发烫的身子，在她耳边低低说道："小四，对不起，对不起……"

傅锦画浑身燥热难安，只是相拥已不能满足她此刻的渴望，伸臂搂住虞晋声的脖颈，用仅存的理智哀求他：“虞晋声，求你饶了我，或是给我解药，或是将我杀了，求你……”

傅锦画一边哀求他，一边却无力抵御药性，在他的唇角处吻了下去，浑身战栗而渴求，迷乱在他的气息之中，陷入狂热之前唯一听清的一句话便是他说“晚了，已经晚了，小四，此刻，你要我如何结束”。

虞晋声用手在她的腰间揉捏着，只觉得她身子烫得吓人，缓缓从她唇角间吻下去，依次从脖颈、柔软处至小腹。傅锦画扭动着身子，不断娇吟，媚惑而勾人，眼角处却滑落出屈辱而无助的泪水……

夜深了，风从门隙间吹进，却吹不散床帏处旖旎的气息。

醒来时，除了床底间的暧昧纠缠，傅锦画并不记得昨夜到底发生过什么。她原以为自己还是在虞府，却没有想到竟是卧在济阳王的营帐中，而济阳王背对着她负手而立，背影似是一张拉满弓的弦，随时就会爆发。

傅锦画本想昨夜或者只是一个梦，但唇齿间碰撞带来的疼痛依旧，浑身也酸痛不已，她便知道，昨夜的一切都是真的了。虞晋声在粥里给她下了媚药，而她却抵御不住药力，主动迎合了虞晋声的任何举动，放任他在自己的身体上轻吻缓揉。

傅锦画一动也不敢动，她不敢发出一点儿声音来惊动他，心里却恨不得在他面前即刻死去。

“你醒了？”

“你一定好奇我为什么知道你醒了，”济阳王的声音平缓，没有半分喜怒，静静地说道，“因为我听见了你睫毛眨动的声音。”

傅锦画握住被角的手越发用力，她不敢问自己为什么会出现在这里，也不敢问济阳王在虞府到底看到了什么。

济阳王转过身，面庞消瘦，下巴处淡青的胡楂儿看起来憔悴不堪，勉强挤出一丝笑容来，说道：“我让人给你熬了粥，一会儿送过来。”

傅锦画避开他的眼神，低垂着头，低低应了一声，不敢再说话。济阳王见状，只是轻叹，离开。

过了不多时，竟是青殊亲自端着粥送了进来，面色轻松自然，倒是让想要打探消息的傅锦画一时不知该如何问出口。

“青殊……”

青殊抬头，看了她几眼，见她神色有异，暗暗蹙了蹙眉，淡淡说道：“吃过东西便好生歇着吧，明早咱们还要赶路。”

“哦？去哪里？”

“回泉城。”

傅锦画大惊，忙揭开薄被走下榻来，急急地问道：“回泉城？济阳王统领三军，他若走了，殇离与元熙之间的战事怎么办？”

青殊将粥放在桌上，听见傅锦画发问，身形一顿，说道：“如今这统率三军的人是虞晋声……”说罢便出了房门。

傅锦画站在原地也不知道过了多久才回过神来，才发现自己是赤足而立，浑身早已冰透。

待到了次日，济阳王一行人果然上了路。

济阳王的马车遥遥在先，被侍卫护在中间的却是傅锦画所乘的马车，青殊也在其中近身随侍。

傅锦画掀开车帘朝外看去，只见城郊一片梨花似海，隐隐透出一个瘦削挺俊的人影。傅锦画心里一战，放下车帘，不知那片梨花下剑风乍起，顿时花瓣如雪纷扬落下，却不及那人十分之一的怒气。

一行数日，自那日济阳王在营帐中说了一句半句的话后，傅锦画并再也没有见过他，他始终在车厢内不曾见人，即便路遇驿站需要住宿，他也是避开傅锦画不与同行。

这一躲，又过了十数日，便到了泉城城郊，济阳王下令今夜宿在城外。

傅锦画心里很忐忑，她不知济阳王到底意欲何为？

即便他不嫌自己身子不洁，将自己带回泉城，又要安置在哪里？

姬妾成群的济阳王府，还是认为自己早已埋尸地下的傅家？

驿站内，傅锦画趁青殊疏忽，便溜了出来，顺着走廊便找到了济阳王的房间，侍卫拦着不让进，身后青殊也追了过来，要劝着傅锦画回去。

“我不回去，我要见他，必须见他。”傅锦画挣脱开青殊的手，语气坚定地说道。

门突然被打开，济阳王站在门前，神情淡然，波澜不惊地望着傅锦画。傅锦画心里咯噔一声，心渐渐沉了下去。

青殊俯了俯身，惶恐道:“王爷，是青殊办事不力，打搅到王爷……”

济阳王没有理会青殊，仍旧望着傅锦画，说道：“进来吧！”

房间内，济阳王坐在椅子上，慢慢品着茶。傅锦画坐在另一侧，握着手里的茶盏，渐渐从热到凉，一言不发。

“你来本王的房间，就是为了小坐？”

或许因为济阳王的口气轻松，傅锦画心里一喜，于是羞涩地笑了笑，说道：“我就是想来见见你。”

济阳王只是淡淡地“哦”了一声，并没有再接话，傅锦画心里那股微弱的喜悦火苗，突地熄了下去。良久，才试探地问道：“你真的要我跟你回泉城？然后呢？”

或许是怕听到任何心碎的回答，傅锦画不待济阳王开口便站起身来，慢慢走至济阳王身前蹲下身子，将脸伏在他的膝上，低声道：“不要送我进宫，也不要送我回傅家，将我安置在泉城任何一处小院里，哪怕是在清音庵落发为尼也好，我只求每过一年半载，你都能来看我一眼，这一生便足矣。”

济阳王握着茶盏的手微微颤了颤，落在傅锦画发丝上的手轻轻摩挲了下，柔声地说道：“只怕本王又让你失望了……”

傅锦画仰起脸，看着他，听他一字一句地说道：“皇上那边已经是瞒不过了，他知晓你未死，命你即日进宫。”

傅锦画眼里浮起一股蒙蒙雾气，嘴角却浮起一抹淡淡的笑意，端正地站起身来，说道：“锦画谨遵王爷之命，即日便进宫。王爷既然嫌锦画身子脏了，锦画自当躲得远远地，从此不靠近你身边半步。”

济阳王的心中猛然间像是被什么东西撞击了一般，有种心碎的痛，见傅锦画转身离开，在她身后轻轻唤了声“画儿”，那纤巧单薄的身影只是微微一滞，旋即便走出了房门。

傅锦画很安静，见到青殊时只是微微地笑，说道：“明日，你替我跑一趟傅家，如果我的丫鬟问雁还在府里，就将她领到我身边来。”

青殊正收拾东西，闻言转过身来，见傅锦画面色平静如水，于是点了点头，说道：“王爷也是逼不得已，你要体谅。”

“这何来体谅不体谅的？进了宫，享不尽的荣华富贵，一生衣食无忧，远比在外奔波受累好得多。”

青殊见傅锦画说得顺畅，丝毫没有言不由衷的模样，一时竟辨不出她说这话的真假，见她手里揉皱了的锦帕，才不忍地劝慰道：“皇上到底对你有心，进了宫，有琴妃相护，你也不至于会落到不堪的境地。”

傅锦画乍听见“琴妃”两字，还有些蒙，过了片刻才意识到，那便是自己的大姐傅素琴，苦笑，有她在宫中相护，日子只怕会更加难过吧！

晨光出岫之时，终是到了泉城了，仍旧是久违的繁华与奢靡，那熙攘吵闹声犹如天际边传来的福音，将傅锦画心里的落寞扰得一干二净。

青殊一进泉城便去了傅家，傅锦画独自靠在车厢内越发孤寂，不料车帘一掀有人闪了进来，却是济阳王。

“跟我走。”

济阳王一把勒住她的手腕，扯得她身形不稳扑倒在他怀里，那股温热的气息袭过心头，令傅锦画鼻音渐浓。

“跟我走，画儿，我们寻一处山水清秀之地，不问世事，过我们的云水生涯。”

傅锦画的心犹如是被针扎了一般，刺得几近麻木，撑起身子，推开他的手，说道：“王爷要锦画入宫，锦画定当全力以赴。只不过锦画已不是完璧之身，该怎么过验身那一关，还需王爷打点。”

济阳王神色有些诧异，他凝视了傅锦画片刻，握过她的手将她的袖子撸至手腕处，那枚莹红的守宫砂赫然便在眼前……

傅锦画大为震惊，喃喃道：“不可能，不可能……”

傅锦画惊喜交加，忘形地上前揽过济阳王的脖颈，亲昵地说道：“我虽不知到底是怎么回事，可我心里好生欢喜，既然我还是干干净净的身子，你说你要带我去哪里，我都跟你去，此生只唯君心是念。”

济阳王将下巴抵在她的顶心，轻轻地摩擦着，不发一言。

傅锦画松开手臂，心里明镜一般，早已知晓答案，却犹是不甘地问道：“华离，放下这逐鹿天下之心，带我走吧，无论天涯海角，我都会与你相守在一起。”

济阳王终是答道：“你明知道我放不下，如果没有这半壁江山的映衬，我又如何是我？”

傅锦画凄然一笑，说道：“是，你济阳王心里何尝放得下这锦绣河山，离了至高无上的权势，你心里又何尝会快活。”

及至宫门口，济阳王为避人耳目，不得不迅疾下了马车。傅锦画左右等不来青殊和问雁，见宫里的人陆续到了马车前，不禁心急如焚。

因不是正式册妃的仪式，于是钟银煌只是让人抬了一顶软轿来，抬着傅锦画进了皇宫，安置在墨画堂。

那是个明媚的春日，清晨的阳光已有些刺目，透过枝丫映在地上，光影斑驳。墙角处开着绚烂的四季海棠，宫殿东侧有成片的丛竹，正青翠嫩绿，气节高贵。此处的廊亭与别处又有不同，别处廊亭只不过是临水而建，墨画堂的廊亭却高置在水面上，缓缓而下的台阶与水面几乎并行，仿佛水面只要高了那么少许，便会淹过台阶。

傅锦画半眯着眼，打量着墨画堂的格局布置，精致婉约，于细节处见巧思。

庭院中跪着一地宫奴，齐声向她请安，傅锦画让她们起身，细细打量每一个。

只见领头的是个瘦脸姑姑，她笑道：“可把娘娘给盼了来，这墨画堂自从娘娘封妃那时便修葺一新，奴婢们每日都打扫得干干净净，不敢有一丝懈怠。”

傅锦画眼眉一挑，有些诧异，难道她们不知自己在传闻中早已死过一次吗？当初钟银煌可是亲自下令将青碧的尸身以贵妃礼制下葬的。

瘦脸姑姑使了个眼色，站在一旁的两个细眉细眼的宫女马上过来扶着傅锦画进了墨画堂的内室。

傅锦画斜歪在榻上，随手指了一个圆脸的宫女，说道：“我乏了，留她伺候我就好，你们都下去吧。”

那瘦脸姑姑正待要说什么，见傅锦画眼神冷冽地扫过来，当即一怔，讪讪地退了下去，临走时瞪了那圆脸宫女一眼，目光里的威吓意味不言而喻。

那圆脸宫女一脸的局促不安，傅锦画自然知道她心中所想，于是淡淡地说道：“我既进了宫，这墨画堂便是我说了算，他人再有旁人撑腰狐假虎威，说穿了也不过就是个奴才，况且我都是死过一次的人了，如今还能够进得宫来，你以为这仅仅是皇上的恩典吗？你如果识时务，就一心一意跟着我，跟以前的主子断了联系，我必护你周全。”

那圆脸宫女立马跪下去，诚惶诚恐道：“红玉不敢，红玉愿意忠心服侍娘娘。”

“起来回话吧。”

当下，红玉站在傅锦画身侧，将这后宫种种细细道来。

原来，钟银煌登基时册封的皇后乃是他做太子时的正妃慕容珊，另两名侧妃分别都册封为淑妃、良妃。淑妃育有一子，乃是大皇子钟庭朔，在皇后慕容珊膝下养着，而良妃却在进宫后不久不小心滑了胎，郁郁而终。

另有荣弦宫的贞妃、尹嫔，祥曲宫的德妃、阮嫔、赵美人，晟霞殿的沈昭仪、丽婕妤，鸿薰宫的韵妃石韵秋，惊鸿殿的虞妃虞红萼，曼音阁的琴妃傅素琴，其余还有些不得宠的妃嫔，现如今已很少在皇后慕容珊的凤鸾宫出入，可略过不计。

而这墨画堂却是钟银煌在宫里另辟的一处居所，因在后宫西南一角，偏僻冷幽，极少有人来。

“这墨画堂的宫奴原先并不是这些人，自前几日得了消息，得知娘娘要进宫来，整个墨画堂便跟被人翻了个底朝天一样，”红玉说到这里，声音低了下去，抬眼去瞧傅锦画的脸色，说道，“红玉也是昨日刚过来的……”

傅锦画情知这便是宫中常事，倒也不曾惊讶，只是随口问道：“那你知道这墨画堂其余人的来路吗？”

红玉迟疑了片刻，见傅锦画神情冷冽，眼神却是坦荡诚挚，终是点了点头，说道：“红玉倒是知道一二，芳姑姑是从凤鸾宫拨过来的，绿珠是虞妃的人，其余的红玉便不知了。”

红玉说完见傅锦画没有说话，只是望着她，不禁有些面红，紧咬着下唇，良久才说道：“红玉是琴妃娘娘送过来的人……”

傅锦画苦笑，早就料到以傅素琴的为人，定会做出如此的行径。

两人说着话，芳姑姑和绿珠从门外进来，惊慌说道：“主子，皇后娘娘来了……”

傅锦画暗暗吃了一惊，忙迎了出去。红玉见傅锦画衣衫素白，情知不妥，当下也来不及拦她换衣，只得随她一起出去迎接凤驾。

出乎傅锦画的意料，慕容珊很瘦，任凭脂粉遮盖也能瞧出那份病弱之气，她眉眼很犀利，自是一股母仪天下的气度。

“臣妾惶恐，臣妾见过皇后娘娘。”

见傅锦画行礼，慕容珊忙命身旁的宫女则喜扶起来，语气平和地说道："不必多礼。你初进宫，本该去凤鸾宫见本宫，本宫却一时按捺不住来墨画堂瞧你，倒没想到会令你心里不安，是本宫的错。"

说着话，慕容珊突然轻轻咳了起来，脸颊涨红。则喜见状，忙朝红玉喝道："还不快奉上茶水？"

一旁的绿珠机灵，忙转身去捧了一盏茶走过来要递给则喜。傅锦画却疾步上前，接过那盏茶，将茶水倒在杯盖中，喝了一小口。

过了片刻，才将那盏茶递给了则喜。慕容珊喝了几口茶，眼含赞赏地看着傅锦画，说道："你刚才做得很好，在宫里，便是要这样小心翼翼才是。懂分寸，又能回护自己的性命，才是长久之计。"

正是，傅锦画初进宫，自然对身边的人不甚放心，眼见绿珠端来茶盏，想起她是虞妃的人，便起了戒心，宁愿冒着生命之危自己尝过了才心里踏实，否则叫那些人用一石二鸟之计，既陷害了自己，又夺了慕容珊之命就无趣了。

芳姑姑在一旁笑道："皇后娘娘说的是，奴婢见了画妃娘娘也是欢喜得紧，觉得她聪慧又可人……"芳姑姑说着说着话，见慕容珊眼若寒冰地瞪着她，声音不由得低了下去。

"本宫说话也有你插嘴的份儿？"

芳姑姑当即跪倒在地，叫道："皇后娘娘，奴婢知错了，请皇后娘娘息怒。"

"你知道错了？那么你来说说，你到底犯了什么错？"

芳姑姑伏在地上，说道："奴婢不该在皇后娘娘说话时插嘴，奴婢该死，请皇后娘娘息怒啊，奴婢保证下一次再也不敢了。"

慕容珊冷笑，说道："芳姑姑，你也是宫里的老人了，怎么如此不知轻重，到底是糊涂了，还是有人唆使你故意轻慢画妃？如果今日本宫不罚你，只怕将来画妃也难以管教你。"

芳姑姑一怔，随即看向傅锦画，她本是个心眼多的，这下怎么会不明白，慕容珊指的是傅锦画身上的衣裳，太过素白，不合时宜。而自己作为后宫里的宫训姑姑，竟然没有提点傅锦画换衣，慕容珊怎能不恼。

“来人，掌嘴二十，罚月例三个月，如有下次，轻则逐出宫外，重则杖毙了事。”芳姑姑闻言当即不敢再哭喊，只是拿眼看向了傅锦画，有些怨恨的意味。

傅锦画只是不作声，红玉的话早已在她心里生了根，她只当这是慕容珊为打消自己对芳姑姑的戒心，所以才故意演的一场戏。

只不过她也是戏里的主角，躲是躲不过去的，见芳姑姑被宫人打了两巴掌，才站出来跪倒在慕容珊的面前，为芳姑姑求情。

“一切都是臣妾不好，不关芳姑姑的事，臣妾初进宫，不懂宫规宫仪，往后还要皇后娘娘多多提点才好。请皇后娘娘看在臣妾的面上，饶了芳姑姑这一次吧。”

慕容珊命则喜扶傅锦画起来，说道：“也罢，这次便饶过你，不过月例照罚。”

芳姑姑脸颊红肿，向慕容珊谢过恩，又向傅锦画谢了恩。

慕容珊却似是不愿看到她，有些鄙夷地看了芳姑姑一眼，说道：“你们都下去吧，本宫有话与画妃说。”

芳姑姑眼神闪烁了一下，带绿珠等人下去。傅锦画见则喜并未动，于是也叫住了要离开的红玉，说道：“皇后娘娘，让红玉留下也无妨。”

慕容珊眼神闪过一丝诧异，看了红玉一眼，那红玉只是低垂着头站在那里，一言不发。

“还不快扶着你们主子坐下？”

见慕容珊声音清冷，红玉一丝也不敢懈怠，忙上前扶过傅锦画在一旁坐下，傅锦画也不推辞，只挨着椅子一边坐下，以示恭谨。

“当日册封大典上，你本该与虞妃、韵妃一同进宫受封，只是你遭了难，流落至边关，传闻你不幸遇难，皇上怜你受过这样的苦楚，特以贵妃礼制下了葬，后来皇上又得知你并未死，才让济阳王将你从边关护送进宫，百年之后，这必是一段佳话。先前皇上也提到过想要再为你举行册妃大典，是本宫挡了。本宫以为传言可畏，你在外已有一段时日，想必已是流言纷起，如果再张扬出了风头，定会让那些小人看在眼里恨在心上，于你不利。你不要怪本宫，本宫是委实怜惜你，所以才擅自做了这样的决定。”慕容珊语气温和，接过则喜手里的茶盏，慢慢抿了一口。

傅锦画忙起身，俯身谢道：“还是娘娘思虑周全，臣妾不是不识好歹的人，谢娘娘的恩典。”

慕容珊似是很满意傅锦画的作答，说道：“后宫人多是非也多，以后难免会有些误会纠葛，有什么事尽管禀了本宫，本宫自当会为你做主。”

傅锦画又再三谢过慕容珊。

过了片刻，慕容珊盯着傅锦画，见傅锦画面色沉静，默不吭声，暗自蹙了蹙眉，有些不自然地笑了笑，起身说道：“本宫出来了这半日也该回宫了，你路途遥远想必也有些乏了，快歇着吧。”

傅锦画却在慕容珊出门的那一刻，紧声说道：“皇后娘娘，臣妾这几日身子不适，想……”

慕容珊眼底明快起来，嘴角浮起一片笑意，伸出细瘦的手指从头上拔了一支镶金嵌玉的钗亲手为傅锦画插在发间，说道：“本宫会给御监司说一声，叫他们不要准备你的玉牌。”

“臣妾恭送娘娘。”

待慕容珊凤驾远去，傅锦画才长舒了一口气，身旁的红玉有些不解地问道：“主子，今夜也算是您的良辰春宵，连皇上的面都没见着，您怎么能托词自己身子不爽快呢？要知道这后宫，谁不以皇上的宠幸为荣？”

傅锦画淡淡地说道：“你别忘了，今日正是十五……”

红玉一惊，掩了嘴不敢再多言。

凤鸾宫内，慕容珊回到寝宫便斜歪在椅榻上，轻轻咳出声，一旁的则喜忙从床榻边的妆匣内拿出一个玉瓶来，倒出一枚晶润欲滴的丸药来，用锦帕包着递给慕容珊，服侍她吃下去。

良久，慕容珊才缓过一口气，脸上也有了些血色，说道："则喜，你看这画妃如何？"

则喜拿过一面小小的薄毯，盖在慕容珊的腿上。则喜坐在脚榻上，一面轻轻给慕容珊捶着腿，一面说道："则喜本来对这个画妃并无观感，觉得主子今日去墨画堂也有些屈尊，等见了她，也只觉得面容姣好，却不及韵妃精致、虞妃英气，也不及琴妃明艳，但就是有一股说不出的气韵，令人不敢小觑。"

"如果仅仅是姿色过人也就罢了，可是你看她进退有度，又能察言观色，就知绝不是等闲之辈。"

慕容珊轻叹一声，则喜看了看她的神色，试探地问道："主子，您还在想那件事？照则喜看来，您身子虽不见好，可也无大碍，只要多加调养倒也无虞，又何必过早忧心那事呢？"

慕容珊用帕子掩着嘴又轻轻咳了几声，说道："本宫的身子本宫自是明白，熬过一冬已是上天厚爱，只怕年内……"

则喜见状，顿时伤感，潸然泪下，说道："主子不要再说下去了，无论怎样，则喜都陪着您。"

慕容珊欣慰地笑了笑，拍了拍则喜的肩头，说道："则喜，你已跟了本宫十六年，自本宫八岁起你便在本宫身边，形影不离。如果本宫真的长眠地下，也得找到可以托付的人，本宫还要指望你帮着照看庭朔呢，否则，本宫怎么能够放心。"

则喜擦拭了眼角的泪，有些茫然地问道："主子可是有了人选？"

"淑妃是庭朔的母妃，只可惜生性愚钝，不懂进退，不为庭朔惹祸就不错了，其余也指望不上她。她现在之所以安稳，也不过是为了庭朔的前途不敢轻举妄动。"

第十四章 相思频添

“那么贞妃、德妃两位娘娘呢？她们在后宫也有一段时日，一直不曾失宠。”

“贞妃、德妃与本宫斗了这些年，只怕心思也冷了，她们也该清楚，皇上想要抬举她们，还用等着今日吗？但是她们两个势均力敌，本宫就算是有心拉拢其中一个，另一个也会想尽办法来破坏，本宫不能冒这个险。”

“韵妃、虞妃还有琴妃呢？”

“韵妃父亲官拜左相，家世显赫，才艺俱佳，本是良选，可是她为人性子冷傲，不懂回旋，势必会吃大亏的。虞妃兄长如今统领三军，声望正如日中天，虞妃又怀了身孕，如果生下的是皇子，那么她不来害庭朔已是万幸，又怎么会护庭朔周全？琴妃虽然近日最得宠，只不过她心机虽深，却不够清透聪慧，一味地邀宠，等皇上厌了，只会弃在一旁。”

“那么其余的妃嫔呢？”

“其余的妃嫔，要么就是家世低微，要么就是资质太低，不堪重任。唯独……”

则喜眼神一亮，突然明白了过来，说道：“主子是说画妃？”

“正是。”

“则喜明白了，这画妃聪慧过人，知道今日是十五，于是就托词身子不适，好让皇上名正言顺地宿在凤鸾宫。”

“她懂得避人锋芒，实属难得，其实这不是什么要紧之事，本宫是喜她心地慈悲……”

则喜蹙眉，问道：“慈悲？你说她为芳姑姑求情之事吗？可是她与芳姑姑从无过往，并无厚情，求不求情也不过就是面子上的事罢了。”

“不错，这只不过是面子上的事。可是如果仅仅是这样，她为什么不等着芳姑姑被掌嘴十几下后才求情？”

则喜拍手赞道：“还是娘娘睿智，心里跟明镜一般，则喜一时愚钝，倒没有想明白。只不过，这画妃与琴妃，那是一母所生，亲厚自是不必说了。他日，她们两个如果齐手……”

慕容珊捂着胸口再度咳了起来，缓着气，脸上浮起淡淡的讥讽，说道：“这再简单不过，那就叫她们两个形同陌路便好。”

则喜心里一沉，望着慕容珊病怏怏的样子，百般凄楚悉数袭上心头，无声地叹了口气，听见慕容珊又说道：“你去将庭朔带过来给本宫瞧瞧，再去准备几样清口的小菜，记得一定要加上皇上上次赞不绝口的翡翠玉羹。”

则喜依言而去。

则喜心里何尝不明白，自从慕容珊身子不见好，便对于这每月的初一、十五格外看重，想尽办法来讨钟银煌的欢心。可是钟银煌也只有在初一、十五才宿在凤鸾殿，平日里虽然对慕容珊关怀备至，却丝毫不见加宠。

墨画堂内。

因了慕容珊亲自来过，所以各宫妃嫔也都备着贺礼而来。贞妃婉约，德妃华贵，尹嫔、阮嫔娇俏可人，沈昭仪温和明媚，未语先笑，丽婕妤、赵美人是一起过来的，一个清瘦出尘，一个婀娜多姿。

韵妃说是惹了风寒，不便出门，只让宫女送来了贺礼。而虞妃因为养胎，说是钟银煌不让随处走动，也只让宫女送来了贺礼。

迟迟未来的唯独琴妃傅素琴。

芳姑姑一面带着红玉、绿珠接贺礼，迎来送往，一面劝慰傅锦画，说道："琴妃娘娘定是有事耽搁了，她是主子的亲姐姐，不会不来看您的。"

傅锦画只是笑，傅素琴当然会来，她向来看重名声，惯会做这些表面功夫。

这一等便到了亥时，芳姑姑见是如此，只得说："主子先歇下吧，或者琴妃娘娘怜惜主子今日受累，待明日再来也是可能的。"

傅锦画却不肯去歇下，反而语气坚定地说道："不，她一定会来的。"她将众人都遣了下去，只留了芳姑姑和红玉在外面。

傅素琴到墨画堂的时候，并未让红玉通报，径直去了内室。傅锦画只穿了中衣，半卧在榻上，见傅素琴进来，轻轻叫了声"大姐……"眼眶却突地红了起来。

傅素琴眼角也闪过一丝雾气，侧转过头夸张地赞道："这墨画堂虽然不大，也冷僻，难得里面布置竟是这样雅致，比我那曼音阁强多了。"

红玉捧了茶进来，见傅锦画看着自己，于是将茶奉给傅素琴。见傅素琴没有去接，于是讪讪地放在桌上，便出去了。

傅锦画只以为傅素琴怕在自己面前露出端倪，所以故意冷漠地对待红玉，当下只是苦笑，并未放在心上。

傅素琴也除了外衣，上了榻，姐妹俩与在傅家时一样，同榻而卧。

"大姐，爹、娘可好？"

傅素琴点了点头，说道："他们都好，就是一直念着你，特别是娘自你被掳了去后便终日哭泣，再听闻你死了的事，便哭昏过去病卧在床。现在听说你好端端地回到宫中，还不知如何喜乐呢。"

“哦。”

傅锦画轻轻地应了一声，也不知该如何再作答，许久才又说道：“皇上对你好吗？”

提起此事，傅素琴眉眼都鲜活了起来，眼底的笑意不减，说道：“皇上自是宠我，本来今日该是妹妹你的大喜之日，也不知那皇后用了什么法子，竟让皇上宿在了凤鸾宫。我心里不忿，便留了皇上在我那曼音阁用的膳，这才来晚了。”

傅锦画心里暗自叹气，傅素琴还在这儿沾沾自喜，不知这样会引火上身。

慕容珊到底是后宫之主，凭的是庭训宫规，傅素琴凭仗的只不过是君主的一丝宠爱。她也是一个聪明人，怎么能不明白这世间最不能信的便是君主的宠爱，如果宠到了极致，也就是如同将她置于悬崖峭壁上一样，随时便会有坠落的危险，届时冷箭难防暗枪难挡，怎么会有活路。

“画儿，我听说你与济阳王……”

终是来了，傅锦画心里一战，若无其事地回道：“他待我不薄，一路上幸亏有他多加照拂。”

“哦？可是我听说，他负伤孤身闯入元熙朝大营去救你，确有其事吗？”傅素琴问得很小心，说明很重视这个问题。

傅锦画回答得也很小心，她更不敢忽略这个问题：“确有其事，当时他已知晓我并未身亡，怕皇上怪罪下来，于是闯进元熙朝阵营去救我，只不过他并不是孤身一人去的。”

自然不算是孤身一人，不是还有青殊吗？

傅素琴没有再追问下去，反而又说道：“则棋嫁进了济阳王府，身子似是大好，听颜书前几日进宫来说，那济阳王命人遍寻名医来为则棋医治，也算是对则棋很疼爱了。”

傅锦画紧握着被角，一刹那才恍惚记起，自己的二姐是嫁给了济阳王的。济阳王不是旁人，是自己的姐夫，如果相爱，那就算一段孽缘。

只是如果不爱，又何必生出这么多生死情深的纠葛？

傅锦画勉强笑了笑，说道："想当日她在傅家哭闹着不肯嫁过去，现在到底是熬过来了。"

"说起来，这就是命缘。我也没有料想到我会进宫，"傅素琴似乎有些怅然若失，说道，"最起码我的本意不是为了进宫，我想要的要不到，我就只有去抢别人想要的东西。这世道就是这样的，我算是想明白了，与其让人爱着，不如让人恨着。爱可以很轻易不去爱了，恨却难做到。爱不过就是一时的事，恨却是一辈子的事。"

傅锦画这才忆起，傅素琴当日也曾有过喜欢的人，那个俊笑不羁的男子，那个蒙面拿着扫帚清扫落叶的男子，那个上台指出傅颜书的书法不足的男子，便是他，钟寻泽。

良久，傅素琴才道："颜书与他定了亲，不日就要嫁过去了。"

这是傅素琴头一次在傅锦画面前提到这个人，即便是当日她在琴斋弹了三日夜的琴，也从未向傅锦画倾诉过只言片语，只听她喃喃地说道："真想不到那个人会是颜书……"

两人有一搭无一搭地说着话，到底是自家姐妹，除去最隐秘的事外，也没有什么顾忌，傅素琴突然说道："你这墨画堂安插的眼线多，凡事多注意些，别着了别人的圈套，该硬气的时候便硬气些，杀一儆百的方式最可行了。想当初，我那曼音阁也被人安插了眼线，还不是被我悄悄地给收拾了。"

傅锦画心里冷笑，终是忍不住，说道："大姐说的是，该出手时我会出手的。只不过，大姐送过来的人，我自会另当别论，会好好照看的。"

傅素琴蓦地侧过头来，诧异地看着傅锦画，说道："你难道怀疑我在你的墨画堂安插了眼线？"

傅锦画见傅素琴表情不像是作假，心里一惊，竟有些后怕起来，缓缓地问道："那红玉难道不是你送过来的人？"

傅素琴凄然一笑，说道："都说这后宫是顶顶可怕的地方，我今日才算是领教了。你才进宫这一日，便有人存心要挑拨我们姐妹俩的关系。那红玉我先前并未见过她，你如若不信也就罢了。夜已深了，我该回去了，你好生歇着吧，改日我再来看你。"

在这一刻，傅锦画选择了相信傅素琴，她一向不喜欢自己，可是也不至于偏要将自己置于死地，那么红玉到底是何来路？她说芳姑姑是慕容珊的人，绿珠是虞红萼的人，到底是真是假？

"大姐，我信你。"

傅锦画起身，走下榻来，傅素琴已经穿好了外衣，揪过一旁的披风给傅锦画披在肩上，无奈地笑了笑，临走时说道："当初你让问雁安置在外的芸娘，还有那两个小丫头，我都已经带进了曼音阁，待明天，我便让人给你送过来。"

傅锦画又惊又喜，惊的是傅素琴只以为自己已死，所以才打了芸娘的念头，喜的是自己可以不费吹灰之力，得来左膀右臂。

待到傅素琴离开后，傅锦画才有些后怕起来，那芸娘、冬晴、秋霜都跟在傅素琴身旁已有一段时日，到底心思会放在哪一边，自己是否还能信得过那几人，还是未知数，只等明日见了她们再作分晓。

待到次日，红玉、绿珠刚服侍傅锦画梳完妆，芳姑姑存了十二分的小心，在傅锦画的衣着上下了功夫，选了一套绲边绛紫缎子的衣衫，外面又罩了一层浅粉的轻纱，既夺人眼球，又不显得鲜艳绚丽，傅锦画也十分的满意。

"主子，刚才凤鸾宫的人来说皇后娘娘身子不适，让各宫娘娘不必过去请安了。可是主子是初进宫，不去怕是不合适吧。"说话的人，正是绿珠。

傅锦画仔细打量了她几眼，见她一脸的殷切，于是说道："去了才不合适。"

芳姑姑似是对傅锦画的定夺十分满意，附和地说道：“皇后娘娘都已经下令不让过去了，咱们主子还巴巴地赶过去请安，着了外人的眼，可不会说咱们主子知礼，只会说咱们主子急于巴结皇后娘娘。”

绿珠悻悻地说道：“是绿珠愚昧，一时思虑不周全，还望主子恕罪。”

傅锦画只是淡淡笑了笑，似是并没有放在心上，绿珠看在眼里，这才松了口气。

过了不多时，曼音阁傅素琴的大宫女烟霞果然将人送了过来。

傅锦画见到只有芸娘一个人过来，心下明了，这傅素琴办事也算是稳妥，知道将三个人一起送过来，必会令人生疑，所以只先将芸娘送了过来。

红玉听说是曼音阁的人，面色一僵，避开傅锦画审视的目光，忙托词去厨房看看，转身出去了。

傅锦画顾不上理会她，将芳姑姑、绿珠打发出去，独将芸娘留在身边，一时竟感慨万千。

芸娘见到傅锦画时，也似惊似喜，说道：“原本琴妃娘娘说您进了宫，芸娘还不曾信，这下见到了，都觉得跟做梦一般。”

傅锦画淡淡地笑，拉过芸娘的手，细细看着，打趣道：“还好，我大姐不曾让你做苦差，废了你这双巧手，否则回头我便与她没完。”

芸娘“扑哧”笑出声来，说道：“琴妃娘娘对我、冬晴和秋霜很是照拂，倒也没有让我们吃过什么苦楚。”

傅锦画看着她，认真地问道：“芸娘，从今以后，你可愿意跟着我？”

芸娘立即跪在地上，恭谨地回道：“芸娘自被您带出绣阁后，便想着一心一意地跟着您，芸娘也是那样教导冬晴和秋霜的。”

傅锦画喜道：“如此甚好，我在宫中也算是有个亲厚的人了。等冬晴和秋霜来了墨画堂，再接问雁进了宫，我们便算是团聚在一起了。”

芸娘听到问雁的名字后，面色微怔。傅锦画见芸娘神色有异，于是追问道：“是不是问雁出了什么事？芸娘，你告诉我，是不是问雁出了什么事？”

“芸娘听说，自您出事后，问雁便被卖进了青楼……”

傅锦画大惊，胸中怒火中烧，伸手便将桌几上的茶具横臂一扫，任凭一地碎瓷溅得满处都是，喝问道：“是谁？是谁将问雁卖进了青楼？”

“是不是我二姐？”

芸娘只是不答，清秀的面容上也是流露出诸多的不忍与惋惜，可是这哪里抵得过傅锦画心中悲痛的十分之一。问雁自幼便跟在傅锦画身边，傅锦画与家中姐妹一向疏远，倒是把问雁当作亲妹妹一般厚待，突闻她遭此残遇，让她如何不撕心裂肺地痛。

“傅素琴虽然也不是好相与的人，但是我既已被人掳了去，她也没必要在问雁身上下手。傅颜书一向心高气傲，必然不会有此行径。唯独傅则棋，她心底狭隘，又最爱嫉恨于人，也只有她能做出这样的事来。”

傅锦画心里说不出的恨意，傅则棋，你好得很。

“听闻傅家老爷、夫人也曾拦过，可是迟了一步，那问雁遭了难，又没了脸面，寻死觅活不肯再进傅家的门，就一直留在了青楼。傅家老爷将二小姐狠狠地训斥了一顿了事了。”

这件事难道仅仅训斥便可以了结了吗？

“您是想救问雁出来？”

这是自然，即便付出再多的代价，她也不能再让问雁多受一天的苦楚。可是她既出不了宫，就只能指望宫外的人去救，最好的人选，莫过于济阳王。

傅锦画马上写了一封书信，装在信封内，用蜡封好，递给芸娘，说道：“今日之内，务必将此书信送出去，让人转交给济阳王。”

芸娘倒也没为难，说道：“芸娘在宫里，经常会做些刺绣，托太监偷偷带出去卖了换些钱。等会儿芸娘将这书信缝在香囊里，让小太监带出宫想来也不是什么难事。”

红玉这时恰好回来，手里捧着一碗燕窝粥，看到傅锦画递给芸娘书信的那一幕，也没多说什么。

傅锦画将红玉唤过来，问道：“红玉，咱们这墨画堂本来便小，你看，是将芸娘安置在与你一个房间合适，还是与绿珠一个房间合适？”

红玉一怔，迟疑了片刻，终是说道：“还是与红玉住在一起吧！”

傅锦画拿起调羹，慢慢搅动着燕窝粥，说道：“那便将芸娘安置在绿珠的房间吧！”

红玉神情却突然放松了下来，眉梢上淡淡的喜色，说道：“也好，只是可惜红玉没有福气与芸娘姐姐多亲近亲近了。”

只不过，芸娘送信的事，还是被人发现了。

那小太监接过芸娘手里的香囊和赏银，便打算出宫给济阳王送信，只可惜还未走出宫门口，便被凤鸾宫的人拦住了，将他里里外外搜了好几遍，才从那个香囊里将那封书信搜了出来。

凤鸾宫内。

傅锦画跪在青石地砖上已有半个时辰了，膝下凉气钻心刺骨，那慕容珊却仍未从内室出来，各宫妃嫔已陆续赶到了，都在低声议论着什么。

韵妃仍旧未出现，虞妃也推辞没有过来，只让两个宫女在凤鸾宫外候着听闻消息，傅素琴匆忙赶过来，走至傅锦画的身前，低喝道：“才进宫一天，你便惹事。”

淑妃却咻咻笑了起来，说道：“琴妃，你妹妹进宫，你该高兴才是，怎么这样急躁，是不是怕你妹妹分了你的宠啊？”

傅素琴面上更加不好看，冷冷地回道：“淑妃还是顾好自己才是，毕竟你就是想夺宠也不能了。”

傅锦画扯了扯傅素琴的衣袖，低声说道：“此事与你无关，你就不要牵扯进来了。”

傅素琴却动了气，在她耳边低语道："咱们姐妹一荣俱荣，一损俱损，你出了事，我便能择得清吗？四妹，你怎么如此糊涂了，私自往外送信，这是宫中大忌。"

傅锦画轻叹一声，傅素琴到底是挂念自己会受罚，还是在担心会受到牵累？

没过片刻，则喜扶着慕容珊从内室走了出来，众人起身向她行过礼，慕容珊轻咳了几声，说道："都起来坐下叙话吧。"

众人纷纷起身落座，唯独傅锦画仍旧跪在一旁。傅素琴见状，咬了咬牙，又在傅锦画身侧跪了下来。傅锦画暗道不好，斜睨了傅素琴一眼，可气那傅素琴却怒瞪了她一眼。

傅锦画暗叹，这朝堂最忌结党营私，这后宫亦是如此。

傅锦画深知，如若想要保全两人长荣，只有冷漠相对，才能让慕容珊不起戒备之心，傅锦画用只有两个人才能听得清的声音低语道："一会儿不准你为我求情。"

傅素琴却突然伏在地上哭道："皇后娘娘，臣妾妹妹触犯宫规，罪该万死，请皇后娘娘重重惩罚她。臣妾一切都不知情，还请皇后娘娘不要降罪。"

众人皆是一怔，淑妃鄙夷地看着傅素琴，说道："原以为你们姐妹情深，原来也不过就是贪恋富贵之辈，为了自己，竟连妹妹的性命都不顾惜了。"

傅锦画未曾抬头，可是她能感觉到慕容珊犀利的目光一直牢牢盯着自己，傅锦画微垂着头，一直未曾出声。

慕容珊捏着手里的香囊，打量了下上面的针脚，赞了一声："倒是一手好女红。"

慕容珊将香囊递给则喜，则喜接过来后，从香囊里抽出一封蜡封的信，在慕容珊的示意下拆开来，只不过看了两眼，满脸诧异地又递给了慕容珊。

慕容珊接过来后，匆匆看了几眼，马上说道：“则喜，快将画妃扶起来，赐座。”

众人大惊，连跪在一旁的傅素琴也有些诧异，赵美人忍不住问道：“皇后娘娘，这信里到底写了什么？”

慕容珊眼含暖意，朝傅锦画温和地笑着，说道：“是本宫错怪了你，让你受委屈了，你对本宫的这片心意，本宫定会记在心里。”

“娘娘言重了。”傅锦画不卑不亢，面色平静地说道。

慕容珊让则喜将那封信递给众嫔妃，让她们传阅看了看，众人诧异之余却都是暗恨在心，这画妃果然不简单。

原来，傅锦画写的书信只字未提问雁之事，而是说慕容珊身子微恙，与傅则棋症状相似，既然傅则棋在济阳王遍寻名医后有所好转，那么就托济阳王带妙手神医进宫帮慕容珊医治。

这样的书信实在说不上是有违宫规，慕容珊只觉得心里欢喜，众人互视一眼，均是恨得牙痒，怪自己怎么没有想到托自家父兄去做这样的事。

“则喜，将我那件佛珠拿出来，赏给画妃。”

待则喜捧着那串玉佛珠走出来，众人又均自倒抽一口凉气，那串玉佛珠还是先皇在钟银煌与慕容珊大婚时，赐给慕容珊的，平日里慕容珊都极少拿出来，只不过得闲时才会把玩观摩。

如今，她竟将这串佛珠拿出来赏给了傅锦画，可见她对傅锦画的看重。

傅素琴跪在那里，十分尴尬，傅锦画亲自扶她起来。傅素琴心里怨恨，忍不住便暗地里捏了傅锦画一把。傅锦画蹙了蹙眉，揉了揉生痛的手腕，没有吭声。

“皇后娘娘，这封信要不还是照旧给济阳王送过去吧，如果臣妾二姐果然见好，就叫济阳王带着名医进来，给皇后娘娘诊治，也不枉臣妾的这片心意。”

那封信被贞妃拿在手里，只见贞妃眉间紧蹙，有些讶异地看了傅锦画一眼。傅锦画绞着帕子不作声，慕容珊看在眼里，问道："贞妃，那封信可有什么不妥？"

贞妃似是回过神来，将那封信呈给慕容珊，笑道："哪里有什么不妥，只不过是看画妃字写得漂亮，以后姐姐要再想让妹妹抄写真经，妹妹可不敢应了，有画妃在此，妹妹的那手字哪里能见人。"

慕容珊也笑着说："就是你想偷懒也不能扯到画妃的头上，以后她也写，你也写，一个都跑不了。"

众人应景地笑着，气氛貌似一下子融洽起来，傅锦画与傅素琴相视一眼，后者虽也在笑着，眼底却仍旧存着怒气。

慕容珊最终还是同意将那封信照旧给济阳王送了过去，并且是派凤鸾宫的太监正大光明地送了过去，还对傅锦画说道："以后这种事，只管禀了本宫，让人把信给你送出去，不必藏着掖着，又不是见不得人。"

傅锦画恭敬地点头称是，谢过了慕容珊，众人见慕容珊乏了，也渐渐散了去。

回去路上，傅锦画去追傅素琴，谁知傅素琴却不肯理会她，说道："亏我担惊受怕、装傻卖乖一场，你却出尽了风头。"

傅锦画只是笑，说道："还好你聪明，不是为我求情，否则你以为皇后娘娘会轻易饶过我？"

"知道便好。"傅素琴没好气地说道："不过，你也委实不必这么急切地向她献殷勤，她都是快要死的人了，连太医院的人都医治不好她，你指望济阳王能有什么法子？"

傅锦画慌忙去掩傅素琴的嘴，埋怨道："真不知道你到底是聪明还是糊涂，这种话你也敢说出口？"

傅素琴冷笑道："我有什么不敢，连皇上都在我的枕头边上暗示过，皇后之位还要趁早斟酌才是。他如果料不到皇后会死，怎么会急着要再选一个皇后。”

“话虽如此说，可是我们却不能在外扬言，如果传到皇上的耳朵里，只怕也是会龙颜大怒的。”

傅素琴得意地笑，说道：“即便皇上知道了又如何，杀了我？皇上不会舍得。”

见她走远，傅锦画暗自叹气，傅素琴自大骄妄的脾性早晚会害了她。

回到墨画堂，芸娘见傅锦画平安归来，一颗悬着的心放了下来，急道：“芸娘再也做不得那样的差使了，差点儿害了主子，芸娘可后悔死了。”

“你不必挂怀，我这不是好端端地回来了吗？”

芸娘却还是疑惑，问道：“可是主子不是要济阳王帮忙将问雁救回来吗，为什么又扯到给皇后请名医医治的事情上了？”

傅锦画淡淡地笑着，将慕容珊赏赐的玉佛珠递给芸娘，让她好生保管着，说道：“这一招投石问路，虽然剑走偏锋，不过也值得了。”

芸娘似是有些明白过来，见傅锦画脸上浮起的那抹自信与淡定，有些失神。

济阳王府，暗黑。

书房内，灯光昏暗，窗外的月光透过窗棂，淡淡的光晕映在地上，一人来回踱步将光晕踏破。

济阳王捏着手里的信，反复地看，上面隽秀的字潇洒俊逸，确实出自她的手笔，只不过总觉得这封书信没有料想的那么简单，喃喃地说道：“仅仅只是让本王带名医进宫？她初进宫，做事应不会如此急切。”

“昨日她让奴婢去傅家找问雁，可是问雁已经不在府中，会不会……”青殊说这话，突然鼻尖耸动了一下，说道，“这封信上有股味道……”

青殊生有异禀，可以闻见很细微的味道，济阳王将书信递给青殊，见青殊将书信放在鼻下努力嗅了嗅，说道：“除了御制的墨香，还有一股异香，这信上定是涂抹了别的东西。”

济阳王忙命青殊端过一盆清水来，将书信平整地放在水里，信上突然出现了一串细小的字迹，转眼即逝，可是济阳王和青殊却看了个清楚，“问雁在青楼，盼你将她救出送进宫。”

济阳王将那封书信从水里捞出来，只见信纸已被水浸湿得一团稀烂，神情有些懊恼。青殊见状，叹道：“她怕人抓住把柄，所以抹了特殊的药油，让字迹只是一闪即逝，即便别人瞧见了，也是无法对证。”

“她一向聪慧。”济阳王话里竟有些得意，仿佛他是应该引以为傲的。

“问雁的事……”

“马上着人去办，一刻也不要耽搁，明天正午时，本王要看到问雁。”济阳王脸色凝重，她要他办的事，他自当尽全力去办。

“是。”青殊应道。

“你下去吧，本王还想在这里坐一坐。”济阳王背对着青殊，手里握着烈酒，大口饮着，丝毫尝不出辛辣。

墨画堂中。

傅锦画已经将墨画堂内的大小事务，交给芳姑姑、芸娘打理。一来芳姑姑是宫里的老人，经验丰富；二来也是想让芸娘跟在芳姑姑身边磨砺一下。至于红玉、绿珠，惯常跟在傅锦画身边，服侍梳洗、茶水。

当夜，红玉服侍傅锦画睡下，便与绿珠在外间歇下值夜。

殿内只在窗角处燃起一盏幽暗的灯，夜风凭着窗棂缝隙吹进来，那抹微弱的烛光舞动出摇曳的风姿，傅锦画难以入睡，卧在床榻上望着那灯烛，思绪却落在遥远的地方。

她想起济阳王，想起虞晋声，想起耶律楚际，甚至想起了因为自己而死的青碧和玉珍，那么美好而绚烂的生命就那样消失了，甚至还未感受到生命的律动与色彩……

第十五章 沉寂

突然，房间中光影一暗，傅锦画抬眼看向入门处，竟走进来一个人影，傅锦画大惊，未等惊呼便已看清，进来的那人，是钟银煌。

只见他眉目英挺，额间悬着青碧色的玉，闪烁着莹润的光泽，明黄色衣袍炫目而威严，一双眸子探究地望着傅锦画，像似要看到人的心里去。

傅锦画微怔，竟连请安都忘记，索性钟银煌也未恼，坐在榻上，看着拥被而坐的傅锦画，淡淡地笑着，说道：“朕听说你今日在凤鸾宫受了委屈，过来瞧瞧你。”

“臣妾惶恐。”

“你对皇后的心意，朕也十分感激，如果仅仅是这样的话……”

钟银煌说完，又加了一句，审视地望着傅锦画，一双寒若冰潭的眸子冷得彻骨。傅锦画心里一凛，良久才故作娇怯地说道：“臣妾一是想托济阳王带名医进宫为皇后娘娘医治。二是……想要济阳王将臣妾的婢女问雁找回，臣妾自幼与她长在一起，感情实在深厚。”

钟银煌眼底划过微微的诧异，不知是为傅锦画托付的事觉得诧异，还是觉得傅锦画肯全盘说出实情来诧异，当下点了点头，说道：“难得你这样顾念主仆之情，朕便准了你，让你在傅家的婢女进宫来服侍你。”

傅锦画正要行礼，这才意识到自己还在榻上，于是慌忙就要下榻，谁知钟银煌却伸手按住她的肩，柔声地说道：“无须顾及这些虚礼，让朕好生看看你。”

这只是傅锦画与钟银煌的第二面相见，第一面还是在济阳王府争选花魁之时。

钟银煌的目光炙热，手抚在傅锦画的肩头并未抬起。傅锦画有些瑟缩地往后缩了缩身子，羞涩地微垂着头，不敢挣扎也不能挣扎，心里却乱得厉害。

钟银煌拉过傅锦画的手，将她的衣袖撸到手肘处，见左臂上那颗殷红的守宫砂犹在，嘴角微扬，说道：“朕来见你，已做好了最坏的准备，想不到你却给朕一个惊喜。”

傅锦画心里苦笑道：“最坏的准备？皇上如果看不到这颗守宫砂，只怕会将臣妾赐死吧？”

钟银煌眼神如刀，意味深长地问道：“你可有怨言？”

“臣妾不敢。”

傅锦画将衣袖放下，钟银煌见她三千墨丝散落在肩上，中衣微敞，衣领处肌肤雪白，身上还有一股暗香浮动，竟有些情动，用手挑起傅锦画的下巴，仔细地端详着。傅锦画微垂着的睫毛，浓密而细长，由于灯烛的微光，铺散出半圆的光晕，着实让人心醉。

傅锦画越娇怯可人，钟银煌越是生了疑惑，低低地问道：“朕还是想不通，这样美的女子，他们怎么会放过？”

傅锦画面色一僵，看向钟银煌的眼神不甚友好，朝后坐去避开他的手，讥讽道：“皇上是觉得自己的妃嫔没有被人轻薄，也是一件有损颜面的事？”

钟银煌一怔，随即失笑，见傅锦画如同一只被激怒的小猫一样张开利爪，突然玩兴大起，一脚踢掉靴子，上了榻，与傅锦画相对而坐，问道："那么，你来告诉朕，自封妃之日起你被耶律楚际掳走后，都发生过什么事，可好？"

"臣妾可以说，只不过就是会令皇上失望。"

"哦？朕为什么会失望？"

"臣妾所要讲的事情一点儿也不香艳。"傅锦画心里不悦，于是说出口的话也难免有些刻薄。

钟银煌再也掩不住眼底的笑意，说道："果然有意思，怪不得他们会放过你，朕如果是他们，也宁愿慢慢与你周旋才有趣。这天下女人多得是，可是能令朕有兴趣坐在榻上听她讲故事的人却也不多。"

傅锦画这时也瞧出钟银煌喜欢的不是唯唯诺诺的女子，他更喜欢心思明快、机智聪敏的女子，于是蹙眉，说道："皇上刚才的话不甚准确，臣妾要讲的不是故事……"

"是，是，算朕讲错了。"钟银煌一挥手，示意傅锦画赶快讲来。

傅锦画起初并不情愿，可是见到钟银煌认真的神色，也不敢含糊，当下只是将紧要事情的大致经过说给钟银煌听，当然，也不曾提及了虞红萼派人刺杀她，她与虞晋声、济阳王的瓜葛。

"如果皇上不是宣召臣妾进宫，只怕臣妾会一辈子待在安陵，反正已是死过一次的人了，臣妾又有何惧。"

傅锦画忆起钟寻泽带着圣旨而来的那晚，济阳王烧得浑身发烫，虞晋声开口说要将自己杀死，还有青碧代自己而死的种种，不禁心里酸痛，眼底的雾气渐浓，钟银煌的面色已是瞧不清楚。

"朕当日听说你失了身，便派寻泽去……后来，朕也有些不忍，将那具尸身以贵妃礼制下葬，又将你姐姐接进宫册封为妃，算是给你们傅家一个交代。"钟银煌微微叹息。

"那么皇上又是从何得知，臣妾并未死呢？"

钟银煌脸色突然阴沉了下去，语气也变得冰冷，说道："济阳王孤身闯进元熙朝大营救美之事，天下何人不知，何人不晓。"

傅锦画一怔，一时不知该如何接话，拢了拢耳边的发丝，良久才说道："济阳王既已得知臣妾未死，自然要拼死相救，毕竟臣妾还是皇上册封的画妃。"

"哦？如果朕的贞妃、德妃落了难，那钟华离还会拼出性命去救吗？"

"会。"傅锦画紧咬着下唇，说出来的假话令自己都惊讶。

钟银煌冷笑，说道："如果济阳王是那样的滥好人，那么他也活不到现在，他曾经告诉过朕，能活在现在，是因为他一直在杀人，而不是在救人……"

傅锦画喃喃地重复道："是杀人，不是在救人，是杀人，不是在救人……有些人，你杀了他，也是等于救了他。有些人，你救了他，也等于杀了他。"

钟银煌暗暗赞赏这番精辟之语，说道："当日朕下旨赐死你，又是谁施计救的你？"

终于还是回到这个问题上了，傅锦画跪在床榻上，惶恐说道："是臣妾逼着青碧冒充自己，庆哲王、济阳王和虞将军统统都不知情。"

"不知情？那三个人的聪明才智加在一起，这天下还有谁人能敌？你说他们毫不知情，你说你瞒得了那三人，朕如何信得？"钟银煌挑起傅锦画一抹发丝，把玩着。

"事实便是如此，皇上不信也是无法。难不成皇上以为那三人密谋欺君？"

傅锦画反问出口，也是惊出一身冷汗，她深知此事要紧，如果一个回答不慎，便能引来滔天大祸。

钟银煌反而沉默了，这是他最不愿意面对的局面，如果那三人密谋起来，那么这殇离朝势必颠覆，良久，才低低说道："寻泽是不会那么做的，晋声也不会，济阳王也不会的……"

傅锦画暗自松了口气，见钟银煌情绪平稳，并不是易怒之人，也就不再那么惊惧不安，于是低声试探说道：“皇上，夜已深了，皇上还是早些移驾歇下为好。”

“你是撵朕走？你昨日借口身子不适不肯侍君，今日是还想让朕再去凤鸾宫吗？”

傅锦画当即辩道：“臣妾不敢。只是昨日，臣妾已经说过自己身子不适，今日便得皇上宠幸，旁人会说闲话的。”

钟银煌轻声笑了笑，说道：“你还是第一个敢有胆量将朕赶出去的。”

傅锦画娇怯地说道：“皇上恕罪，只因为臣妾这墨画堂人多嘴杂，臣妾不得不小心应对。”

“你是在暗示朕，这墨画堂有别人的眼线？”

“臣妾不敢。”

“人多嘴杂有什么不好？她们肯在这里安插眼线，只能说明她们只是对你有所顾忌而已，你如果安稳度日，她们也不至于将你怎么样。如果哪一天这墨画堂连一个眼线都插不进来，那么她们只会将你置于死地，那时你活命都非易事。”

傅锦画抬眼看向钟银煌，见他眉宇淡淡阴郁，不禁心下一凛，他说的并不无道理，这宫深似海，到底要识破多少计谋才能存活。

“你先歇下吧，朕改日再来看你。你如果聪慧些，便知道在宫里怎样才能活得长久，朕也不想看着喜欢过的女子一个个死于非命，可这就是命，朕就算是有心相护，却也只是更快地将她们逼上绝路。”钟银煌似是有些感伤，深深看了傅锦画一眼离开了。

次日，傅锦画刚梳洗后不久，则喜便带着人捧着慕容珊的赏赐而来。

原来，钟银煌从墨画堂离开后，去了凤鸾宫。这还是钟银煌第一次不是初一、十五的日子却宿在凤鸾宫，着实令慕容珊欣喜。慕容珊以为这定是傅锦画规劝有功，当下对傅锦画的喜爱又加了几分。

则喜一脸的感激，想要说些什么却始终没有开口，便默默地离开了。

芳姑姑觉得慕容珊对于傅锦画的赏赐是墨画堂的荣耀，很是开怀。傅锦画却没有任何欣喜，对于慕容珊的这番热切，她觉得很不安。

墨画堂廊亭，石桌前。

暖风和煦，四季海棠正娇艳明媚，假山流淌的水激起片片水晕，逐渐扩大，消失，再出现，周而复始，没有止境。石桌上放了一壶添了玫瑰香片的茶，还有几碟精致的点心。

傅锦画拉着芸娘一同坐下，有些担忧地问道："也不知他是否已经找到了问雁。芸娘，你不知我这心里担心得要死，如果问雁有个万一，只怕我这辈子也不会心安了。"

"凭着济阳王的手段，在泉城找个人还不容易，主子别挂怀了。"

傅锦画本让芸娘不必"主子、主子"地挂在嘴边，可是芸娘坚持不肯，说如果在外面说漏了嘴惹人生疑只怕就不妥了。

过了不多时，红玉匆匆来说，贞妃来了。

傅锦画想起昨日贞妃拿着书信时的神色，心下一凛，正想回前厅见她，却见贞妃已含笑从只略高水面一寸的台阶上款款而来。

"贞妃娘娘。"

傅锦画正要行礼，便被贞妃扶住，娇嗔道："我只不过是比你早几日进宫，虚长几岁，你若不嫌，唤我一声'姐姐'就好，这礼我可是受不起的。"

"姐姐。"傅锦画与贞妃一同坐下，见贞妃虽眉眼含笑，一脸亲和，心弦却丝毫不敢松懈。

"旁人只以为妹妹这墨画堂地方偏僻，定是简陋，谁知内里却是宛如仙境，皇上果然偏心，等改日姐姐见了他，一定要追问个究竟。"贞妃左右打量着，娇笑道。

"姐姐可别取笑妹妹了。"傅锦画羞涩地微垂着头，心里却越发不安起来，料想贞妃来此绝不是叙话这么简单。

见贞妃左右打量了红玉、芸娘几眼，傅锦画说道："红玉，你去厨房说一声，多预备几样菜，今儿个我要留姐姐在这里吃饭。"

红玉迟疑了片刻，见傅锦画只盯着她看，于是便应声而去，直到红玉身影走远了，傅锦画才吩咐身旁的芸娘，说道："芸娘，你带着贞妃娘娘带来的几位姐妹一同去歇下吧，有人问起，只说我让你回去拿皇后娘娘的赏赐给姐姐看。"

傅锦画存着万分的小心，贞妃看在眼里，暗地里称赞了一声。

她不一起吩咐红玉、芸娘离开，明显是怕红玉多心。这样一来，红玉即便离开，也只以为傅锦画身边还留着芸娘和贞妃的宫女在身边，不会起疑心。

"妹妹行事果然小心，只不过百密一疏，如果让人看出端倪来，岂不是更加疑心？"

傅锦画知道贞妃意指昨日书信之事，于是故作惊异地问道："姐姐此话何解？"

"妹妹不必跟姐姐兜圈子，姐姐既然昨日没有向皇后娘娘告发你，今日也断不会有重提的道理。况且即便姐姐就算是现在说给别人听，也是毫无对证的，那封信只怕早已销毁了吧！"贞妃眼中精光一闪，复而又温和地笑着。

"姐姐说的话，妹妹不甚明白，姐姐如果有什么话，还请明示。"傅锦画执意不肯松口，因为她拿捏不准贞妃的来意。

贞妃无奈地一笑，说道："姐姐知道妹妹信不过，这也是人之常情，妹妹连自己的嫡亲姐姐都瞒过了，又怎么会告诉我这个外人实情。不过，妹妹不必担忧，姐姐发誓绝不会拿此事来要挟妹妹。姐姐今日来提起这件事，就是想让妹妹知道姐姐的一片心，绝不会害你就是了。"

"姐姐对妹妹的好意，妹妹定会记在心上。"

傅锦画既没有承认，也没有否认，贞妃苦笑，知道自己到底是小觑了这个女子。

“明人不说暗话，姐姐今日来是有事相求。姐姐怀了身孕，已有三个月之久。”贞妃看傅锦画的神色，仍旧是一脸沉静，她在宫中已有多年，宫内各妃嫔也都打过交道，即便是慕容珊也有喜怒现于形的时候，偏偏这个傅锦画，她竟试不出深浅。

“姐姐这样大的喜事，怎么能不禀告皇上呢？皇上要是知道了，还不知要多么欣喜呢！”

贞妃见傅锦画仍是这副敷衍戒备的做派，心里略有些失望，不过话已经说出口，便没有再收回的道理，于是她接着说道：“后宫妃嫔众多，可是能生育下一子的不外乎就淑妃一人，这究竟是为什么，想必依妹妹的聪慧一猜便知。良妃滑胎致死，虞妃身怀六甲时将惊鸿殿围成铜墙铁壁，除了皇上几乎无人进出，所以旁人暂时没有机会下手。而我这荣弦宫不一样，势单力薄，我若将有了身孕的事情公之于众，只怕……”

说到这里，贞妃咬了咬下唇，面色竟是三分苦楚，傅锦画心里到底不忍，于是问道：“姐姐是要妹妹做什么？”

贞妃见傅锦画松口，于是急忙扯住她的衣袖，急切地说道：“姐姐求妹妹一件事，姐姐现在难得见到皇上一面，妹妹却是能轻而易举地见到皇上，姐姐求妹妹见到皇上的时候，将我怀有身孕的事告知皇上，并求皇上不要声张，更不好派太医来瞧，如果能将姐姐囚于冷宫，能够安稳度过诞下龙鳞就再好不过了。”

傅锦画有些诧异，良久才问道：“你确定一定要这样吗？”

贞妃连忙点头，手覆在小腹上，一脸的坚定。傅锦画只好应了，贞妃道过谢离开。

红玉回来的时候，见贞妃已离开，还有些诧异，见傅锦画神情淡淡的，也没再说什么。绿珠冷眼瞧着她，并不作声。

到了晚间，红玉服侍傅锦画睡下后，便要离开。傅锦画却轻声将她唤住，拍了拍身旁的床榻，让她坐下。

红玉不敢，见傅锦画坚持，只得挨着床边坐下，说道："主子，还有什么吩咐？"

傅锦画故作烦恼地说道："我在斟酌一件事，这事令我很烦恼。"

"主子在烦恼什么事？"红玉声音有些发战。

"当日我给济阳王写信让芸娘送出去的事，为什么偏偏让凤鸾宫的人发现了？你不是说芳姑姑是凤鸾宫的人吗？我怀疑定是她去报的信，如此一来，我怎能轻饶了她？只不过这时却想不出用什么法子折磨她才好。"

红玉面上当即变了颜色，一时竟不知说什么好，紧张地看着傅锦画。

傅锦画轻笑，说道："瞧你紧张的，事情又不是你泄露出去的，你怕什么，快些下去歇着吧。"

红玉松了口气，额间有些细密的冷汗，装作若无其事地拂袖一擦，勉强笑着退下了。

身后，傅锦画的面色却是一沉，红玉，我留你不得。

到了次日清晨，照旧是红玉服侍傅锦画梳洗，用过早膳后，傅锦画便去凤鸾宫给慕容珊请安。路上，遇见了德妃、沈昭仪，两人皆是步行，于是傅锦画也下了小轿，三人走在一起。

"妹妹这日好气色，难不成皇上昨夜宿在了你那里？"德妃朝沈昭仪笑道。

沈昭仪苦笑道："姐姐可不要再拿妹妹取笑，皇上昨夜是去了晟霞殿不差，却是宿在了丽婕妤那边。今早上，便听见丽婕妤那边好生熙攘，怕人不知皇上昨夜刚临幸了她。"

德妃面色有些不忿，说道："丽婕妤位分比妹妹低，只是欺妹妹性子弱，这才骑到妹妹头上来。她父亲只不过就是一五品小吏，皇上能抬举到她哪里去，左右也不过是每月一两日的宠幸，就见不得她那样的张狂。”

“姐姐说的何尝不是，只不过妹妹没用，压服不住丽婕妤。”沈昭仪声音减低，傅锦画只管听着，却不好插嘴说些什么，突然见德妃扫过来的眼神，倒有些一惊，于是只是微微一笑。

进了凤鸾宫，慕容珊早已从内室里出来，傅锦画三人见状忙跪下请安告罪，慕容珊似是心情大好，没有怪罪，命人赐了座。

不多时，便听见则喜从外面进来，喜道：“主子，济阳王带着名医进宫了，马上就到凤鸾宫。”

傅锦画紧紧揪着衣角，随着众人的目光朝外看去，那人一袭紫袍，腰间是黑色腰带，上面悬着一枚紫玉，眉如朗山，眼如刀锋，漆眸犀利而冷冽，不是济阳王又是谁。

济阳王向慕容珊行过礼，便见慕容珊笑着说道：“王爷不必多礼，都是自家人，又何必在乎这些虚礼。”

傅锦画一直低垂着头，却仍然感觉到济阳王炙热的眼神扫射过来，令她有些透不过气来，几近窒息。

因了慕容珊要进内室让名医把脉，于是众妃嫔都一一散去，傅锦画也随即跟着离开。

走出凤鸾宫，见天高气爽，傅锦画才长舒一口气，心情顿然开朗了些，叫上芸娘往回走。谁知才绕过凤鸾宫后的竹林，便见一紫色身影挡在身前。

天色湛蓝，竹林幽幽，紫色身影眉间的阴郁与眼底跳跃的欣喜，都刺得傅锦画生痛，她见济阳王拦着路，怕被人瞧见，于是急道：“你不待在凤鸾宫，挡在这里做什么？如果叫人瞧见，你苦心经营的一切岂不是白费？”

“我就是想看看你。”济阳王淡淡地说道。

傅锦画心里一紧，说道：“看与不看，都已经是这个样子了。既然狠心放了手，就别再故作深情了，这样你也累，我也累。”

“我早该记得，你一向都这么残忍。”济阳王似是有些无奈，凄然地说道。

傅锦画还未等反驳，便听见芸娘在身后大声喊道：“奴婢见过皇上。”

傅锦画蓦地回身，便见钟银煌信步走了过来，一脸温和的笑意，问道：“想不到咱们殇离朝的‘铁血王爷’竟然还有说别人残忍的时候，给朕讲讲，朕的画妃是如何残忍了？”

傅锦画大骇，不知道钟银煌到底听去了多少，当下急忙瞥了济阳王一眼，只见他神色镇定，向钟银煌行过礼后，回道：“华离不过就是说笑罢了。”

钟银煌也不追问，朗朗笑了笑，亲昵地揽过傅锦画来，说道：“你托华离去找你的丫鬟，办的如何了？”

“臣妾还未问。”

济阳王眼底划过一丝不可思议的伤痛，紧紧盯着傅锦画，那神色仿佛傅锦画与他之间的秘密被人分享了一般。傅锦画双手紧握在，指甲深陷掌心，渗出淡淡的血丝，却丝毫不觉得痛。

“华离已经让人将问雁带回了王府，她伤得不轻，需要休养。”

傅锦画大惊，急切地问道：“问雁她到底如何了？伤到哪里了？为什么会被伤到？”

钟银煌轻轻拍了拍她的肩，安抚道：“你先别急，听华离慢慢说。”

济阳王面色更加阴鸷，含着一股怒气，冷冷地说道：“问雁被卖进青楼，一直誓死不从，每日遭受毒打，已经奄奄一息……”

傅锦画眼泪犹如珍珠落串滚落下来，那是自小陪伴自己长大的问雁啊。济阳王半眯着眼，含心怒道，便是这样，自己在她心里怕是连一个丫鬟都不如。

“皇上，臣妾求您让问雁进宫，臣妾想马上见到她……”傅锦画说这话，便要在钟银煌面前盈盈跪倒。钟银煌伸手揽住她的腰身，笑道：“难为你对一个丫鬟都这样上心，朕便给你这个恩典。华离，你回去马上将那丫鬟好生送到墨画堂。”

济阳王应声，退却之时隐约还听见钟银煌亲昵地对傅锦画说道：“今夜，朕去你那边……”

痛如刀绞，即便自己当日身受重伤，也未曾感觉到这样的痛。傅锦画，本王势必要颠覆了这江山，如果先前还有一丝犹疑，那么此刻你便是那推波助澜的元凶，本王为了你，也要得到这天下。

当日亲手将你送进宫，今日又要不惜一切代价得到你，这到底是怎样荒唐的一件事。

回到济阳王府，青殊早已候在一旁，见济阳王问询，忙道：“问雁刚醒过来，青殊已经给她上了药，看这情形，无论如何也要休整几日才行。”

“给她多备上些良药，本王今日便送她进宫。”

青殊一怔，随即应了声，依言而去。

墨画堂内。

傅锦画已经让芸娘着手收拾问雁的房间，惊扰不定地坐在那里，如坐针毡，问雁进宫自然是好的，可是一想到钟银煌说今夜要来墨画堂，她便开始发怵。

躲是躲不过的，进宫之时便该想到，自己的清白注定只属于钟银煌，只不过，只不过从此后，自己那点儿念想就只能断了……

到了午后，芳姑姑进内室说道：“主子，济阳王来了。”

傅锦画惊起，他竟亲自将人送了过来。

问雁是被人抬着送进墨画堂的，芸娘忙让人将她安置到隔壁的房间内，红玉忙着去奉茶，绿珠被芸娘叫着一起去照看问雁，唯独前厅里还剩下芳姑姑。

芳姑姑站在傅锦画身侧，满脸含笑，说道：“多日不见王爷，竟然越发器宇轩昂了。”

济阳王抬眼扫了她一眼，目寒如冰，芳姑姑讪讪地笑，记起慕容珊那次的教训，于是快步退了下去。

“这后宫深院，实在不是你该来的地方。”傅锦画很认真地说道：“你既有鸿鹄之志，又何必做出这副鸳鸯戏水的模样？这不是你的做派，济阳王。”

“从前我没有动情，现在我动了情，自然是不一样。”济阳王深切地看着她。

傅锦画紧紧握着茶盏，用力掷在桌子上，茶水溅了一地，低喝道：“钟华离，你到底要玩什么把戏？你是在向我倾诉衷情吗？你是舍不得我吗？可当初便是你，狠心将我送进了宫，我自进宫那天起，便已断了那妄想，你又为何要这般拖泥带水？”

济阳王似乎难以说出内心的苦痛，只是喃喃地说了句：“我只是想让你知道我的心意。”

傅锦画冷笑，牙尖嘴利地说道：“如果仅仅是想让我心甘情愿地为你做事，那么大可不必了。”

正说着话，红玉匆匆进来，说道：“主子，问雁姐姐醒了，说要见您。”

“红玉，送王爷出墨画堂。”

说罢，竟是连一眼都不肯多看，出前厅直接顺着回廊进了问雁的房间。

身后，济阳王骨节发白，缓缓将茶盏放置在桌上，等红玉送他出门回身收拾东西，一碰触到那茶盏，竟然化为了一摊粉末，不禁大骇。

第十六章 断水云闲

傅锦画见问雁躺在床榻上，面色苍白，露出袖口的手腕及脸颊处，都是伤痕，想要握住她的手，见问雁蹙眉慌忙松开。芸娘细细打量了下，倒吸一口凉气，骇道：“问雁的指甲竟被人生生拔了去……”

傅锦画痛恨万分，鼻音深重，道：“问雁，是我没有保护好你。”

问雁痛得没有力气说话，眼角湿润，只是艰难地微微摇头。芸娘上前扶住傅锦画，说道：“问雁既已进了宫，主子便不要自责了，待咱们好生照顾问雁，她身子大好了，主子也该放心了。”

傅锦画拨了两个小宫女，让她们专职照顾问雁，芸娘拿过济阳王送来的包裹，里面还放着数种良药，一并交给了那两个小宫女保管，按时给问雁敷上。

芸娘见傅锦画伤怀，于是低声规劝道：“主子，别忘了今日皇上说过会儿来，咱们墨画堂如果不提早做些准备，岂不是大不敬之罪？”

芳姑姑、红玉、绿珠知道皇上要来，都是大为惊喜，要知道上次钟银煌是深夜而来，除了当值红玉，其他人并未见到，现在整个墨画堂在众人忙碌地收拾下，气氛变得异常热烈。

芳姑姑与芸娘在一旁商量膳食，一个争着要别出心裁，一个争着要挑钟银煌爱吃的，吵得傅锦画心乱，于是说道：“精致清口的菜式要几样，皇上平日里爱吃的再准备几样，酒要挑温纯的，茶要挑清淡的，点心便不用准备了，再上一碟瓜果即可。”

芳姑姑、芸娘相视一眼，都觉得傅锦画的布置过于简单了，但是又觉得再稳妥不过了，当下只好按照傅锦画的吩咐去做。

暮色西沉，斜阳余晖，映成烟霞漫天，墨画堂内，今日在各处都点了檀香，和着空气里似有似无的淡花香，令人醒神而迷醉。

“皇上驾到。”

傅锦画带着芸娘等人一同候在墨画堂，跪下行礼。钟银煌将傅锦画扶起来，见傅锦画一身淡粉罗裙，腰间缀着青色的罗带，鬓如春云，口若朱樱，皓齿细洁，行步如青云之出远岫，吐音如流水之滴幽泉，心中一动，越发有了几分喜爱。

钟银煌见桌上备着的几样菜，倒也不甚在意，拉着傅锦画一同坐下身来，问道：“听说华离亲自将人给你送到墨画堂。”

傅锦画为钟银煌斟酒的手略微一战，很快恢复镇定，若无其事地说道：“不错，臣妾也觉得济阳王太过客气了，心下着实不安。”

钟银煌没有作声，傅锦画见状，端起酒杯来，说道：“臣妾敬皇上……”说罢满饮此杯。

用膳完毕，酒壶已空，傅锦画神色如常，丝毫没有醉酒的痕迹，倒是令钟银煌好生惊奇，赞道：“朕这后宫三千妃嫔，从未有一个如画妃这般好酒量，看来以后朕想找人喝酒，也不需再找华离、寻泽他们了，单找画妃你即可。”

傅锦画轻笑，说道：“以后臣妾这里便多备些好酒，皇上什么时候想来，臣妾陪皇上喝就是。”

“可是你这里备着的酒，朕怎么觉得味道有些淡？”

傅锦画淡淡地说道：“烈酒伤身，只不过添情凑趣的玩意儿，何必意气用事？臣妾这酒，本是御制的烈酒，只不过臣妾命人用去年窖好的梅花，挤出汁来兑了兑，清香恬淡，多饮几杯也无事。”

“好个玲珑心思。”钟银煌说着话，便伸手过来，轻轻抚了抚傅锦画的脸颊，见傅锦画顿时羞涩红了脸，这才如同饮过酒一般，醉眼迷离，有些心动。

正在这时，傅锦画却突然起身，跪在钟银煌面前，说道：“皇上，臣妾受人所托，有事要禀告皇上。”

钟银煌扶她起身，有些诧异，问道：“朕今日高兴，有事但说无妨。”

傅锦画见他笑意殷殷，心下略为宽松些，说道：“昨儿个，贞妃姐姐来找过臣妾。”

“哦？是玉贞？她有什么事不能亲自禀告朕，还要你来禀告朕？”钟银煌见傅锦画神色凝重，越发起意这件事，不禁发问。

“贞妃姐姐已怀有龙嗣三月有余……”傅锦画将贞妃所托之事，全盘禀了钟银煌。

只见钟银煌欣喜道：“好个玉贞，这样大的喜事，竟然将朕也瞒得死死的。有了朕的龙嗣，竟然还想着去冷宫养胎，看朕怎么教训她。”

傅锦画劝道：“皇上，贞妃姐姐只是想保住肚子里的孩子，皇上如果真正疼她，莫过于成全她。”

钟银煌神色一沉，暗自叹息，在后宫想要保住自己的子嗣到底是怎样的艰难，无人会知晓。

“皇上移驾去荣弦宫看看贞妃姐姐吧。”

“朕也有一段时日未到荣弦宫了，倒是真想去瞧瞧玉贞。”钟银煌拉过傅锦画的手，摩挲着那纤细的手指，说道：“只可惜，又让你空度一夜春宵。”

傅锦画猛然间听见“春宵”两字，脸颊绯红，顿时后退了两步，拘谨地站在那边，见钟银煌开怀大笑，走出了墨画堂，隐约还听见他大声说道：“墨画堂上下服侍画妃有功，每人打赏……”

芳姑姑走进来，有些惋惜地说道：“皇上又走了……”

“是，又走了。”

傅锦画轻叹一声，芳姑姑只以为傅锦画是怅然若失，却不知她只是松了一口气。

傅锦画去了问雁的房间，见问雁刚用过药，精神大好了些，于是便坐在床榻旁边，与她说会儿话。

“问雁，今日你受的苦，我一定会帮你讨回来，只不过将你卖进青楼的人是我的二姐，我不能去杀她，我却会将欺侮过你的人，全部都杀死。”傅锦画恨到了极致，面色阴郁，眼底的冷冽神色将红玉骇住。

问雁试图去握傅锦画的手，艰难地说道：“小姐，小姐，问雁能再见到您，已是死而无憾了。”

主仆相见，对视之下，两人各自所受的苦楚翻江倒海地涌现出来，一时不能抑制内心苦痛，都是眼底湿润，却都在各自目光的注视下隐忍着。

到了次日，傅锦画前去凤鸾宫给慕容珊请安。

走到半路了，却见凤鸾宫的人匆匆来说：“娘娘今日身子不适，让各宫主子不必来请安了。”

傅锦画便将轿子打发了回去，带着芸娘在御花园里走动走动，说道：“芸娘，等明日咱们早起，采摘些鲜花做几样可口的糕点尝尝，原来在傅家，问雁惯常会做这些，这多日不曾尝过，有些馋了。”

芸娘笑道：“左右不过几日，问雁便能下床走动，主子还是莫要急。”

正在这时，突然见一个小宫女神神秘秘地走过来，朝傅锦画说道：“画妃娘娘，我家主子有请。”

“你家主子是谁？”芸娘问道。

那小宫女却不答，只是指了指廊亭的方向，说道：“娘娘到了便知。”

傅锦画带着芸娘过去，见廊亭深处，倚着一位珠圆玉润的美人，英姿不减，小腹处却高高隆起，正是虞红萼。

两人相见，神色复杂。傅锦画走近她，打量了她的小腹一眼，说道：“听说你已经很久不曾出来走动。”

虞红萼风轻云淡地说道：“怕着了别人的道。即便那样，还要日防夜防有人暗算，心累得厉害。要不是为了提醒一个掉进陷阱的傻子，我今日也不会轻易走出惊鸿殿。”

傅锦画蹙眉，不知虞红萼此话深意，当下反复思量也没有猜出个究竟。

虞红萼看她神色迷茫，不屑地问道：“这一日，是不是有人托付过你一件事？”

除了贞妃，并无第二个人。

“难道，你不知道这件事会将自己陷入万劫不复的地步吗？”

傅锦画这时，已经醒悟过来，心下一凛，于是试探问道：“你是说，是说她并无身孕，只不过是设下一个局，而我傻傻地钻了进去，此刻已经难以抽身了，对吗？”

虞红萼冷笑，说道：“能这么快明白过来，说明还不是那么笨。”

“后宫妃嫔三千，我并未分君主宠爱，她又何必这样对我？”傅锦画疑惑地问道。

“并无宠爱？你说得倒是轻松，试问有哪个名义上已经被埋进了地府的女子，还能被皇上若无其事地召进宫里？只不过没有人敢议论这件事罢了。”

“你为什么要帮我？你难道就不怕我分你的宠？”

“皇上的宠是分不完的，今日不是你，便是别人，与其这样，我还不如跟一个聪明的人合作，那样至少不会太过心累。傅锦画，你得宠与否我并不关心，你只要好好活着。”虞红萼长叹一声，说道：“活着，活到我那个傻哥哥淡忘你的那一天……”

傅锦画心神一震，乍见虞红萼与虞晋声相似的眉眼，仿佛依稀见到那个眉眼疏朗的男人，俊逸出尘，白衣素手，清茶经卷，不食烟火。

“这是他的托付，而我不能辜负他，我这一生，除了为我肚子里的孩儿，便是为哥哥活着，我在这后宫争着、斗着，都只是要让我哥哥在边疆的日子好过一些罢了。当日我要人杀你，是怕哥哥对你动情，可没能杀得了你，哥哥也已动了情，今日我断不能再去杀你。所以，傅锦画，你也不要让我失望。”

直到虞红萼背影消失，傅锦画仍旧站在原处未曾动过分毫，进宫这几日的烦琐已搅得心乱如麻，早已失去了夺花魁进宫的气魄，傅锦画甚至不知，此次进宫目的何为？

如果不是为助济阳王一臂之力，就只是为了活着？活下去？就如虞红萼所说，活到虞晋声淡忘了自己，济阳王淡忘了自己，那么再也没有关心自己是不是老死宫中的人？

“主子，回去吧，天色渐晚了。”芸娘在一旁催促着。

傅锦画慢慢走回墨画堂，午膳也未曾用，遣退了芸娘等人，不准任何人打扰自己，在寝室的桌几上，铺满上好的宣纸，执笔蘸着饱满的墨汁，挥墨书写着。

从帝师伍徽泉的书，到虞晋声的经卷，甚至还有耶律楚际梦寐以求的擒龙令口诀，她一遍遍写着，不知疲倦……

直到夜幕无边，透过窗棂洒落的月色倾泻一地银光，宣纸透着莹莹的白，上面的字迹已经难以辨认。

从早到深夜，午膳、晚膳均未曾用过，傅锦画也觉不出饥饿。傅锦画坐在宣纸中间，抱膝而坐，思绪如潮，却又辨不清任何方向，这一切都不是自己想要的，都不是，是沉默忍受，还是勇猛爆发？

如果忍受是为了活着，那么爆发是为了什么？用自己的生命去抗议命运的不公吗？她没有资格，上天已经给了自己很多，才情容貌、身世富贵，却唯独没有给自己一个平稳安然的未来。

突然，房间内闪进了一个身影，傅锦画大惊，抬眼看去，凭着稀疏的月光，依稀可以看清那个俊伟不凡的身影，低低嗅了嗅他熟悉的气息，只觉得心痛欲裂，一动也未动。

那个身影慢慢靠近傅锦画，在她身边蹲下，用手捧起她的脸，去触到她满脸冰凉的泪水，那人低低吻了过去，试图用温热的唇拭去她的泪，谁知那泪水却越来越多，直到她呜咽出声哭倒在他怀中。

许久，傅锦画才平缓了情绪，用衣袖拭了泪，卧在济阳王的怀中，埋怨道："你还来这里做什么？如果被人瞧见了，可怎么是好？"

济阳王用力揽住她腰身，将下巴抵在她的发丝间，轻轻摩挲着，说道："再不济也不过就是死无葬身之地，我若死了，你也不会独活，我们两个还能死在一起，这样的结局也不错。"

傅锦画眼泪簌簌落下，傅锦画明知这又是济阳王的手段，他就是要自己心甘情愿地为他做事，一面豁出命来爱她，一面又千方百计来利用她。可为什么自己竟会这样难以自拔，这样的情根深种，到底是在清音庵邂逅时的惊鸿一瞥，还是在元熙朝大营他负伤拼了命救自己的孤胆英豪，她不知，她就是爱了，爱到撕心裂肺，毫无保留。

"画儿，我一定会得到这天下，我一定要得到你……"

济阳王轻轻吻着她的唇角，辗转落在她的唇上，轻柔而肆虐，如同他不同寻常的爱。

傅锦画浑身无力，斜靠在他的肩头，沉醉而迷恋，喃喃道："华离，我们真的不能离开这里吗？离开泉城，我们也可以厮守一生……"

回答她的只是沉寂而炙热的吻，没有声音，她却知晓了济阳王的心思，他要天下，他不可能放弃天下，这是一个男人的雄图霸业。他没了她，会死，他没了逐鹿江山的雄心，也会如死了一般。

好，你要天下，我来助你，即便赔上我的性命。

济阳王用手覆在她的胸前，轻轻揉捏着，另一只手准确无误地扯开她前襟的衣领，将手滑到了她的后腰，略一用力就将傅锦画的身子紧贴在自己的身上。他吻着她的锁骨，轻轻地啃噬着。傅锦画娇吟一声，顿时化散在这月夜静寂无声中。

济阳王扯住傅锦画的衣衫，将傅锦画的身子往上一抛，那衣衫滑落一地，济阳王稳稳接住傅锦画柔若无骨的娇躯，合身便滚落在床榻上。

傅锦画身无寸缕，只得揽住济阳王的腰身，济阳王低哼一声，令傅锦画渐起战栗，再一次低吟出声：“不要，华离，不要……”

济阳王却似动了情，犹如破山之力就要行之进去。傅锦画撑不住痛感，猛然醒过来，大力朝他一推，蜷缩起身子靠在墙角，冷冷说道：“今日将身子给了你，也就算是把性命交了出去，你不是想要我助你得到天下吗？凭的什么，凭的就是一副残躯？”

“刚才皇上差点儿就宿在了墨画堂，我的身子岂能甘心给了他，你如若想要，现在便拿去，我自有办法搪塞过去。”傅锦画抱住双臂，仰起脸，问他，“可是，你觉得这样就有意思吗？你我之间靠的就是这副处子之身吗？”

济阳王捡起地上的衣物，给傅锦画披在身上，合身抱住她，沉痛道：“画儿，我是不是太自私了？我为了得到天下，连你也要牺牲出去。”

傅锦画苦笑，说道：“我进宫，是我甘愿为你做的，与你何干。”

“晟霞殿的丽婕妤，她进宫已有两年，宫里的事她较为熟知些，你有什么事尽快去问她，她知无不尽。”

傅锦画一怔，晟霞殿的丽婕妤，不就是德妃和沈昭仪口中轻蔑不屑的丽婕妤吗？

难道她与济阳王之间……

难道她也是济阳王的棋子？

或许看出傅锦画的怔愣，济阳王捏了捏她的下巴，柔声说道：“不要多想。当年她父兄为我所救，为了报恩，她甘愿进宫，只不过她人微言轻，平时用不上她罢了。”

傅锦画微微点了点头，正要说什么，便听见寝室外有轻微的脚步声传来，正待催促济阳王离开，回头看去，济阳王已是化作清风一般闪出了窗外，不留一丝痕迹。

“主子，您睡了吗？”

傅锦画听是绿珠的声音，有些疑惑，于是装作刚刚醒来一般慵懒道：“刚睡下，倒被你吵醒了，可是有事？”

“绿珠该死，吵醒主子清梦。绿珠只是听见有些轻微的动静，怕主子出事，于是过来瞧瞧。”绿珠试探地说道。

傅锦画暗暗生疑，那济阳王轻功举世无双，想皇宫侍卫众人也未察觉他到来，怎么一个小小的宫女绿珠竟会看出端倪？到底是她功夫了得，还是她一直在盯着傅锦画？

“无事便下去歇着吧，如果不放心，就尽管进来瞧瞧，我乏了，先睡了。”傅锦画淡淡地说道，偏巧又打了个哈欠，倒真的闭目睡了过去。

想那绿珠也不敢进来瞧的，这一觉倒也舒心，一睡便到了天亮。

到了次日，傅素琴又来过，偏又只坐了一小会儿便离开了。

傅锦画陪着问雁在房间待了一下午，后来听说钟银煌本想再来墨画堂的，可是慕容珊突然来说钟庭朔有些不适，又急忙去了凤鸾宫瞧庭朔，当夜宿在了凤鸾宫。阖宫上下议论纷纷，说钟银煌概是反常，竟然在除去初一、十五的日子里一而再，再而三地宿在凤鸾宫，慕容珊不知使了什么样的手段。

芳姑姑是宫里的老人，她认识人多，听来的话儿也多，见傅锦画无趣，便说了些杂七杂八的事给她听，傅锦画却突然问道：“芳姑姑，如今边疆战事如何了？”

芳姑姑大骇，说道：“主子，后宫不能干政，否则……”

“瞧把你吓得，我只不过是问问罢了，哪里就是干政？连黎民百姓都能关心殇离朝的战事，咱们身处后宫，是皇上身边的人，不是更应该关心此事吗？”傅锦画慢条斯理地说道。

芳姑姑叹气，说道：“主子想知道，奴婢自是要说的，只盼着皇上也如同主子这般想就好了，否则奴婢这条命便要断送在此事上了。”

傅锦画听芳姑姑埋怨，也不恼，含笑看着她，听她说道：“虞将军与那耶律太子几番交战，都不能定输赢，两国伤亡不多，战事胶着，军粮银饷源源不断朝边疆运去，如今国库告紧，皇上便给虞将军下令，如果半年内不能击退元熙朝，便夺帅位，擒天牢。”

傅锦画暗自蹙眉，虞晋声的心思她不是不知，他只是想常驻安陵，制守兵权。真在半年内，击退元熙朝，那么皇上定会夺帅位，让他班师回朝。如果他击不退元熙朝攻势，那么皇上照旧会夺其帅位，只不过下场更惨烈一些，囚入天牢，轻则牢狱之灾，重则性命不保。

无论他选择哪一样，也不能称心如意了。

虞晋声，半年后，你到底会做出怎样的抉择。

傅锦画冥思苦想过，她竟是猜不出，她心里甚至觉得不管虞晋声做出怎样的选择，都是有可能的，这就是虞晋声，她永远琢磨不透的虞晋声。

芳姑姑见傅锦画默不吭声，只以为她不爱听这些，于是转念又提起别的事：“自从皇上那一日从墨画堂去了荣弦宫，那贞妃就被捧上了天，皇上的赏赐源源不断地送到荣弦宫，又亲自拨了几个宫女过去服侍，并且让御医一日晨昏都去请平安脉。各宫娘娘去荣弦宫道喜，都被皇上的人拦在了外边，可见皇上到底多重视此事。”

傅锦画暗惊，如此大张旗鼓地彰显钟银煌的恩宠，岂不是与贞妃的初衷大相径庭？

傅锦画禁不住出声问道：“贞妃这几日可曾见过什么人？”

倒是一旁的红玉，微微有些诧异傅锦画竟会这样问，说道：“红玉与荣弦宫的烟罗熟悉，今儿个在御膳房碰见烟罗，她连话都不敢说几句便急着走了，可见荣弦宫如今宫规甚严，几乎没有人敢来往。”

傅锦画一时还是想不明白，虞红萼曾经提醒过自己，贞妃所托之事必定是陷阱，可是钟银煌让御医为贞妃请平安脉，如若贞妃果真没有身孕，钟银煌岂能饶得了她？

如此便又过了几日，问雁的伤势在芸娘等人的精心护理下，终于有了起色，能下床走动后便守在傅锦画身边，寸步不离，任凭傅锦画怎么劝也不听。

“无论如何，问雁就算是死也要陪在小姐身边，再也不敢离开小姐半步了。”

傅锦画心里大为震动，伸手握过问雁的手，十指指端刚露出月牙般的新甲和殷红的肉，手腕处的血痕仍旧有淡淡的痕迹，令人不忍再看。

傅锦画却有些心伤，说道：“二姐竟是这般心狠，虽然她与你并无情谊，可是看在我的面上，断不该将你卖进青楼。”

问雁万分诧异，突然说道：“小姐，你为什么说是二小姐将问雁卖进了青楼，是谁告诉你的？”

“是芸娘说的。”说到这里，傅锦画也有些惊怕起来，喃喃地说道，“难道你是被大姐……”

问雁点了点头，默然神伤地在一旁不吭声。

傅锦画这才揣摩起芸娘的意图来，当日是傅素琴主动提起要将芸娘送到墨画堂来，难道说她们两个之间早已达成了什么默契？

接下来的几日，傅锦画对芸娘冷眼旁观，看她谨言慎行，又挑不出一丝不是来，想起在安陵城虞府，青碧从隔壁房间拿过来的披风，上面的绣工赫然便是芸娘的手笔，更加惊扰。

虞晋声曾说过，那是一位故人，除此之外，只字不提。

傅锦画自然不会将事情想的那样简单，凭她的直觉，他们之间应该还有着更深的隐秘，而自己却不得而知。

第十七章 断魂

因今日天气晴好，红玉极力提议要去御花园走走，绿珠倒是意兴阑珊的样子，芸娘欲言又止，见傅锦画兴致正高，于是也不好相劝，便与问雁一同跟着去了，绿珠留在了墨画堂。

快到御花园之时，红玉突然说身上的香囊掉了，要回原路去找，要问雁和芸娘陪着傅锦画在御花园转转。

傅锦画只是叫她安心去找，心里却生了疑，步速极慢，及至御花园入口处时，突然转身朝另一个岔口走去。

问雁在后面追问道：“小姐，咱们不去御花园吗？”

傅锦画回身，看向一脸疑惑的问雁和淡定自若的芸娘，只听后者说道：“前面不远处就是鸿薰宫，主子不妨去韵妃那里坐一坐，一会儿还能看场好戏。”

傅锦画点了点头，不知芸娘又是如何看出其中端倪的，对于芸娘的戒备又加了几分。

鸿薰宫临近御花园，是除了凤鸾宫之外，位置最好的宫殿。钟银煌单单将这座宫殿赐给了石韵秋，可见对她的钟爱，虽然每个月也不过只来三五天，可是钟银煌喜她安静，倒也经常将一些稀罕物什赏给她。

鸿薰宫。

傅锦画细细打量着这座瑰丽而精致的宫殿，里面陈设竟是出乎意料的简单，石韵秋身边的宫女羽烟或许是看出傅锦画的讶异，含笑说道：“我们主子不喜奢靡，一切从简，不知情的人只以为是皇上冷落了我们家主子，其实皇上赏赐的好玩意儿旁边两间屋子都盛不下了呢。”

傅锦画只是轻笑，没有作声，那羽烟也是个精明人，见傅锦画神色自若，也暗中诧异，旁人只要听了自己这番话，谁不是不屑或惊恐的，唯独这个画妃倒是不动神色。

羽烟又说道：“画妃娘娘，我家主子在沐浴，还请画妃娘娘稍候。”一面又张罗小宫女递来茶水和点心，陪傅锦画在一旁等候。

傅锦画果真沉得住气，喝了几口茶，又吃过几片点心，便坐在那里静候着，也不催促，也不懊恼。倒是一旁的羽烟有些不好意思，不时便说：“我家主子想必很快就沐浴完毕，请画妃娘娘见谅。”

傅锦画轻笑，叫她不必这么客气，有事尽管进去伺候便可。羽烟道过谢，这才进了内室，去服侍韵妃。

问雁在一旁小声埋怨道：“这个韵妃也实在气傲，小姐肯来她这鸿薰宫，也不过是看在当日同场竞技花魁的情分上，她倒端了架子。”

傅锦画看了芸娘一眼，见她始终静静地站在一旁，于是问道：“芸娘，你怎么说？”

“韵妃是个聪明人，主子以后不妨与她多结交，走动走动。”

傅锦画暗暗心惊，这芸娘实在聪慧，如果不能为己所用，那么还是趁早除去才是，否则……

这般想着，便见石韵秋身着浅色宫纱裙，腰间围着一条紫罗纱带走了出来，发丝间还有些湿气，似是对于傅锦画的到来并无诧异，说道：“如此，我们便去吧？”

傅锦画笑着说道：“你发丝未干，出去着了风，回头便会头疼，还是再过一会儿吧！”

石韵秋脸色也难得地浮起一丝笑，回头朝羽烟说道：“也罢，你去御花园瞧一瞧，仔细别让人看见。”

过了不一会儿，羽烟回来说道：“主子，御花园出事了，宫中各妃嫔去了十之八九……”

石韵秋起身，朝傅锦画说道：“咱们还是过去吧，我这鸿薰宫离御花园最近，我若去得最晚，倒着了人耳目。”

傅锦画也不再推辞，便与石韵秋出了鸿薰宫往御花园走去。

御花园果然人头攒动，熙攘声不断。问雁随手拉住一个奔跑的小太监，问道：“这御花园到底出了什么事？”

那小太监一脸惊骇，说道：“晟霞殿的丽婕妤被人杀了，尸体还被抛在花丛中，面目全非。丽婕妤的宫女芝兰找来的时候，发现沈婕妤在御花园，除此之外，并没有见到别的人。现在皇后娘娘正拿了沈昭仪，在审着呢！”

问雁更为惊骇，背上已是冷汗淋漓，忍不住说道：“小姐，如果刚才是我们踏进了御花园，岂不是……”

傅锦画喝住她，说道：“问雁，不得乱说。”

问雁不甘地闭了嘴，手里紧紧握着帕子。傅锦画扯了扯她的衣袖，安抚她，侧目看向石韵秋，只见对方波澜不惊，正用审视的目光看着自己，于是急忙镇定下来，勉强笑道：“丽婕妤真是可怜，可那沈昭仪倒不似会杀人的……”

石韵秋深深看她几眼，上前挽过她的手，朝人群涌动处走去，小声说道：“记住我的话，如果皇上喝问了你什么，千万应着就是，别辩解，别反驳。”

傅锦画怔住，正待想要问她为什么，便见石韵秋突然撇开自己，朝远处疾步而来的钟银煌跪了下去，低头拭泪。

钟银煌急忙扶起她来，将她搂在怀里，似是在询问什么，只见石韵秋纤手一指，遥遥指向了傅锦画，又附在钟银煌的耳边低声说了些什么。钟银煌紧锁眉头，有些不满地看向傅锦画。

身旁，问雁焦急万分，说道："这韵妃到底在皇上跟前说了什么？为什么皇上会用那样的眼神看你？她如果想要使坏，咱们还是要小心提防才是。"

不多时，慕容珊带着众妃嫔向钟银煌请过安，特别是慕容珊长跪不起，哀声说道："皇上，是臣妾无能，治理不严，让后宫出了这样的祸事，恳请皇上降罪，否则臣妾心里难安。"

钟银煌上前扶起慕容珊，说道："你身子才见好些，怎能出来见风？还是先回凤鸾宫吧，这里有朕在……"

钟银煌虽然语气柔软，可是面色到底不虞，慕容珊一时竟未敢多话，带着则喜匆匆从御花园离开，路过傅锦画身边时，略为迟疑了下，轻叹一声，惋惜不已，却终是没有说什么。

傅锦画心中惊疑更甚，手心里不由得捏出一把冷汗来，见钟银煌正在听御医说起丽婕妤的真正死因。

"回禀皇上，丽婕妤乃是顶心受针扎而死……"

众妃嫔大骇，顿时低声议论起来，纷纷捂了捂顶心，不寒而栗。

当下已经有太监搬来椅榻和桌几，奉来茶水，钟银煌挽着石韵秋的手，坐在椅榻上。众妃嫔又羡又嫉，拿眼瞪着石韵秋，倒是石韵秋这时又恢复了面无表情的神态，不声不响地看着傅锦画。

一直跪在地上的沈昭仪，这时膝行至钟银煌跟前，用手扯着他的衣襟，痛哭道："皇上，皇上，嫔妾是冤枉的，嫔妾进御花园之时，就看到丽婕妤已经遇害了。"

"来人，将沈昭仪关进留痕室，择日再审。"钟银煌有些嫌恶地撇开她，又吩咐道，"厚葬丽婕妤。"

沈昭仪顿时晕死过去，被宫人架着离开。

这时，红玉却不知从哪里冒冒失失地冲撞过来，急匆匆地喊道："主子，您去了哪里？奴婢找遍了御花园，也没见到您。"

傅锦画蹙眉，红玉刻意张扬的声音令众人纷纷侧目。

芸娘正要去拉红玉，却被傅锦画用眼神制止，既然已经被人听到，还是坦荡磊落些为好。那红玉见傅锦画不作声，于是便讪讪地站到了她身后。

钟银煌起身，众人只当要散了，纷纷跪安。谁知，钟银煌却信步走到了傅锦画面前，冷冷瞧着她。

问雁急忙拉着傅锦画跪下，听见钟银煌低喝道："你刚才来过御花园？"

傅锦画答道："臣妾想去鸿薰宫瞧瞧韵妃，于是便从这条路绕过去了，并未曾进过御花园。"

"哦？那么说，你去鸿薰宫倒是一片好心了？"钟银煌伸手捏起她的下巴来，傅锦画只觉得生痛，却又不敢叫出声来，只得暗暗蹙眉隐忍着。听见钟银煌又说道，"可是为什么韵妃说，你去鸿薰宫后，一面痛陈鸿薰宫简陋，一面轻蔑她不得宠？可有此事？"

傅锦画心下一凛，拿眼看向石韵秋，只见她眼中暗示的神色一瞬即逝，心里没来由地信她几分，于是淡淡回道："是。"

芸娘倒也镇定，问雁却急了，正要抬头说什么，便见傅锦画用手紧紧扯住她的衣袖，让她不要作声，心下懊恼不已。

钟银煌面色阴沉，漆眸如寒月深潭般冷冽，眉间闪过一丝杀虐之色，喝道："看来，朕赐给你的墨画堂，你住得太过舒坦了些。来人，将画妃打入冷宫，没有朕的手令，谁也不准靠近半步。"

问雁看着傅锦画沉静默然的态度，大为不甘，只恨不得上前为她辩驳几句，傅锦画却以警告的眼神看向她，令她不敢轻举妄动。

众妃嫔虽然觉得钟银煌这样处治傅锦画有小题大做之嫌，可是后宫便是这样，任谁都愿意看到别人凄凉收场，而不是横空添一位劲敌，所以都是冷眼旁观。

这时，石韵秋也走到傅锦画跟前，钟银煌揽过她的腰身，柔声道："秋儿，朕这样处治，你可满意？"

石韵秋微微笑了笑，说道：“谢皇上恩宠。只不过秋儿觉得画妃并无大过，错只错在她身边的宫女不懂提点，有失职误导之罪。”

“这话倒也有些道理。”钟银煌点了点头，在红玉、芸娘、问雁身上扫视了一番。

傅锦画大惊，红玉倒也罢了，留在身边终究是个祸害，可是她生怕钟银煌责怪问雁和芸娘，忙叩首哀声说道：“皇上，是罪妾之过，恳请皇上饶过罪妾婢女。”

钟银煌并不理会她这些话，反而问石韵秋：“秋儿，你觉得朕要惩治她身边的哪个宫女，才能达到以儆效尤的目的？”

石韵秋俏目顾盼，用手一一指过问雁、芸娘，最终落在了红玉身上，说道：“问雁是画妃的家生丫鬟，新近才进宫，不懂宫规，情有可原，不需受罚。芸娘原是琴妃的人，琴妃是画妃的嫡亲姐姐，怎有相害之理，只能是挑着可心的人送过去的，这个人也不必受罚。唯有红玉，她在宫里也有几年之久了，又是画妃进宫前便安顿好的丫鬟，画妃有了过错，她难以脱教导不力之嫌。罚就单罚她一人就是。”

一席话说得钟银煌连连点头，只听他又问道：“秋儿觉得怎么惩罚她才好？行杖二十棍可好？”

“二十棍，只是伤了皮肉不伤筋骨，只怕她伤好便忘了此间这一事，不如就八十棍吧，想必她今生也难忘了，而别的宫女太监也能以此警示自己，要好生服侍自己的主子，不要撺掇她们生事。”

众人倒吸一口凉气，那八十大棍打下去，岂有活命之理。但见那石韵秋轻笑，语音清脆，说起杀人的话如同闲话一般轻松自若，不禁暗暗心惊，回想起她刚才将傅锦画身边的三个宫女的来历说得头头是道，更加惊骇，都以为这韵妃冷清气傲，从不掺和宫中争宠之事，谁知她竟是在这里候着画妃的短处呢！

“朕准了，来人，将这个贱婢拖下去，杖打八十宫棍。”

红玉面色已是惨白，额上冷汗淋漓，闻言便晕死过去，任凭宫女将她拖下去，略过不提。

傅锦画没有为她求情，只觉得开口艰难，毕竟刚才差点儿因她生出天大的祸事来，这时心中难免不忿。别的不知情的宫女，却觉得红玉罪不至死，不免有同病相怜，纷纷议论傅锦画不近人情。

钟银煌吩咐众妃嫔退下，又朝石韵秋柔声说道："秋儿，你先回去，一会儿朕要去凤鸾宫，等朕改日再去看你。"

石韵秋俯身行礼离开，经过傅锦画身边之时，将手中的字条匆忙塞进了问雁的手中，问雁微怔，紧紧握住那字条不敢吭声。

钟银煌见傅锦画仍旧跪在原地，于是低喝道："来人，将画妃送进冷宫。"说罢，也不再看她一眼，背影如虹，旋即离去。

那宫人一面让芸娘赶紧回墨画堂收拾了几件换洗衣物，一面又催促傅锦画和问雁跟着去冷宫。

走了好一会儿，才到了一处小小的居所处，那人只用钥匙打开门，让傅锦画和问雁进去，便又锁上门，守在了门口。

出乎傅锦画意料，这小小的居所并不是那般破旧不堪，陈设虽然古朴，却一应俱全，整洁清雅。居所前后都种满了梨树，正值盛放时节，清幽静香。

傅锦画此刻无暇欣赏，问道："问雁，刚才韵妃塞给你的字条上写了什么？"

问雁这才想起此事，将手里紧握的字条递给傅锦画，只见上面写了几个隽秀的小字，"梅酒已尝，朕改日再来尝你的梨花素香"。

傅锦画心下犹疑不定，她确信这是钟银煌的字迹无疑，只不过他言语中的这种暧昧到底为何？

如果钟银煌对傅锦画有几分喜爱，又何至于听信石韵秋的只言片语，便将傅锦画打入冷宫？傅锦画想起石韵秋的言语，料不定她到底在这一场闹剧中扮演了什么角色，毕竟这字条还是她塞给问雁的。

傅锦画还在思虑，却见芸娘抱着包裹进来了。问雁过去翻看了下，急道："怎么就只带了这几件衣物过来？不趁着这个机会多拿些，往后万一缺东缺西不趁手，那可怎么办？"

芸娘将包裹里的衣物归整后，淡淡说道："你还以为能在这里住得了几日？"

问雁怔了怔，去瞧傅锦画，只见傅锦画面色凝重，思绪像是飞在九重天外，当下也不敢询问，却暗暗为芸娘这句话所喜，如果真的在这冷宫住不了几日，那该有多好。

问雁推开几个房间都瞧了一遍，才松下一口气，说道："小姐，这里倒是干净，像是有人提前打扫过。"

芸娘去端来水盆，绞了帕子，服侍傅锦画梳洗。傅锦画突然发问道："芸娘，你是不是早就知道今日之变？"

芸娘倒似镇定，也不回避，说道："原先并没猜到，现在倒是了然一些了。"

"怎么说？"

"皇上不过是借韵妃之手，来救主子一命。"

果然，与傅锦画所料相差无几。

晨时，红玉极力提议去御花园之时，她已觉察出不对劲，但是如果不去，她们那些人迟早会生别的事来逼着自己入局，只能铤而走险走一趟。

本来还在犹疑，红玉却突然说是香囊丢失要回原路去找，傅锦画因了红玉的刻意回避心下确定无疑，知道其中一定有猫腻。再见到去御花园路上，一无宫奴，二无妃嫔，更觉有些诧异，于是她当机立断，又择路去了鸿薰宫，才避过那一劫，否则丽婕妤之死，自己怎能脱得了干系。

那些人明显是冲着自己来的，沈昭仪不过是误打误撞的替罪羊。

而自己好端端地站在那里看场好戏，那些人又岂能罢休。

所以石韵秋便在钟银煌的授意下，说她恃宠生娇、恣意妄为，钟银煌这才借势将自己打入冷宫，以避祸端。惩戒红玉八十宫棍，也不过就是要除掉别人安插在自己身边的眼线，如此而已。

傅锦画想明白了这件事，心里稍觉安宁，让问雁下去歇着，留在芸娘在身旁，也不发问，只是默默地抿着茶没吭声。

芸娘却突然说道："主子肯定很好奇，芸娘为什么对你说了假话，对吗？"

傅锦画倒没料到她如此坦诚，于是放下茶盏，正色道："是，我确实想要问你，为什么你要对我说谎，明明是大姐将问雁卖进了青楼，你为什么说是二姐？"

芸娘神情自若，说道："二小姐在济阳王府，左右相看不到，琴妃却是与您在宫中一处，你如果存了恨，往后还要怎么相处？芸娘觉得姐妹还是同心协力才好，问雁的事过去便过去了，眼前还是在后宫站稳脚跟，不至于让人小瞧了才是。"

"芸娘，这就是你所谓的好心？"傅锦画心里实在不赞同她的意见，不满地说道："她今日能卖掉我的婢女，将来势必也能将我卖掉。有这样的姐姐只能令我心寒。"

"打断了骨头还连着筋，傅家四女，两个进了宫，一个嫁与济阳王，一个许配给了庆宣王，这是怎样的荣耀？傅家怎能不被人嫉恨？即便是皇后娘娘，也是忌惮万分的。芸娘进宫比主子稍长几个月，可是即便这几个月，见琴妃娘娘辛苦周旋那些妃嫔，也实在辛苦。她自是对问雁心狠了些，可是她与主子也到底是姐妹，怎么可能做出人伦不和之事？"

傅锦画冷冷看着芸娘，说道："这么说，你是来替大姐做说客的了？一定要我忘记前尘往事，好与她做一对和睦共处的姐妹花，在宫中齐心协力，翻手为云，覆手为雨？"

芸娘轻叹一声，说道："主子要是这样说，芸娘也不能分辩。"

傅锦画眼神却突然冷冽之极，低喝道："这个我且不与你谈。我只问你一句话，你若不据实回答，即便我身在冷宫，照样有手段将你发落至死。”

“主子有话尽管问便是，芸娘绝不是贪生怕死之人，只不过主仆有别，芸娘据实回答是本分。”

“当日，我被耶律楚际掳走，后来皇上赐死，庆宣王和济阳王前去安陵将我的灵柩运回安葬，那时你是不是早已知道我并未死？”傅锦画站起身来，她身量要比芸娘略高几分，微微低头盯着她，目光如同冰魄凉霜。

芸娘仿佛没有料到傅锦画会如此发问，神情一怔，失去了往日从容淡定，喃喃道：“主子为什么会这样问？”

“以你的资质，怎么可能会轻易答应跟着大姐进宫？那可不是给你许下荣华富贵便能应下的事，除非你早已知晓我未死，而且一定会进宫，是吗？”

芸娘苦笑，一向苍白的面上竟然因为激动而有了几分血色，说道：“是，芸娘确实知晓主子你并未死，只不过是青碧替你送了命。”

“你是如何知晓的？”

芸娘紧咬着下唇，没有作声，身子略略发战，似是在生受着煎熬一般痛苦。

“你与安陵虞晋声到底有何干系？”

或许是傅锦画声色俱厉，或许是因为虞晋声这个名字给芸娘太过震撼，芸娘终于绷不住心中那根弦，眼中雾气渐现，却始终没有掉落一滴泪。

傅锦画仔细打量着她，但见芸娘面目清秀、身段婀娜、沉静淡然，倒也似一个绝色佳人，只不过当初她是怎么从安陵流落至泉城的，还是一个未知数，这样一个人又怎么会甘心沦落为人婢。

“芸娘，我既开了口问，便是一定要知晓个究竟的，否则我心里不痛快，你又何尝会舒坦？”

芸娘似是在极力挣扎着，黛眉紧蹙，紧咬银牙，良久才说道：“芸娘原本是公子的侍婢……”

原来芸娘竟是虞晋声的侍婢，可是她为什么会从安陵到了泉城，还躲在绣庄做了绣娘？

“芸娘耿直，与公子生嫌，公子意欲将芸娘许配给伍仇，芸娘不肯，便独自从安陵回到了泉城，想凭着一手绣工谋碗饭吃，谁知竟遇见了主子您，便决意跟随在您身边，听候差遣。当日，主子您身亡的消息，是伍仇告知芸娘的，因为芸娘与伍仇情同兄妹，一向还有书信往来。”

傅锦画没有作声，不再追问，芸娘这番话看似合情合理，其实漏洞百出。

虞晋声是怎么样的人物，怎么可能会与侍婢计较？还非要强压着她嫁给伍仇？再者说，她如果回到泉城，投奔虞红萼也是好的，虞红萼定会看在她服侍哥哥一场的面上，给她安排一条好的退路。

芸娘终究说了假话，傅锦画也不忙着拆穿她，反正这冷宫只是偏僻之所，又与外界毫无消息往来，她只要不生事，那么傅锦画也能容得下她。

到了晚间，有宫女送来膳食，问雁打开食盒一看，里面竟菜式精致，倒也可心，笑道：“小姐，想不到这冷宫倒不比咱们墨画堂差。”

用过膳，傅锦画便让问雁、芸娘去歇下了，一来此间无杂事再固守虚礼，二来她想独自在院中好生走走，静静心，今日这场突变，还是让她有些吃不消。

傅锦画踏着一地梨花走到后院，见后院还有一架秋千，于是便在秋千上荡荡悠悠。突然闻见一股隐约的酒香气，傅锦画便从秋千上下来，四处环顾，到处寻觅酒香的来源。

过了小半个时辰，傅锦画才用一根金簪将其中一棵梨花树下的酒坛挖了出来，竟是上好的女儿红。傅锦画欣喜不已，将酒坛搬回房间，洗净了手，拿着锦帕又回到院中，将风袭而来的梨花花瓣接到锦帕之中，如此三番才不过兜了一丁点儿的梨花花瓣，不禁有些急躁。

没一会儿，问雁和芸娘从房间里走出来了，两人失笑，说道：“小姐，你大半夜不睡觉，便在这里捡花瓣呢？依你这样的法子，就算是一夜不睡觉，也不见得会有多少花瓣落到你锦帕上。”

问雁将罗裙一挽，塞到腰间，拍了拍手，说道：“小姐，你和芸娘在树下接着，我爬上树去给你们摘整朵的梨花。”说罢，便身手灵活地上了树，隔着锦帕将整朵的梨花摘下来，朝树下扔去，扔得准的便扔在了傅锦画和芸娘兜着的锦帕上，扔得不准的便扔在了那两人的脸上，倒也不疼，只是略有些发痒。

三人齐齐笑出声，谁知，庭院门突然被打开，一明黄色的身影却闪了过来，傅锦画面色一僵，见是钟银煌，于是当即和芸娘跪倒在地，向他请安。

树上的问雁一时情急，脚下一空，便直直从树上坠落了下来，傅锦画大骇，惊叫道：“问雁……”

只见钟银煌伸手一捞，提着问雁的衣领，兜了一个圈才将问雁的落势化去，将问雁稳稳当当地放在地上，笑道：“原来你就是问雁，就是个不省心的，怪不得你家主子一直惦记着你。”

钟银煌上前扶起傅锦画，笑道：“朕没来之前，听你们笑得正开心，怎么朕一来，你们倒是那么拘束了？该做什么便做什么，就只当朕不在就好了。”

傅锦画心下暗恨，这钟银煌说话一贯就这样“体恤”人？

可是，照旧按照他的吩咐，对问雁和芸娘说道：“你们将这些花瓣洗净了，放在帕子上晾干了，一部分窖在坛子里，一部分拿去裹着纱布挤出汁来，兑在我屋子里的酒坛中，再放在后院梨花树下，窖藏起来，过个三五日，就能入味了。”

问雁和芸娘依言而去，院子中，只剩下傅锦画和钟银煌站在远处。

月光沉静如水，透过朵朵梨花洒落斑驳光影，一地梨花此时便像是点缀在银色长帛上的点睛之笔，令人不敢侧目。

“朕来了这么久，你就不让朕去屋子里坐一坐？”

傅锦画这才回过神来，当即引着钟银煌进了内室，一面委婉地说道："罪妾还以为，请皇上进冷宫内室是大不敬的罪名，所以未曾敢。"

钟银煌听出傅锦画淡淡的嘲讽，也不恼，回头看向傅锦画，只见她白皙的面额上，还悬着一枚梨花花瓣，远远看去，只似梨花淡妆，于是他柔声地说道："想不到，这偏僻居所，因了你在，竟变得如此淡雅清香，朕要为冷宫赐名，梨妆苑。"

说罢，马上唤来宫仆，伺候笔墨，大笔一挥，写下这三个字，让人去做牌匾。

傅锦画见面前的钟银煌，面如冠玉，漆眸如墨，右手里握着一枚鹅卵石大的珠子，在夜色中发出朦胧明镜的光，竟是一枚罕见的夜明珠。

钟银煌将夜明珠递给傅锦画，说道："这枚珠子是新近晋声从元熙朝一名大将身上缴获的，瞧着稀罕，便千里迢迢让人给朕送了过来。朕如今赏给你。"

傅锦画猛然间听见虞晋声的名字，略为迟疑了下，终于是接过那枚夜明珠，谢过钟银煌，将夜明珠收在妆匣里。

"朕还以为你会随身带着这枚夜明珠……"

傅锦画轻叹，说道："冷宫的人，哪里能张扬得起来？"

"你是在怪朕吗？"钟银煌意味深长地问道，声音不辨喜怒。

"罪妾知道皇上苦心，谢过皇上大恩。"

钟银煌嘴角微扬，似是极为满意，笑着说道："想不到你会这么快明白朕这一番苦心，秋儿先前不肯演这场戏，可是听说是你，便答应助朕帮你，看来能够让她瞧得上的人确实不简单。"

"罪妾谢过皇上，谢过韵妃，"傅锦画听见钟银煌的言辞，却突然觉得有些不对味，于是跟着说道，"其实皇上也不必如此，左右不过就是丽婕妤、沈昭仪的下场，再差也不过如此了……"

钟银煌坐在椅子上，拍拍身边的位子，示意傅锦画坐下，说道："丽婕妤也就罢了，她被人所害，朕心里也难过，已经着人去查元凶，可那沈昭仪，她哪里能做得了凶手？朕心里难道不清楚吗？她哪里会什么针扎顶心？朕将她发落至留痕室。一方面不过是让真凶以为朕不会再追查下去，掉以轻心，露出马脚；一方面却是因为那沈昭仪无故出现在御花园，不是受了什么人撺掇，便是出乎什么心思去看好戏，朕也好给她一些警戒，叫她以后安安生生做人。”

傅锦画倒没有想到钟银煌心思会这般缜密，于是暗中一凛，看钟银煌的眼神也不免有些生疏。钟银煌苦笑，说道：“你看，朕为你下了这番苦心，你却……”

傅锦画急忙说道：“罪妾……”

“朕不愿听你说什么罪妾、罪妾的，在朕面前，尽管自称一声‘画儿’便是。”

傅锦画一怔，良久，才说道：“锦画不敢忘记字条之言，已经在为皇上准备梨花淡香。”

钟银煌心中一荡，揽过傅锦画的腰身，将她抱在腿上，在她衣襟间嗅了嗅，说道：“你便是朕的梨花淡香。”

傅锦画不敢挣脱，将手搭在钟银煌的肩上轻轻往外推了下。但见钟银煌突然用牙咬住傅锦画胸前衣襟的盘扣，只不过两下，便将傅锦画前胸的衣襟扯离，透出里面素白色的肚兜，上面还绣着几朵粉色的梨花。傅锦画半露着胸口，羞得满脸通红，娇嗔道：“皇上羞煞锦画了……”

钟银煌似是心情大好，朗笑道：“朕还没有疼爱画儿一番，怎么就将你羞煞了？”他埋首在傅锦画的胸前柔软处，傅锦画只觉得一股温热和轻微的瘙痒，令她浑身战栗不已。

钟银煌将傅锦画抱起，放在榻上，轻轻用手扯去她身上的衣衫，傅锦画闭目战栗着，任凭钟银煌在自己身上烙下印记，她用手紧紧环住钟银煌的腰身，似是在推拒也是在迎合他的驰骋……

月色如水，送来满室春香，是谁在娇吟低喘，是谁淋漓尽致地释放涌潮？

第十八章 离魄

当巅峰般的潮涌消退，钟银煌毫无眷恋地抽离傅锦画的身子，冷冷地说道：“在宫中，你不过就是中上之姿，算不得绝色，床笫间的欢愉也不过如此，不懂得迎合承欢，怎么就值得那些男人为你拼了命？还竟敢联手欺瞒朕……”

猛然间如同一盆凉水浇灌下来，傅锦画拉过旁边的薄被，盖在自己身上，有些怔忪地看着钟银煌。

听见钟银煌又嘲讽说道：“今日华离告诉朕，他看上了朕后宫的女人，要朕赐给他，他愿意解甲归田，永不问世事。这个女人，便是你，对吗？可是，他却料不到，朕却要抢先一步占了你的身子，让他拾人牙慧，吃朕嚼烂了的东西……”

傅锦画浑身战得厉害，眼角流落出屈辱的泪水，直到钟银煌拂袖而去，她仍旧悲伤不能自已。

傅锦画抬起左臂，上面莹润玫红的守宫砂早已消失殆尽，从此再无完璧之身，从今后再无贞洁可言。

终是这样了，济阳王钟华离，从此再也不会有奢望与你相聚，从此我邀宠媚君，身系君心，心甘情愿、义无反顾来助你，赢得天下。

只是，你却再无赢得我的机会。

钟华离，我已决意为你牺牲一切，为什么在其中横截一刀的人会是你？为什么让我背负屈辱的人会是你？

不多时，便有宫人面无表情地前来送来一碗汤药，并亲自看到傅锦画喝下后才离开。

问雁服侍傅锦画沐浴，用帕子擦拭着她后背，默默掉泪。傅锦画勉强笑道："问雁，你家小姐也算是承了恩宠，你该替我高兴才是。"

"小姐，您能给我讲讲您被掳去后发生的事吗？为什么问雁觉得这次相见，您变了那么多。"

傅锦画闻言微怔，陷入良久的回忆中。那大漠黄沙中流淌过的热血，自己从马车上跳下沿着雪路昏倒在雪地那一幕，耶律楚际在烧毁的房屋中倒塌前推开自己伤到胳膊那一幕，虞晋声将自己带到梨花林中嬉戏那一幕，济阳王在马车中浑身发烫说自己必死那一幕，虞晋声放手自己被耶律楚际再度掳走那一幕，济阳王腹部受创后孤胆奋战拼死营救自己那一幕，虞晋声在粥里下了药意欲染指自己那一幕……

问雁，你叫我如何说起？千万句言语，道不尽此刻心中凄楚，虞晋声，本来想与你在安陵做一对神仙伴侣，可是你心掩面纱，无从相知。

你曾问过我，为什么济阳王曾放开我的手，而我仍会选择了他，我回答你"他不同"。正是有不同，我永远看不清你，看不清你经卷清茶后藏着什么。而我却看得清济阳王，我知道他想要什么，我知道他想要天下，想要这锦绣河山，我知道他毫无掩饰的雄心，知道他可以昭示天下的爱意，知道他将自己送入宫廷的用意，知道他想要利用自己的心机……

我愿意在这颠覆宫廷，助他一臂之力。

即便我现在不得势，即便我现在不得宠，可是仍旧无损我想要送他平步青云的决心。

今夜之辱，以此立誓。

这般过了几日，梨妆苑终成冷宫，饭食也渐渐敷衍拖延起来。问雁每次打开食盒，都微蹙着眉头，埋怨道：“这些抬高踩低的奴才们，惯会玩这些把戏，看见不得宠的妃嫔，便可着劲儿欺侮。待咱们从这里出去了，看怎么收拾她们。”

傅锦画终日只在问雁她们拾掇出来的书房里写字画画，所幸这梨妆苑笔墨还是不缺的，于是倒也安心。芸娘守在傅锦画跟前伺候，闲暇时便在一旁做绣香囊帕子等细活，她绣工了得，一天下来倒也能绣不少活计。见熟知些的门前守卫，便塞给他们，让他们换些吃食、衣物送进来。

半个月过去，倒也能勉强度日。

这期间，傅锦画经常带着问雁、芸娘摘梨花窖起来，并且有时起得早，便去梨枝前用瓷瓶接着，轻轻晃动下花瓣，那上面的露珠便滚落到瓷瓶，一早上也只能存下那么一小瓶而已，存满了便叫问雁窖在后院梨花树下。

这期间，听说傅素琴曾经找钟银煌闹过，要他将傅锦画从冷宫里放出来。钟银煌还算是给她存下几分脸面，只是避而不见。傅素琴也便借势收了那副泼辣劲儿，躲在曼音阁不再露面。

再后来，便听说钟银煌后来宠幸了曼音阁的宫女冬晴，傅锦画听了后心里淡淡的，与芸娘相视一眼，并无所言。

问雁却憋不住话，喝骂道：“真是贱人多怪事，想必是大小姐以为小姐一辈子也从冷宫里出不去，所以便将冬晴给献出去，来留住皇上的心。那冬晴也忘记能进宫到底是谁的恩德，她难道真的觉得大小姐才是她的主子？”

“芸娘，你怎么说？”

芸娘见傅锦画问她，于是放下手里的绣活，认真说道：“以冬晴的脾性，芸娘倒觉得不至于那样不堪，倒是秋霜心思略为活泛了些。如果今日这人换成秋霜，芸娘就不会觉得奇怪了。”

到了夜间，芸娘去歇下了，问雁却滞留在傅锦画的寝室期期艾艾地有话要说。傅锦画好整以暇地逗她，说道："问雁，是不是埋怨你家小姐我连累你进了冷宫？"

问雁急忙摆手，不依地跺脚，许久，才说道："我只是觉得小姐您的心不在皇上身上，倒似早已心有所属，否则皇上这样冷落您，您岂有安于现状之理？"

傅锦画微怔，倒没料到问雁会察觉出自己微妙的心思，那么芸娘呢？她究竟知道了多少，她是否知道自己对济阳王是情根深种呢？

到了次日，宫内终于传来秘闻。

济阳王与曼音阁的秋霜事发了。

原本该是雷霆震怒的钟银煌，却似松了口气，一脸温和地训责了济阳王，又将秋霜指给了济阳王做侧妃。

傅锦画听见这消息之时，苦笑不已，钟华离，你还是出手救了我。

傅锦画命问雁去后院取出一坛烈酒，问雁怔了怔，似是明白过来，脸上露出欣喜的神色疾奔而去。

梨妆苑。

果然，钟银煌踏着月色而来，他似是心情大好，见问雁乖巧地开了门，便随手将腰上的香囊赏给了问雁。

推门而入，傅锦画钗乱裙翻，斜靠在椅榻上，手里还举着一杯酒盏，媚眼如丝，醉眼酡红，见问雁引着钟银煌走进来，于是朝问雁哧哧笑道："问雁，我怕是醉了，怎么还瞧见了皇上？"

"小姐，正是皇上来了……"

"你骗我，皇上怎么可能还会来这梨妆苑？"傅锦画说罢，将手中的酒一饮而尽。

钟银煌上前接过酒盏，嗅了嗅，疑惑道："怎么是烈酒？"

问雁正绞了湿冷帕子，覆在傅锦画脸上，低声回道："我家小姐说，那梨花酒是留给皇上喝的，皇上若来便随时取出来，皇上若是不来，便永远窖在地下，永不开封……"

钟银煌面上有些动容，眉目间还有些不曾掩饰的欣喜，挥手叫问雁出去伺候，走近傅锦画，亲手揭下傅锦画脸上的帕子，只见她眼神迷醉，白皙肤色下透着一股淡淡的红晕，唇齿间张合透出诱人的音律……

当夜，钟银煌宿在了梨妆苑。

次日，傅锦画以骄人之姿回到了墨画堂，而梨妆苑却被钟银煌下令，永世封存，不得任何人居住，一时激起后宫的轩然大波。

各宫妃嫔又接踵而来，前来墨画堂打探情况，傅锦画应接不暇，觉得心烦意乱，见那些虚伪面目有些作呕，当下记起石韵秋的清冷，想择日去鸿薰宫道谢。

因了红玉被棍杖而死，墨画堂少了侍奉的宫女，加之钟银煌的恩宠，特地又拨过来四名宫女、四名太监，那八名宫奴进到墨画堂向傅锦画请安之时，傅锦画着实一惊，因为那四名宫女中，赫然有一位是熟知之人——青殊。

她虽然刻意敛去习武之人眼中特有的刺目光芒，努力使自己看起来呆滞一些，可面容却还姣好，在四名宫女中是着实出挑的，于是傅锦画便点了她，替了红玉的位置。

墨画堂，傅锦画寝室中。

傅锦画走下椅榻，上前扶过青殊，惊喜道："青殊，怎么会是你？你是如何进了宫的？"

青殊这时，长舒一口气，恢复了平日的神色，说道："王爷见你身边可用之人不多，又没有一个会武的，所以安排青殊进宫相助于你。"

"他，他现在……"傅锦画轻咬贝齿，没有说出话来。

"你该清楚，那不过就是王爷布下的局，从丽婕妤之死，到秋霜事发。"

傅锦画怔住，她算到秋霜之事不过是济阳王刻意为之，卸下钟银煌的戒心，可是连丽婕妤之死都是济阳王的手笔，却是她万万没有料到的。

“丽婕妤不是他的人吗？”傅锦画记起济阳王前一段时间夜潜墨画堂之时，曾提起过诸事可以问询丽婕妤。

“丽婕妤确实为王爷做过事，可是她如今私心重，见皇上宠她，便对于王爷的话有诸多违背，即便如此，王爷也未想过要杀她的。只是王爷听说后宫暗潮汹涌，而你初进宫又不谙这后宫深水，所以才出手搅乱这份刻意保持的平静，好叫你看清局势。”

傅锦画轻叹，她知道济阳王安排青殊进宫，一方面是助她成事，另一方面也是为了让身负武功的青殊与外面暗通消息，心下了然，也不多问，只是安排青殊去歇下，又将问雁叫了进来伺候。

这一晃，傅锦画已是进宫一月有余。

自济阳王带着神医进宫为慕容珊诊治以后，慕容珊神色越发好转，面色红润、眼神熠熠。只不过傅锦画在凤鸾宫请安之时，发现慕容珊让众妃嫔留在凤鸾宫内的时间越来越短，后来竟当着众人的面，就打起哈欠，催促众人赶快跪安离开。

问雁诧异，在傅锦画耳边低声说道：“小姐，这皇后娘娘端容显贵，可是刚才为什么一打哈欠便萎靡不振、神色呆滞，好生奇怪。”

傅锦画见青殊似是见怪不怪的模样，于是脑中灵光一闪，突然问道：“青殊，济阳王为我二姐请来的神医，也是照着这个法子为我二姐医治的？”

青殊迟疑了下，点了点头，没有吭声。

傅锦画只觉得心猛然沉了下去，恍惚有些明白过来，心里空落落的，有些失望。

期间，沈昭仪已经从留痕室被放出来，因受了这样的打击，终日闷在晟霞殿，病病怏怏地足不出户，慕容珊也因此连她每日去凤鸾宫请安的晨例也给免了。

而荣弦宫一如既往的荣宠，钟银煌隔几日便会宿在荣弦宫，让众人羡煞。

虞妃虞红萼已快到临盆之际，相反钟银煌却甚少去惊鸿殿，只是每日打发个太监过去问问，让太监回禀虞妃的近况。

侍卫林立的惊鸿殿很安静，傅锦画却渐渐感到有些不安，她本来想过去看一看，可是被芸娘和青殊拦着，连问雁都咋呼起来，说道：“小姐，那惊鸿殿甚少有人出入，咱们去了万一虞妃有个好歹，咱们怎能脱了干系？您要是关心虞妃，叫来给她每日把平安脉的御医问问不就知道了？”

傅锦画摇了摇头，便打消了念头。她也说不出到底为什么会关心虞红萼，难道说，仅仅是因为虞红萼是虞晋声的妹妹吗？

已是初夏，墨画堂墙脚处的四季海棠仍然鲜艳如初，庭院东侧的丛竹已经青翠挺拔，平着湖水的凉亭台阶不知被墨画堂的哪个宫女放了几盆花，远远看去就像是从水面上长出来的，煞是惊艳。

钟银煌来墨画堂的次数不多也不少，对待傅锦画的态度不温也不火，甚至比起对傅素琴的娇宠还差一些。傅锦画对于钟银煌这种若即若离的态度倒也不曾急躁，要想固傅氏一族长荣，一时风口浪尖的宠爱是最要不得，要慢慢细水长流才最稳妥。

一日，傅素琴来到墨画堂，傅锦画邀她去凉亭小坐。

傅锦画吩咐芸娘和问雁去准备茶点，单留下绿珠和青殊服侍。

青殊先扶了傅锦画过去，因青殊在手臂上用了力，所以傅锦画的鞋只是轻轻点在水面上，并未湿了鞋子。

两人站在凉亭上，回身看去，绿珠扶了傅素琴，眉目间仍是迟疑郁色，傅锦画和青殊相视一眼，又各自落在傅素琴的鞋子上。

如若绿珠叫傅素琴湿了鞋，那么是她服侍不力，理应受罚。如果绿珠没有叫傅素琴湿了鞋子，那么她定是身怀武功，断断不能留在墨画堂。

绿珠因为紧张，额间细密的冷汗顺着发丝流下，扶着傅素琴的手臂也略显僵硬，抬头迎视上傅锦画审视的目光，又迅即低下头去，不敢再看。

“琴妃娘娘，您小心些……”绿珠轻声说道，最终还是决定扶着傅素琴故作无力地走过与湖面平行的台阶。

傅素琴上了凉亭，有些懊恼地跺了跺脚，怒瞪了绿珠一眼，抬手便甩了她一个耳光，绿珠当即伏在地上，浑身战栗，看起来似是惊怕不已。

傅锦画暗暗蹙眉，这绿珠是宁愿受罚，也不肯露出自己会武的事实，看来还是要另想一个法子试探才行。

“姐姐，饶了绿珠吧！”傅锦画递给绿珠一个眼神，叫她快些下去。

傅素琴看着绿珠远去的身影，冷笑道：“真以为我猜不到你们这是闹得哪一出吗？”

傅锦画故作未听见，让青殊下去催芸娘和问雁快些，青殊依言而去。

廊亭上，只剩下傅锦画和傅素琴两人，傅素琴见傅锦画刻意避开她的语锋，有些不悦，却突然“扑哧”笑出声来，说道：“皇上前儿个说，要给傅家一个天大的恩宠，要娘进宫看望傅家女儿。四妹，你说，皇上是要下旨让娘去曼音阁呢，还是去墨画堂？”

傅锦画乍然听闻这个消息，确实一惊，想起在傅家承欢膝下的日子，也凄苦不已，强忍着心中伤痛，淡淡笑着说道：“大姐一向得皇上恩宠，自然是让娘去曼音阁与大姐共享天伦之乐。”

傅素琴见傅锦画只是黯然心伤，却不见与己吵闹，只觉得好生无趣，于是冷冷地说道：“你放心，我自然会在皇上面前求来恩宠，要他下旨也让你去曼音阁一叙。”

傅锦画不动声色，很客气地道过谢。傅素琴面色不虞，临走时低声朝傅锦画说道：“你知道皇上为什么会这样厚待贞妃？因为她父亲严青枫新近在编纂一部盖世之作——弹劾济阳王的奏章。”

成功看到傅锦画脸上的讶异，傅素琴面上浮起一抹讥笑，施施然离开。

青殊走过来，扶过傅锦画，重回到凉亭之上，说道："对于此事，王爷早有耳闻，青殊这次进宫的另一项任务便是助你除掉贞妃，让严青枫失信于皇上。"

傅锦画背转过身，良久，没有言语。

该来的终于还是来了，她逃不掉。

次日，傅锦画去凤鸾宫给慕容珊请安之时，慕容珊似是心情愉悦，竟单独留下傅锦画叙话。

"那日出了那样的事情，本宫见皇上正在气头上，倒一时不好为你求情，让妹妹在梨妆苑受苦了。"

傅锦画心下一凛，慕容珊看似亲和，却突然提及了梨妆苑，这后宫谁人不知梨妆苑正是因为傅锦画而命名，并且不准后世任何人居住靠近。

这份恩宠，在慕容珊的眼里，怎么能不觉得刺目。

傅锦画当即起身，惶恐说道："臣妾愚昧，惹得皇上龙颜大怒，又劳皇后娘娘挂念，真是罪过。"傅锦画避重就轻，没有再提及梨妆苑的事情。

慕容珊只是轻笑，却不妨打了一个哈欠，朝则喜看了眼，则喜马上转身去抽屉里拿过一只精致的烟枪……

傅锦画紧紧绞着手里的帕子，侧脸看向青殊。青殊倒是一脸的镇定，仿佛是早已习以为常的事情，她当时便知，傅则棋肯定也时常如慕容珊一样犯烟瘾。

慕容珊神情迷醉，傅锦画刻意朝后退了退，掩鼻望着慕容珊日渐消瘦的身躯和干柴的手指，心中悲悯。

半个时辰过后，慕容珊才从那场吞云吐雾的快活中醒了过来，眼神竟是从未有过的神采，说道："妹妹，你也该尝尝这玩意儿，都说酒色醉人，其实都不如它令人快活。”

傅锦画正要开口劝她，谁知见则喜在一旁偷偷拭了泪，悄悄朝傅锦画使了个眼色，傅锦画当即没有再吭声。

待傅锦画走出凤鸾宫，则喜从后面唤住她：“画妃娘娘，能否借一步说话？”

傅锦画身边只有青殊，因了济阳王之事，她对青殊也有些戒备，于是便点头应下。则喜将傅锦画引到凤鸾宫一处偏僻房间，进了门，便跪倒在地：“画妃娘娘，则喜有事相求，请画妃娘娘答应。”

则喜到底是慕容珊身边的人，在后宫等闲妃嫔也都要看她三分薄面，傅锦画当即扶她起身，谁知则喜却固执得厉害，非要傅锦画听她把话说完。

“刚才画妃娘娘一片好意，要提醒娘娘那烟膏伤身，是则喜一时斗胆在一旁拦着。只因为，因为皇后娘娘时日无多，怕是熬不了多久了……”

说罢，则喜只是痛哭，傅锦画知道则喜话里的意思，正因为时日无多，所以那烟膏能令慕容珊快活一时便一时。

可是，这毕竟不是岌岌可危之时，傅锦画确实想不到则喜在这跪求自己到底所为何事。

“大皇子一直待在皇后娘娘身边且被护着，一时倒也不见危难，可是如若娘娘仙去了，大皇子的处境便无法预测了，他的生母淑妃又是不晓事的，如果那时拿着大皇子作为登上后位的筹码，先不说皇上会恼了她，即便是后宫各妃嫔也不会轻易放过她。本来，娘娘如果去了，大可不必挂念身后之事，可是大皇子不同，他自幼在娘娘身边长大，娘娘待他若亲生之子，那份疼爱之情溢于言表。娘娘可以放下一切，只为了将大皇子托付给一个稳妥的人。”

傅锦画这时，也知慕容珊的意思。她可以将后位拱手送人，只求那人能善待钟庭朔，将钟庭朔送上皇位。

而那个人选，便是自己。

傅锦画蹙眉，她并不曾料到慕容珊竟会选定了自己，自己进宫时日无多，又一向不是最得宠的妃嫔，况且钟庭朔的生母淑妃在，她岂能善罢甘休。

“则喜，你先起来再说。”傅锦画将则喜拉起身，则喜一脸殷切，傅锦画不好瞒她心中所想，于是淡淡地说道：“此事关乎重大，我需要回去好好想想。”

“画妃娘娘，只要你肯答应，别说则喜愿意留在您身边为您做牛做马，就算是皇后娘娘也是感激不尽的。”

傅锦画听则喜语风，知道慕容珊将钟庭朔托付给自己，也定会让则喜跟在自己身边，就看自己是否能善待钟庭朔，否则必会留下一招制敌的死手，令自己后悔不及。

从凤鸾宫出来之时，天色已晚，青殊还候在一侧，见到傅锦画便急忙迎上前来，一脸问询的目光。

傅锦画知道瞒她无用，于是就将则喜刚才所言之事说给青殊听，青殊却一脸欣喜，说道：“如果您能登上后位，何愁不能助王爷起事？”

傅锦画却不以为然，说道：“你今日也曾看到皇后近况，她乃是后宫之主，如今也不过落到这个下场，这也是她聪慧，先将大皇子养在身边，令皇上也不得不顾忌几分，否则你以为这后宫之位花落谁家。”

青殊说道：“所幸王爷过几日便会进宫，到时候说给王爷听，看他如何定夺。”

傅锦画身形僵了僵，却未停下脚步，直直朝前走去……

这几日，因了则喜的跪求，傅锦画一直借口身子不适，不曾去凤鸾宫向慕容珊请安。倒是绿珠从外面回来说：“则喜也不知犯了什么事，被皇后娘娘一顿责打，令人好生奇怪，要知道则喜是皇后娘娘一向看重的人，奴婢们私底下都说皇后娘娘肯定要让皇上宠幸了则喜，给则喜一个名分呢，谁知就发生了这种事。”

傅锦画闻言一怔，与青殊相视一眼，知道则喜背地里跪求傅锦画的事，还是让慕容珊知道了，慕容珊定是恼她自作主张，所以惩戒了她。

当夜，钟银煌宿在了墨画堂，春宵不枉度，满室旖旎。

钟银煌用手握在傅锦画半露的玉臂上，轻轻地捏了捏，说道："画儿，在想什么？"

"锦画在想，这后宫三千妃嫔，有几个是皇上放在心口上的？"傅锦画半倚在钟银煌的怀里，半晌才答话。

钟银煌轻笑，似是话里有话，说道："朕也为难，朕的女人多了也是难以消受，有时朕就算是将那人放在胸口上，她也未必可知。所以，就听之任之了，只要她受不了委屈，朕也懒得去管。"

傅锦画抬头，故作讶异地惊道："看吧，皇上终究是说了实话，既是放在心口上的人，又怎么会懒得去管？除非，除非皇上压根儿就不想管。"

钟银煌见她娇嗔俏丽，心里一喜，将她揽在怀里，柔声地说道："朕倒是想好生宠一个女人，将她捧到天上去。画儿，你可愿做朕心口上的女子？"

傅锦画见钟银煌眼神真挚，心里一动，却突然说道："皇上是存心要害锦画呢！皇上一时心血来潮将锦画捧到了天上去，回头又懒得管，让锦画从天上掉了下来，岂不是摔得七荤八素？锦画可不依。"

钟银煌失笑，用手点了点傅锦画的额头，轻骂道："调皮。"语气中的宠溺却不像是作假。钟银煌用手圈住傅锦画，又合身压了上去，在她脖颈间嗅了嗅，喃喃道："就是这种淡淡体香，让朕深陷其中。"

傅锦画闭目，轻叹。

待到了次日，傅锦画醒来之时，见钟银煌正撑臂扶额看着自己，不由得一惊，抬眼看了看窗外的天色，说道："这是何光景了？皇上怎么还未去早朝？回头让皇后娘娘知晓了，锦画可担不起这罪责。"

钟银煌按住她的身子，笑道："朕平日里见你只有沉默镇定，何曾见过你这副惊慌失措的模样，朕今日不去早朝也值了。”

傅锦画嗔道：“昨儿个夜里说要将锦画捧得天上去，这下算是见识了……”

外面候着的问雁、芸娘听见里面的动静，纷纷唤来一众服侍皇上梳洗的宫女进来伺候。傅锦画因不愿拘泥于那些虚礼，只让问雁、芸娘伺候自己梳洗，施了淡妆，回头见钟银煌那边也收拾妥当，于是便叫问雁送来膳食，与钟银煌一道用了。

钟银煌却不知为何，突然问道：“傅家有琴、画两位女儿进宫为妃，傅夫人进宫，如果朕只让她见一个女儿……”

傅锦画微怔，见钟银煌探询的目光递来，于是落落地说道：“锦画自然想把这个机会留给自己。”

钟银煌闻言，拍掌轻笑，龙颜大悦，说道：“朕就是喜欢你这份坦率。”

傅锦画情知钟银煌想要听到的回答便是这句，可是心下仍然忐忑不已，只听见问雁在一旁，压抑不住地欣喜，低声道：“小姐，夫人进宫了，已经到咱们墨画堂前院了……”

傅锦画猛然起身，正要向外奔去，又想起钟银煌还在一旁，于是呆呆地停住脚步，一脸希冀地看向他。钟银煌笑着说道：“你且去见傅夫人，朕在一旁你们也拘束，便先走一步。叫傅夫人不必去凤鸾宫谢恩了。”

说罢，钟银煌起身，竟带着一众侍从自墨画堂的侧门离开了。傅锦画站在原地有些怔愣，她倒没有想到钟银煌为了让傅夫人不必惶恐难安，竟而降尊纡贵从侧门离开。

眼前，傅夫人含泪上前向傅锦画行礼，傅锦画微微颤着手扶过傅夫人，母女相拥而泣。

傅夫人痛哭道：“画儿，娘只道这辈子都见不到你了……”

傅锦画心如刀绞，紧紧搂着娘亲，眼泪簌簌落下，说道：“娘，画儿这不是好端端在您眼前吗？”

问雁在一旁也掉泪，扶过傅夫人，说道：“大夫人身子刚见好些，小姐该劝一劝才是，再者说，这宫里宫外相见，本来就是天大的恩宠，不趁此机会多说些话，怎么能陪着大夫人越发哭得伤心了？”

傅锦画含泪带笑，扶过傅夫人坐下，说道：“问雁提醒的是，都怪画儿一时见到娘亲高兴，竟忘了这一茬。”

傅锦画见傅夫人暗暗使了个颜色，于是便不动神色地吩咐道：“青殊，你去厨房多准备些点心，一会儿给我娘带上。绿珠，你去曼音阁，请琴妃过来。芸娘，你去箱子里挑几匹上好的缎料……”

众人散了去，唯留问雁守在跟前伺候。

傅夫人看了问雁一眼，问雁微怔，旋即奉上茶说道：“问雁去帮芸娘去挑布料，她到底不如问雁知道大夫人的喜好……”

傅夫人见问雁离开，拉过傅锦画的手，面色凝重，低声说道：“此番进宫，你父亲曾嘱咐我带给你几句话……”

“什么话？”傅锦画心里一沉，仿佛已经料想到傅夫人所说何事。

“认清局势，安身立命。”

傅锦画听到这八个字，自嘲一笑，心道，傅家四女，两个进宫为妃，一个嫁与济阳王，一个嫁与庆宣王，济阳王势必要夺江山而代天子。

届时，谁输谁赢虽无法预料，但傅家成为牺牲品却是早已明了的。

如果济阳王逆天，那么钟银煌败亡，傅素琴一众也势必会亡；如若济阳王惨烈收场，那么傅则棋必命丧黄泉。庆宣王立场不明，傅颜书说不定会躲过这一劫。

唯独自己，摇摆不定，不知何去何从？

旁人不知晓，父亲自是清楚的，即便钟银煌胜了，自己也是一个“败”字。

除非，父亲是要自己助济阳王成事，可是那样势必会牺牲掉傅素琴，父亲到底是何意？

傅锦画一时不敢揣测下去，傅夫人见傅锦画面色不悦，轻叹一声劝慰道：“上天垂怜，你和琴儿都进了宫，以后的锦衣玉食、荣华富贵自是不必说的，娘就算是死也能含笑九泉，毫无牵挂了。”

傅锦画听了后只觉得心酸不已，见问雁挑着帘笑着进来，后面跟着进来的芸娘怀里还抱着几匹上好的缎子，说道：“大夫人、小姐，来看看问雁挑的布料可合心意？”

傅锦画敛去肃穆凝重之色，与傅夫人一同看过布料，青殊也从厨房带回一些精致糕点，用油纸包好放在檀木食盒中。

几人说笑着，见绿珠进来，期期艾艾地说道：“绿珠没用，没能见到琴妃娘娘……”

傅锦画知道傅素琴因为钟银煌将此番恩宠给了自己，心下不舒坦，于是不肯过来与娘亲叙话。傅夫人果然伤怀，再度拭起泪来，傅锦画好言劝慰道：“皇上待我们两姐妹都一样的好，虽然画儿先见了娘亲，可是情知下一次娘亲便该去曼音阁见姐姐了……这本是皇家天命，娘还是再哭，仔细让有心人看了去，再编排出什么来就不好了。”

傅夫人闻言果然止住哭泣，说道：“是娘的不是，娘一时糊涂，竟忘了顾及你在宫里的苦处。你们姐妹都是得宠的，娘自然高兴，不过凡事都要有个度，记住，绝不要去争那一时的荣宠，要让皇上一直记得你的好，那样他才不会冷落了你。”

母女俩又说了好些话，傅夫人见天色不早，纵有万般不舍，也得起身离宫回府。傅锦画眼泪汪汪，将傅夫人送至墨画堂门口，怅然若失。

晚些时候，傅锦画突然念及傅臣图的话“认清局势、安身立命”，于是侧身问过正在帮自己梳洗的青殊：“我父亲近日可曾与济阳王见过面？”

青殊握着梳子的手微微一滞，随即反问道：“为何有此一问？他们都是当朝重臣，见面自是必然，不足为奇。”

听话听音，傅锦画这时便知傅臣图定是与济阳王两人之间已经达成了某种共识，到底是什么利益，竟能令傅臣图铤而走险，不顾及身在深宫的两个女儿？

到了次日，青殊消失了。

还是绿珠首先发现的，傅锦画见绿珠狐疑的神色，只是淡淡说道："我差青殊办点儿事，过会儿便回。"

所幸，没过半个时辰，青殊便从外面回来了，一脸疲惫，跌跌撞撞地坐在傅锦画的椅榻边。傅锦画让问雁等人下去歇着，扶起青殊，只听青殊说道："我去了一趟济阳王府……"

傅锦画大骇，低喝道："青殊，你怎么如此胡闹？皇宫内外多少好手，你如果落在了他们手里？你要济阳王怎么出面救你？"

青殊捂着胸口，平缓气息，说道："事情紧急，攸关你我两人的性命，我死了不打紧，王爷若没了你，不知会怎么伤心。"

"青殊，此话怎讲？到底发生了什么事？"

青殊身形一顿，从头上拔下一枚银簪，迅即朝窗外掷去，只听一声低吟，青殊打开窗，那人早已无影无踪，那枚银簪也不翼而飞。

"我连着几晚都见有人刻意靠近你这窗口，那人影很快，似乎很熟悉这墨画堂布局，不待我展开追踪，便消匿不见了。我怕打草惊蛇，也一直未曾声张过。如若仅仅是这样也就罢了，可是昨晚我在房门口，竟发现一团干枯的灵心草，后来我挨个房门查过去，又单在你的内室门口找到更多干枯的灵心草。"

傅锦画恍然大悟，这灵心草本不足为奇，可是如果干枯了便会散发出一种毒气，虽然毒气不会置人于死地，但当它遇见沉香……

青殊四处环顾，循着香味轻轻嗅了嗅，在妆台前驻步，拿起一盒精致铜盒的香粉，打开盖，再度嗅了嗅确信无疑地说道："便是这香粉里面含了沉香。"

因前朝太后也是沿用这种秘方制作香粉，所以绿珠便亲手调制了两盒送了过来。傅锦画倒也觉得合用，见青殊也喜欢闻这味道，于是便把另一盒送与青殊。

谁知，这竟是一场阴谋。

“她断是料不到，我天生嗅觉灵敏，细微的气味也不会遗漏，那香粉里的沉香寻常人岂能嗅到。灵心草和沉香相遇，乃是剧毒，无药可解。她们这是想要你我的命。”

青殊正要将那香粉盒扔掉，傅锦画却唤住她，说道：“不急，留着这粉盒，还有用。”

傅锦画目光冷冽，朝绿珠的屋子望过去，嘴角浮起一丝讥笑，倒像是动了杀机。

“你冒险回济阳王府，就是为了告诉济阳王这件事？他如何说的？”

青殊答道：“王爷自然是心心念念要护着你的，得知你遇险便让我赶紧回来寸步不离守在你身边，并且又告诉我，该出手时尽管出手，出了事自然会有人出来担责。”

傅锦画疑惑，见青殊也有些不解，于是不再作声，出来担责的人，会是谁？傅锦画将后宫诸妃嫔在脑海中一一想过，不得其解。

红玉曾说过，芳姑姑是凤鸾宫慕容珊的人，而绿珠是虞妃虞红萼送过来的人，红玉则是傅素琴安插进墨画堂的。傅素琴已经说过，红玉与己无关，傅锦画也信了她，因为红玉使出的手段，浅薄粗鄙，不像是傅素琴的作风。

傅素琴要害一个人，定是阴毒，令人不可察觉的。傅锦画突然想起在傅家之时，曾经听见傅素琴警告傅则棋“药可以多喝，话不可以多说”之事，心下突然惊疑不定。不可能的，断不会是傅素琴，自己毕竟是她的嫡亲妹妹，相煎何太急？

第十九章 余味

青殊此时，也看出傅锦画面色上的不悦，问道：“要怎样除去绿珠？如果是我们亲手将她除去，保不准会着了那人的眼。不如……”

不如借刀杀人，还是让钟银煌结果了她。

傅锦画和青殊相视一眼，心照不宣。傅锦画让青殊下去歇着，见青殊走出门外之时，又突然唤住她，问道：“他可好？”

青殊迟疑了片刻，终是说道：“王爷他不太好，终日喝酒沉闷，王妃一直与他吵闹，王爷便躲在了书房。青殊回去之时，他已经两天两夜未曾进食了……”

傅锦画心里一紧，有些说不出来的苦涩，他过得不好，自己又怎么快活？本是两情相悦，却变成眼前这局面，如果当日在清音庵之时，自己能早一点儿对他动了心，倾情于他，是不是今日就不会有这样的痴情难断？

那么，他会不会另觅佳人送进宫去？

而那个人会是谁？是傅家其他的女儿，还是虞红萼？

到了次日，钟银煌让太监来墨画堂告知，要与傅锦画同进晚膳。可是谁料到，因傅素琴说身子不适，钟银煌便去了曼音阁安抚傅素琴。

傅锦画吩咐绿珠，说道：“你去厨房端一碗燕窝粥，再拿几样点心，一会儿我要去曼音阁给皇上和姐姐送过去。”

这下，不光绿珠有些诧异，就连问雁、芸娘也惊住，问雁心直口快，说道：“小姐，这只怕不妥，咱们知道小姐并无恶意，可是那些人只会说小姐生妒，何苦如此？”

傅锦画只是不作声，催绿珠快去办来，叫上青殊一起朝曼音阁走去。

路上，傅锦画在软轿内，又说忘记拿帕子，让绿珠回去拿。绿珠顿了顿，终是将食盒递给了青殊，自己又折了回去。待到绿珠将帕子拿回来，青殊又将食盒递还了她。

曼音阁内，钟银煌正与傅素琴一同用膳。

听闻傅锦画来此，傅素琴便娇嗔地朝钟银煌说道：“皇上，还说你不曾偏心，你瞧，这好歹是臣妾的亲妹妹，如若是别的妃嫔，臣妾心里岂能好受？”

钟银煌眼神中也闪过一丝异色，似是对傅锦画的到来也稍有不满，安抚了傅素琴，便让人传傅锦画进来。

傅锦画向钟银煌行过礼，傅素琴这时也换了一副笑颜，说道：“妹妹初受君宠，情思难免一直落在皇上身上，才不过一两日不见，得知皇上来了我这里便心急火燎地赶过来，羞不羞？”

傅锦画故作羞涩，说道：“姐姐一向伶牙俐齿，就知道取笑我。上次娘亲进宫，我曾让绿珠请你过去，你不曾去，没有与娘亲见上一面。可是娘实在惦念你，让我多来这曼音阁走动走动，姐妹间也亲近点儿。今日我得知皇上来了这曼音阁，我心下也欢喜，皇上给了咱们傅家天大的荣宠，咱们姐妹总要一同谢过皇上才是。”

这番话都在情理之中，果然，钟银煌面上不悦稍减，笑道：“朕有你们这对姐妹花相伴，后世也算是一段佳话。”

傅素琴也跟着笑，看向傅锦画的眼神却是犀利。

傅锦画佯作不知，朝绿珠说道：“绿珠，将你从厨房带过来的燕窝、点心拿过来。”

绿珠打开食盒，将燕窝、点心摆在桌上，便候在了一侧。

宫规有令，凡帝皇、妃嫔用膳之前，一律要有人先尝过，如若无毒，才可进食。绿珠候在一侧，便是为了验毒。

曼音阁的宫女，用银筷夹起一块点心放在银盘上，绿珠正要接过银筷，便听傅锦画说道：“今儿个皇上和姐姐均在此，还是让我来吧。”

钟银煌不作他想，傅素琴眼中却闪过一丝诧异，青殊紧紧捏着帕子，似是有些紧张，绿珠看在眼里，渐渐有些不安，未等想明白，便见傅锦画将那片点心吃进嘴里……

过了片刻，傅锦画面色开始发白，手脚轻颤。青殊马上扶住她，傅锦画倚在青殊身上，指了指绿珠，艰难出声：“绿珠，你……”

绿珠这时已经顿悟，眉眼间都是不甘，见钟银煌迅疾闪至她跟前，扣住她的手腕，喝道：“好大胆的奴才，包藏祸心，朕饶你不得。”

钟银煌眼神冷冽，越发用了力，绿珠神色挣扎，似是在犹疑是否反抗。正在这时，傅锦画便听见绿珠低呼一声，骨裂之声清晰可辨，钟银煌竟将绿珠的手腕生生拗断。

傅锦画这时口唇也已发紫，陷入昏迷之际，被钟银煌抱在胸前，低喝道：“画儿，朕命你醒过来，画儿……”

傅素琴一时也未料到竟会发生此事，朝绿珠深深看了一眼，见绿珠倚在墙角左手握着右手的手腕处，额角细密冷汗落下，痛苦难当，正犹疑不安。

钟银煌抱起傅锦画，不顾后宫诸多目光注视，疾步朝墨画堂走去，将傅锦画安置在内室，传来御医为傅锦画诊治。

墨画堂众人手忙脚乱，问雁吓得直哭，芸娘蹙眉思索，倒是青殊还算是镇定，护在傅锦画身前寸步不离。

那御医一再斟酌，竟不知该如何回禀钟银煌，钟银煌喝道：“快些说，画妃究竟是如何？中毒还是急症？”

“看似急症，却是中毒。可是微臣愚钝，一时竟辨不出此毒来。”

钟银煌朝那御医心口上踢了一脚，喝道：“蠢材，朕养你们有什么用，滚出去……”那御医骇得厉害，赶紧退了下去。

青殊绞了一方帕子，钟银煌却接了过去，细细为傅锦画擦拭后，便将傅锦画娇躯搂在怀里，单手抵在她的背心，暗输一股真气护住她的心脉，待看到傅锦画脸上恢复一点儿红润，才松开手，留下青殊好生照看她。

当下，钟银煌又将绿珠从曼音阁抓过来亲自提审，那绿珠手腕虽折，神情却冷硬，紧紧咬住牙关不发一言。

慕容珊得知傅锦画中毒之后，也从凤鸾宫拖着残躯赶了过来，见到蜷缩在地上的绿珠，有些发怔，随后喝道：“贱婢，如果是皇上中了毒，就算是诛你九族也解不了本宫心头之恨。”

绿珠见到慕容珊，眼神中尽是痛楚，这才开口说了句：“绿珠冤枉……”

未等慕容珊开口发作，则喜便一掌甩了过去，喝道：“帝后均在，由不得你再抵赖，如果识相便赶快认罪，否则你以为还能有一条活路在？”

绿珠被则喜打得头一歪，侧过脸来，嘴角溢着血，仍旧倔强地只说出那一句话：“绿珠冤枉。”

钟银煌似是动了怒，喝道：“来人，将这贱婢拖入留痕室，一定让她招出幕后指使之人来。”

留痕室是后宫最为残酷之所在，普通杖棍只是伤及皮肉，重刑则伤筋断骨，虽送命却不至于生不如死，可是一旦进了留痕室，而且是帝皇亲自下的令，那么绿珠在里面所受的酷刑就不是常人可以承受得住的。慕容珊似是有些隐虑，迟疑地朝钟银煌说道：“皇上，不如将绿珠交给臣妾，臣妾定会问出实情，给画妃一个交代。”

钟银煌挥了挥手，扶过慕容珊，见她手心汗湿，微微一怔，说道：

“珊儿身子未曾大好，朕怎么忍心让你再受累，朕清楚留痕室的手段，这个贱婢撑不了几个时辰便会招的。”

慕容珊目光略显呆滞，随即打了个哈欠，则喜急忙上前，低声说道：“主子，昨夜里又犯了头痛，如今走乏了，还是回去歇一歇吧，这里毕竟有皇上在，还有什么不放心的？皇上体恤您，您也该顾着自己身子才是。”

“正是这个道理，就算是为了庭朔，你也该好生将养。”钟银煌这句话说得尤为意味深长，慕容珊心下一凛、腿下一软，幸好则喜托在一旁的手在她臂上加了一把力才没有滑落在地，行礼告退，离开墨画堂。

彼时，绿珠已经被宫人拖进了留痕室。

钟银煌回到内室，见傅锦画依旧昏迷着，蹙眉愤恨。问雁哭得肝肠欲断，守在傅锦画的床侧，低声唤着她。

芸娘手里捧着一碗茶，让青殊净过手用洁净的帕子沾湿了给傅锦画润唇。傅锦画气若游丝，钟银煌一夜之间为其输送了三次真气才护住她的性命。

傅素琴从曼音阁赶过来，钟银煌忧心之下竟没让她进墨画堂一步，只是让青殊出去说，墨画堂内，闲杂人等一律不许进。

傅素琴面如死灰，紧咬着牙关，吞吐出那几个“闲杂人等”的字眼来，愤愤而去。

谁知，到了次日下午，留痕室依旧没有消息送过来，钟银煌命身旁的太监去催促，只见那太监匆匆赶回来，说道：“那绿珠甚是冷硬，十根手指已去了六根，遍体鳞伤，昏死过去好几次都不肯吐出只言片语来，奴才担心，即便那绿珠被折磨至死，也不会说出实情来。”

钟银煌大为震怒，喝道：“这帮奴才是做什么吃的？连一个小小的婢女都拷问不出来？”

众人惊摄，均惶恐不敢言。

不多时，墨画堂外便有宫人传报，济阳王携王妃傅则棋得知画妃中毒之后，王妃挂念姐妹，着急进宫探望。

钟银煌眼神闪烁了下，声音威严，说道：“传。”

墨画堂外，济阳王扶着傅则棋走了进来，傅则棋用余光略略打量着墨画堂，果然是有股非同寻常的劲头。傅则棋冷笑，不料身旁那人却突然将寒如冰霜的目光扫了过来，不禁浑身一战，手脚冰凉到极致。

因为傅则棋体弱，甚少出席皇宴，所以这还是钟银煌在她与济阳王大婚后，第一次见到她。

只见她与傅锦画眉目间有几分相似，却更有一股病状的娇弱的体态，斜斜地靠在济阳王身侧，我见犹怜。

内室中，青殊护在傅锦画身侧，从怀里的玉瓶内倒出一颗丸药，用锦帕裹着放在碗中，又在碗里倒入了烈酒，待到丸药化了，才喂傅锦画喝下。

良久，傅锦画轻咳了几声，才醒过来，面色如纸，用探询的眼光望着青殊，见青殊默默地点头，才长舒一口气。

“除掉绿珠有很多方法，又何苦一定要用这种最凶险的法子？如若点心里毒的剂量没有掌控好，便是拿命去换绿珠的命了，值得吗？”青殊埋怨道。

傅锦画抚着胸口，艰难说道：“剑走偏锋，算是一步险棋，不过我信你的本事，怎么可能掌握不好剂量就要了我的命？快扶我起来，这样躺着胸口越发不适。”

“这药的毒性猛烈，即便刚才给你用了解药，一时半会儿也不见得就根除，还需好生服上一两日的丸药再说。”

傅锦画点了点头，接过青殊递过来的茶盏，未等送入唇边，便听见青殊低声说道：“王爷来了……”

握住茶盏的手一颤，茶水也溢了出来，顺着手指滴滴答答落在锦被上，青殊见状轻叹，说道：“昨儿个的事，青殊早就传出消息去。

王爷却还是不放心，执意要进宫看你，这份心意，唉……”

前厅内，宫人匆匆而来，跪倒在钟银煌身前，低呼道：“皇上，绿珠自尽了。”

钟银煌看似震怒，正要出言发落留痕室一众人，便听见济阳王说道：“皇上倒不急着去处治那些奴才，左右不过是有人使了手段，买通留痕室的人将绿珠弄死后再说她自尽，这样的把戏，宫里宫外岂不常见？”

傅则棋起身，说道：“皇上，臣妾可否进内室……”

“去吧。”钟银煌挥了挥手，未曾起意。

不料，济阳王却跟着突然起身，眼神里似是蹿出两簇火苗，紧紧盯着正从内室里走出来的傅锦画……

钟银煌顾不上济阳王的异动，只是去扶傅锦画，并让青殊再去拿一件薄披风来，用手握过她的手，暗暗输了几分真气，心下却是有几分惊疑，却更加欣喜。

傅则棋看到济阳王略有些失神的模样，暗自冷笑，终是这样的，让他日夜魂牵梦绕、失魂落魄的人，原来便是她，自己的四妹傅锦画，不会错的，自己何曾见过他这炙热而滚烫的目光。

傅锦画不敢抬头去看济阳王，只是朝傅则棋低低唤了声：“二姐，你身子才好些，何苦为了我进宫辛劳？”

“我本也不愿进宫的……”傅则棋话音一落，众人震惊，济阳王的眼神猛然间冷冽而充满杀气，盯着傅则棋。只见她微微笑着，似是刻意挑衅济阳王，继续说道，“一来四妹中毒二姐帮不上忙，进宫反而添乱；二来王爷担心我身子也出言拦阻过，可是娘亲惦记得厉害，一定要我进宫瞧瞧，让人带句话给她才放心。”

“王爷对二姐真是体贴。是画儿不好，连累娘亲也跟着担心了。”

傅则棋侧脸看了看济阳王，一脸娇羞，低声说道：“我才怀了身孕，王爷自然是挂念些。”

济阳王闻言微怔，傅则棋嘴角轻扬，一脸的得意与欣喜，说道："王爷，你就要做父亲了。"

傅锦画心犹如刀绞般痛，最后一份希冀也消失殆尽，勉强笑了笑，说道："恭喜王爷。"

济阳王欲言又止，眉目间却是毫无喜色。傅锦画说罢，也不再看向济阳王，只是朝钟银煌说道："皇上，臣妾乏了，先回内室歇下了。"

钟银煌扫了济阳王和傅则棋一眼，两人起身跪安。

出了墨画堂，傅则棋还未等坐上软轿，便被济阳王扣住手腕，低喝道："你说你怀了身孕？本王怎么从未知晓？多久的事？"

傅则棋用力挣脱开他的牵制，冷声道："两个月，王爷只怕也有一个多月没来过我的房中了，自然不知晓。"

济阳王神色阴鸷，紧握拳心，侧脸望向墨画堂的方向，如万箭穿心……

墨画堂内室中，见傅锦画醒来，钟银煌安抚了她一阵，便去前殿处理政务，又让御医过来请了脉回禀他。

傅锦画枯坐在床榻上，久久不曾言语，青殊一直陪在身旁，见状，劝她："你刚醒转，还是顾好身子要紧。旁的……就不要再想了。"

傅锦画差点儿落泪，微微眯着眼，抱膝而坐，将下巴抵在膝上，低低说道："那毕竟是我二姐，我该高兴才对，可为什么我的心就像是被刀尖扎了一样痛？"

是，犹如万箭穿心一般的痛。

有了身孕，却不是她与他之间的欣喜，这份感觉想必青殊是难以体会的，济阳王，从此后，你我还有什么可以维系？

这般过了几日，因青殊的精心照顾，傅锦画身子已无大碍。钟银煌都是下了朝便守在傅锦画身边，傅锦画只是轻笑，安静地靠在钟银煌怀里，心却似碎石研磨。

慕容珊遣则喜送来好些物什，傅锦画带着问雁、青殊去凤鸾宫谢恩。

谁知，才进了殿，便见慕容珊正吞云吐雾，过后叫则喜收了才坐直身子与傅锦画说话。傅锦画心中悲怆，见慕容珊神采奕奕的模样，轻叹不已。

则喜让人端过几盘茶点来，笑道："请主子和画妃娘娘慢用，奴婢那里还有几件绣活儿，烦请问雁和青殊姐姐过去帮衬看上一看，可好？"

问雁倒是不甚明白，青殊与傅锦画相视一眼，随即跟着则喜离开。

宫殿上，剩下慕容珊与傅锦画两人。

慕容珊神色凝重，说道："想必你也清楚，前些日子本宫为什么会责罚则喜，不是因为她擅作主张，而是为了让她永远记住一件事，此后她每为庭朔做一件事，必会付出相应的代价。"

傅锦画没有作声，在这件事上她没有立场表述自己的观点，她宁愿此事与己无关。

"但是则喜所说一事，句句属实，本宫确实要将庭朔托付给一个稳妥的人，本宫选中的人，便是你。"

傅锦画不动声色，正要开口推辞，便听见慕容珊厉声说道："本宫但凡说出来，便有让你不能推拒的理由。"

傅锦画疑惑，心思一转，突然念及一人来，便听见慕容珊说道："你可知丽婕妤死时，是谁将沈昭仪骗进了御花园？"

傅锦画心下一凛，喃喃地说道："你是说琴妃？"

"便是你的好姐姐琴妃，"慕容珊见傅锦画面色苍白，紧跟着又低喝道，"本宫这后位多少人眼红着，多少人费尽心机想要把本宫从这后位上拉下来，结果又是如何？她们都是惨烈收场，留痕室里拖出来的死尸有多少是那些包藏祸心的妃嫔？她有这样的把柄落在本宫手里，你说本宫怎么会轻易饶过她？"

"如若让皇后娘娘饶了她，必是要臣妾答应这个条件，对吗？"

慕容珊没有说话，只是冷冷看着傅锦画，目光犀利而阴冷，傅锦画除了答应并无退路，否则她与傅素琴在宫内绝无宁日。

因为慕容珊是必死之人，做事岂有为自己留后路之理？她定会竭尽全力将傅锦画和傅素琴扑杀。

傅锦画暗自思虑，知道应下不妥，不应下更会招来杀身之祸，于是低声道："我应下便是。只是您须答应，永不犯琴妃。"

"琴妃在本宫心中无足轻重，本宫也应下你便是。"慕容珊面色终是缓和下来，拉过傅锦画的手，说道，"从今以后，本宫必是诚心助你攀上这后宫主位，但是你也要做一件事向本宫表明衷心……"

"虞妃即将临盆，本宫要让皇上见不到那孩子的面。"

傅锦画只觉得慕容珊握住自己的那双手，枯瘦冰凉，心里略微颤了颤，不知如何作答，慕容珊竟是要自己杀了那孩子。

回到墨画堂，青殊见傅锦画怔忪之间有些失神，说道："是不是皇后逼你做自己不想做的事？"

傅锦画点头，说道："她要我杀死虞妃之子。"

青殊轻叹，终是硬起心肠来劝她："你别忘了，你进宫的目的，其实还是为了王爷。他想要的是什么，你难道不知吗？"

傅锦画苦笑，自己怎会不知？青殊的意思便是劝自己，既然有机会颠覆这后宫，便不要放过。

"问雁的忠心自是不必说的，只不过她心思单纯，不懂得这深宫计谋毒辣。芸娘倒是灵透的，只不过她身份不明，放在身边到底是福是祸还未知。我能说知心话的人，也唯独只有你了，青殊。"

青殊闻言一怔，良久，才叹道："我也不曾想到当初血浴元熙大营，今日会与你同在宫中，一起来挡这明枪暗箭。"

到了下午，御医来为傅锦画请平安脉之时，傅锦画状似无意地问道："苏御医，虞妃的喜日怕是近了吧？"

苏御医不疑有异，恭敬回道："回禀娘娘，微臣刚在惊鸿殿给虞妃请过平安脉，从脉象上来看，怕是这两三日就要喜诞龙子了。”

“后宫子嗣不多，你们需要谨慎行事，确保虞妃万无一失。”

待苏御医告退，傅锦画半卧在床榻上，目光落在窗外，迷离而恍惚。

“去吧，青殊，盯着惊鸿殿。”

青殊依言而去，临走时说道：“你说得对，芸娘是有些怪异，需要小心应对才是。”

傅锦画去了芸娘的房间，芸娘正在绣团扇，扇面上绣着清荷，针脚细密工整，确实是一手好女红。

傅锦画拿过她手里的团扇，接着针脚往下绣，手脚麻利。芸娘细细看去，暗自惊骇，傅锦画所绣的针脚竟与自己所绣相差无几。

“芸娘，你进宫已有一段时日了。虽然你先前是虞晋声的侍婢，可是你清透灵慧，断然知晓我进宫的前因后果。说说看，在你眼里，我进宫是为了什么？”

傅锦画声音清脆、眼神清澈，淡淡望着芸娘。芸娘顿了顿，良久才说道：“芸娘不知。”

傅锦画站起身，将团扇扔在绣活儿篓子里，冷笑道：“你终是对我说了谎。罢了，你也该清楚红玉、绿珠之死，到底是因了什么，看在虞晋声的面上，我虽不会要了你的命，可是这墨画堂再也留你不得。”

芸娘震住，说道：“主子是要将芸娘逐出墨画堂？当初主子将芸娘从绣庄带出来安置在外宅，旁人只以为主子是利用芸娘的一技之长，芸娘却清楚，以主子的绣工，天下无人出其左右，即便是师傅当年也不见得有这样的手法。可即便如此，芸娘此技虽不能为主子所用，也不是毫无长处，为什么非要将芸娘逐出墨画堂？”

傅锦画却厉声说道：“芸娘，你敢说，你不是虞晋声故意支派到绣庄的？当初，虞晋声只是支派你守在绣庄，借机接近入宫参选的妃嫔，好为虞红萼制造得胜的机会。”

芸娘微怔，眼神闪烁了下，紧紧捏住帕子，听傅锦画继续说道：

"只不过虞红萼恰巧得知我与济阳王过从甚密，便又让你留意我。我在绣庄见到你这等绣工之时，便在奇怪，天衣绣娘的传人怎么可能会在绣庄做活？出声讨你，你便应下跟我走。后来我被掳，你原该再谋出路，你却从虞红萼那里得知我流落大漠并未死，于是在我大姐不轨之心的诱导之下又跟着进了宫。你早已料定，我必然会进宫……"

芸娘面如死灰，浑身发战，往后退了半步倚在窗口，说道："这都是主子的臆测。"

傅锦画拿出一个绣囊，正是芸娘亲自缝制，用以藏傅锦画给济阳王的书信的那个绣囊。傅锦画冷冷扔在地上，说道："你以为我当真会相信红玉便是泄密的那个人吗？是你，是你透漏出去的消息，并且在绣囊上故意走破几个针脚，以你的绣工，那些人除非剪破绣囊，否则怎么可能会看出其中藏着信物？"

芸娘紧咬下唇，不再出声，双手无力地搭在一旁，都没有分辩一句。

"芸娘，你可服气？虞晋声的书信想来即日便到，我承他的情，如果你果真是他的侍婢，我便将你送进惊鸿殿，服侍虞红萼，也算是个好去处。你如若不是虞晋声的侍婢，那么你该清楚我的手段，宁愿自损也要除掉你。"

芸娘急忙跪倒在傅锦画身旁，迟疑说道："芸娘确实不是公子的侍婢。"

傅锦画心下一沉，追问道："那你是谁？"

"芸娘是元熙朝的平芸郡主耶律平芸，我父兄皆被耶律楚际所困，所以不得不听他之令远走殇离朝，潜在深宫。"

她已经猜到芸娘断不是寻常女子那么简单，只不过却未曾想到芸娘会是元熙朝的平芸郡主这样显贵。

这个消息固然令傅锦画震惊，可是更令她惊异的是，虞红萼与耶律楚际相谋已久。

那么，虞晋声呢？

“耶律平芸，我既然知晓你的身份，断不会再留你在身边。如果你想离宫，或者去惊鸿殿，我都会尽心为你安排。”

芸娘思虑良久，说道：“我父兄均在耶律太子手中，我不能退却，是死是活，我都认了。”

“你还是决意去惊鸿殿？也罢，我会安排将你送过去。”

傅锦画声音淡淡，不惊不疑，转身离开。

到了晚间，钟银煌来墨画堂。傅锦画手里把玩着几样绣活，状似不经意地说道：“皇上，虞妃便要临盆，也不知着人给小皇子备下衣物没有，锦画身边有位宫女，绣工出神入化，如若来得及，让她为小皇子缝制几件衣物，也算是锦画的一片心意。”

钟银煌听了后，只是轻笑，不以为意，傅锦画将那些绣活随意放下，也不再多言。

钟银煌端起傅锦画的梨花素酒，抿了几口，只觉得唇齿留香，别有一番滋味，说道：“记得，在济阳王府选花魁之时，华离曾说过你的画有帝师伍徽泉之风，你与伍徽泉有何渊源？”

“傅家四姐妹都曾得益于帝师之教导，锦画性子顽劣些，多缠着帝师教了些，但也领会不了几分。”傅锦画说得很含蓄，却深得钟银煌之心，他不喜傅素琴之处便是每每自诩琴艺天下无双，殆不知韵妃的琴艺也不差她分毫。

“可惜恩师已遁世避人，否则以他的雄才大略，何愁不平复天下？”钟银煌暗叹道。

“帝师即便是在，他也不会助您平复天下，他讲求的是万物循序而生，循序而减，宁天下之大宁。”

钟银煌听闻傅锦画的话，拍手赞道：“画儿果然有恩师遗风，想必恩师在此，回答朕的也只不过就这短短数字。”

“锦画愚钝。”

钟银煌拍了拍身边的位置，示意傅锦画坐在跟前，轻叹道：“元熙朝太子乃是噬豹血长大之人，凶残毒辣，为了保住太子之位可谓煞费心机，举兵三十万侵袭我边疆。”

傅锦画怔住，举兵三十万，耶律楚际乃是破釜沉舟之举？驻守在安陵的官兵不足三万，虞晋声究竟要以何手段应付耶律楚际的重侵。

傅锦画低声说道：“锦画愚钝，不知皇上所讲何意。”

钟银煌抚了抚傅锦画的肩头，说道：“后宫妃嫔不得干政，也就是因为你从边关回来，朕才跟你唠叨下这个，怪朕，怪朕……”

两人说笑了几句，钟银煌正要宿下，便听见外面宫人来传，说贞妃娘娘心口痛，晚膳也没用，问钟银煌要不要过去瞧瞧。

傅锦画急忙起身，催促钟银煌快些过去。

待到次日，钟银煌下了朝从惊鸿殿出来后，便又来了墨画堂，捏了捏傅锦画的脸颊，笑道：“朕向你讨一个人，你可不准不舍得。”

傅锦画心下了然，却故作惊异，问道：“原来皇上到这墨画堂来得勤，却是因为看上哪个宫女了？”

钟银煌失笑，指了指在庭院凉亭上与问雁一同绣团扇的芸娘一眼，说道：“你昨儿个说绣工绝佳的人，便是她吧？红萼想将她借过去用几天，怕你不乐意，撕不下脸面，便让朕来问。”

“这有何不可的？”傅锦画轻笑，朝芸娘招手，说道，“一会儿，你就去惊鸿殿。虞妃要产子，你去帮衬着做几件衣服。”

芸娘抬眼飞快地看了钟银煌一眼，略显羞涩地候在一侧。

那日，墨画堂夏日暖融，假山水湖上溢着浮躁的热气，傅锦画半眯着眼，朝宫墙外望去，神色淡然，却有着不言而喻的自信，那是决胜千里之外的胜算，她，傅锦画输不起。

青殊站在她身后，问道：“就这么让她走吗？”

“否则又能如何，红玉、绿珠的死，皇上只以为我们要铲除别人的眼线，所以不会放在心上，再加一个芸娘，只怕……让她去惊鸿殿吧，既然虞红萼肯开口接纳她，说明定还有用得着芸娘的时候，她们两个相谋，露出马脚来失了算就怪不得我们了。”

“虞妃临盆在即，我们还要趁早准备才是。”

“虞红萼的惊鸿殿犹如铜墙铁壁，寻常宫女都不得进出，即便是苏御医也要请了圣旨才能进出。除非，在负责接生的姑姑身上下手。”

青殊身形一顿，仔细打量了傅锦画一眼，似是觉得有些不妥，欲言又止，终是离开去布置。

后宫负责接生的姑姑与乳娘都是常年备养在外宅，只在后宫有妃嫔临盆，才会在经过挑选后被接进后宫。青殊这是要去知会济阳王，要他干涉挑选接生姑姑之事，力争将自己人送进皇宫。

接生姑姑都是从泉城周边身家清白的人家里遴选出来的，家业俱在，如若接生过程中出现过错，说不定还会赔上家人的性命，所以接生姑姑一般都不敢冒这样的风险。

济阳王有济阳王的手段，她傅锦画不需要费心这种事。

过了午，原本艳阳天却突然变了脸，远处黑云乌压压地翻滚而来，惊雷阵阵，天地变色，竟下起罕见大雨来。

第二十章 暗度

青殊穿着蓑衣从外面奔进来，水珠从蓑衣滴落在青石地上，不一会儿便滴成一摊水，说道：“虞妃要生了，接生姑姑已经进了宫……”

青殊说完话，才发现傅锦画和问雁都各自穿了蓑衣，问雁还拿着一叠油纸揣在怀中，她有些诧异地问道：“你们这是要去哪里？”

傅锦画没有作答，问雁神色凝重，随着傅锦画离开墨画堂，青殊怔了怔也追了过去。

墨画堂外，滂沱大雨模糊了所有视线，青殊左右环顾，已看不到傅锦画和问雁的身影，她焦急不已，突然灵光一动，朝着惊鸿殿的方向去了。

惊鸿殿外，傅锦画、问雁站在竹林之旁，浇灌而下的雨水顺着发丝流到脸颊，再流到脖颈间，激起丝丝冷意，问雁冷生生地打了个战，看傅锦画紧抿着唇，一直盯着惊鸿殿。

远处，帝后车辇先后抵达，钟银煌先下来扶过慕容珊，之后他俩一同走进了惊鸿殿。

“问雁，你怕吗？”

问雁怔了怔，随即使劲儿摇头，说道：“问雁不怕。”

青殊赶过来的时候，见傅锦画和问雁蓑衣下的衣衫俱已湿透，于是说道:“回去吧,王爷已经办妥了,咱们只需在墨画堂敬候佳音便好。”

“不，还有一件事未办。”傅锦画的声音冷静而自持，青殊有些疑惑，瓢泼大雨将傅锦画的面色冲刷得苍白不已，眼神却镇定而沉稳地望着惊鸿殿门口。

不一会儿，有个宫女装扮的人从惊鸿殿跑了出来，怀里还抱着一坨不知名的东西，问雁朝傅锦画看了一眼，便奔过去接过那坨东西塞在蓑衣下护着。

那宫女未穿蓑衣，站在大雨中，几乎是朝傅锦画乞求地说道：“你让我办的事，我办完了，可是你别忘了你答应过我的事。”

“你回去吧，仔细别露出马脚来，我答应你的事，一定会做。”傅锦画催促那宫女离开。

青殊站在那里，有些愣怔地看着那一切，一道狰狞闪电划过，她分明看清刚才那个宫女装扮的人是芸娘……

这么说来，她塞给问雁的那坨东西，定是虞妃所诞之子。

青殊上前便要抢问雁蓑衣下的婴儿，傅锦画拦在身前，低喝道：“青殊，你敢……”

“我不能眼睁睁看你坏了王爷的大事。他不能活着，必须死。”青殊急道。

“他不过刚落生，怎么便会坏了济阳王的事？济阳王手下的血腥亦不少了，何苦又损阴德？青殊，放问雁过去吧，这一行，也不知问雁是否能够回来，就当我们为济阳王积点儿善德。”

青殊见状，无奈地跺脚，终是说道：“出宫危险，问雁一介弱女怎么能行？还是让我去吧。”

傅锦画迟疑了片刻，见前面有个人影闪烁了下，终是让问雁将怀里的婴儿交给青殊，又用油纸将婴儿周围的衣服裹了个严实，低声说道：“凤鸾宫的则喜便在前面相候，她会拿着皇后的手令送你出宫，你将婴儿送往清音庵清欢真人手上，这里有一封书信，你一并交给她，她会妥善处置的。”

青殊正要举步，便听见傅锦画又厉声说道：“青殊，我信你这一次，可是你如果阳奉阴违将这个孩子杀死，我不会对你如何，可是至于会对济阳王如何……你自己掂量。”

青殊身形一顿，没有言语，迅即离开。

“小姐，青殊真的会将那个孩子平安送到清音庵吗？”

傅锦画顿了顿，低声说道：“会的。”那声音里透露出的肯定，仿佛是要将自己也一并麻痹了，对于一向将济阳王视若神明的青殊，拿济阳王来要挟她，是再好不过的手段。

惊鸿殿内，传来虞妃撕心裂肺的哭声，犹如被人从心口上剜了一刀，凄厉而绝望，在后宫上空久久回转着，令人毛骨悚然。

“小姐，回吧！”

问雁有些惊惧，上前去扶过傅锦画，才发现傅锦画手指冰凉、浑身轻战。两人回到墨画堂，换过干净绵软的衣物，问雁又给她端来一碗姜汤，服侍傅锦画睡下。

傅锦画拍了拍身旁的床榻，说道：“问雁，过来，就跟在家里时一样陪我一起睡吧！”

问雁见傅锦画有些憔悴而失神的面容，不禁红了眼圈，躺在床榻上，侧身看着傅锦画，说道：“小姐，如果辛苦就说出来吧。问雁不懂，但是问雁绝不会透露给第二个人知道。”

“问雁，你怎么不问我今天为什么要将虞妃的孩子抱走，还换了一个婴儿的尸体进惊鸿殿？”

“小姐无非是担心虞妃生了皇子得宠，被封为贵妃，继而登上皇后宝座，这后宫争斗无非就是这样，小姐无须挂怀，今日我们不出手，他日便是她们出手这样对待我们。这个道理，问雁还是懂得的。”

傅锦画轻叹，心道，问雁，你终究是不懂。

雨夜沉寂，两人均是无眠。

到了黎明，才停了雨，问雁打来水服侍傅锦画梳洗时，才迟疑不安地说道：“皇上已经下旨封虞妃为虞贵妃，小姐，咱们这步棋岂不是落空了？”

傅锦画只是轻笑，没有接她的话，反而问道：“青殊回来了吗？”

问雁朝外张望了下，忐忑地说道：“没有。不过刚才凤鸾宫的则喜姐姐来过，听说小姐您刚起，便没有进来，只是撂下一句话，让您放心便是。”

傅锦画却冷笑，她如何放心？要知道慕容珊当时便是要自己将虞红萼的孩子杀死，而不是偷偷送出宫，她本来就是孤注一掷的心态，现下则喜既然来说要她放心，除非，除非则喜根本没将那个孩子活着的事告诉慕容珊。

到了下午，青殊才风尘仆仆地回来，一身太监装扮，进了墨画堂迅速换了宫女装束，出入宫门之时，她只是宣称替慕容珊去宫外寻几味药材，慕容珊常年病弱，所以并未引人注意。

不过据青殊说，出宫之时，也是凶险无比。

那窝在怀里的婴儿在狂风骤雨之下一直很安静，则喜见到青殊那么相护的姿态，也有些吃惊，蹙了蹙眉没有言语。

谁知，在出宫门之际，或许是感觉到青殊紧张的心跳，那婴儿突然哭出一声来，青殊迅即无比拔下头上的钗轻轻刺了下那孩子的睡穴，孩子昏睡了过去。

宫门前的侍卫齐齐转头看向则喜和假扮太监的青殊，问道：“刚才为什么有婴儿哭声？”

则喜略有些紧张地望了青殊一眼，还未等出声，便看见青殊举起左手，虎口处流出的鲜血被大雨迅速冲刷干净，青殊尖声说道：“不小心划破了手……”

宫门侍卫放松了戒备，则喜也长舒了一口气，拿出帕子为青殊包扎好伤口，拍了拍她的肩膀喊道：“皇后娘娘既然吩咐过了，你便好生去办，快回快去，不要出了差池。”

因则喜到底是慕容珊跟前最得意的人，所以宫门前的侍卫便没有搜身，再加上蓑衣宽大，竟没有发现里面藏了个孩子，就那么将青殊放了出去。

青殊一出宫门，便择路朝城外清音庵赶去。因傅锦画的手信，很快便见到了清欢真人，她虽是很诧异，但也不置可否，只说会好好养育这孩子，什么时候傅锦画让人接走他都行。

傅锦画让青殊下去歇息，青殊转身离开之际又从怀里拿出一封书信来，那是清欢真人的笔迹。傅锦画眉眼一挑，这青殊也是心思缜密之人，她怕傅锦画不相信自己会好生将那孩子交付给清欢真人，于是便从清欢真人那里讨来书信，以此证明。

钟银煌虽然下旨晋了虞红萼的位分，可是惊鸿殿仍旧死气沉沉，宫女、奴仆连大气都不敢喘。钟银煌以皇子之礼葬了虞红萼名义上的“死婴”，丧子之痛的虞红萼悲不可抑，终日痛哭，钟银煌连着在惊鸿殿宿了三晚安抚她。

当日为虞红萼接生的一众人群，本应处斩，可是那虞红萼苦求钟银煌放了一众人等。钟银煌怜惜她心善，又追封虞红萼之子为亲王，给了虞家一个恩典，让虞晋声回朝觐见之时，与其妹虞红萼在后宫相见。

这确实令傅锦画始料未及，她只以为济阳王定是重金威诱接生姑姑，那接生姑姑为钱财、为保住家人性命也视死如归，一众人等都是死路。谁知虞红萼肯为他们求情，放他们一条生路。

芸娘也一直安稳待在惊鸿殿，因她平日性子沉稳，又加上她与虞红萼之间的那层关系，所以虞红萼并未怀疑过她。

青殊也曾问过傅锦画，当日她将芸娘送进惊鸿殿之时，是否早已与芸娘相谋，要利用她将孩子送出？

所谓寻找接生姑姑，是不是遮人耳目的手法，瞒过慕容珊，瞒过青殊，也瞒过了济阳王？

傅锦画没有作答，她确实在与芸娘挑明一切之时，说出了自己的谋划，要她相助自己。芸娘并不情愿，傅锦画却说出了能令她回转心意的条件，那就是让耶律楚际释放耶律平芸的父兄，这件事旁人做不到，钟银煌做不到，虞晋声做不到，除了济阳王，便只有她傅锦画做得到。

以擒龙令为要挟，耶律楚际岂能不心动？

不过，她也从青殊口中得知，替代虞红萼之子的那个死婴，乃是一女子难产所生，并不是济阳王刻意杀之，傅锦画心下稍安。

虞红萼册封大典之日，芸娘再度回到墨画堂。傅锦画单挑了她与青殊留在房间，说道："你不该这么冒失跑过来，有什么事我一定知会你，你又何必这么着急？"

芸娘跪倒在傅锦画面前，说道："大恩不言谢。平芸父兄均已被耶律楚际释放，平芸也可以回到元熙与父兄团聚了。"说罢，眼眶竟是红了，满是惊喜地看着傅锦画。

傅锦画有些诧异，问道："难道说，你跟宫外一直有着联系？"

芸娘迟疑了片刻，终是说道："不错，是裁云布庄的掌柜……"

傅锦画倒是没想到，给芸娘通风报信的人，竟会是那个貌不惊人的布庄掌柜，说道："如果消息确凿，那么你可以离宫了，虞红萼会替你想办法的。"

半个月后，虞晋声回朝。

当日，虞红萼安排芸娘出宫，不料芸娘却在宫门外遇刺身亡。对此傅锦画大为震惊，青殊却只是冷笑，在傅锦画怒视下侧开目光，说道："你不用看我，这不是我做的，不过我心里却是痛快的，她只有死了，我们才能心安，不是吗？"

话虽如此，傅锦画却仍不知这事到底出自谁手，是虞红萼怕芸娘出宫牵连自己？还是慕容珊得知当日将婴儿抱出宫的人便是芸娘，所以才杀了灭口？还是济阳王为了维护她傅锦画的性命，所以才出手了结了芸娘？

虞晋声回朝之后，边关战事急转直下。

钟银煌早在一个月前便得知，元熙皇帝驾崩，耶律楚际率兵回去继承皇位，边关战情缓解，所以才在虞红萼遭受丧子之痛时，恩准虞晋声回宫觐见。

却未料到，加急的书信被送至朝堂，耶律楚际举兵三十万来袭，扬言只为一整卷的擒龙令，拿到擒龙令后即刻班师回朝，十年内永不相犯。

钟银煌并不畏战，只是连年征战，赋税加重，对百姓始终有害无益，交出擒龙令，未尝不是休养生息的手段，最起码可以让百姓免于流离失所、战火纷飞之苦。

“朕知道，擒龙令乃先古遗物，恩师尚在之时朕也曾窥见过先机，只是缘分甚浅，所以并未牢记。如今恩师人影杳渺，无迹可寻，现下又怎么才能找到知晓擒龙令的人？”

济阳王钟华离迟疑片刻，终是说道：“华离先前有过溯源，记得上半卷擒龙令……”

“那么下半卷擒龙令谁会记得？”钟银煌喜道。

“画妃……”济阳王轻轻吐出几个字，不动声色。

钟银煌微微一怔，良久，才说道：“朕命你们两人，即刻进密室，默出整卷擒龙令。”

济阳王眼底跳跃了下，旋即低了低头，避开钟银煌凌厉而探究的眼神，他知道钟银煌肯让他与傅锦画进密室默擒龙令，乃是知晓这擒龙令非两人合写一卷不可，一人自左向右书写，另一人自右向左书写，心念相通，直到上下卷的最后一句重合，实非易事。

傅锦画是被钟银煌亲自送进密室的，此密室在乾元殿之下，周围全部都是铜墙铁壁，又有重兵把守，连虫蚁都难以进入。

傅锦画进去之时，曾回头看了钟银煌一眼，他眼神复杂，神色中颇有那么一丝不忍之色，只见他一身明黄站在原处，负手而立。傅锦画心里一动，突然低低说了句："皇上请放心……"

她没有说下去，钟银煌却好似有些快慰，眼底跃过一抹喜色，点了点头，将傅锦画推进了密室门内。

济阳王早已在密室相候，只见偌大的密室内，只有一张桌几，桌几上放着两块砚台，数支上好精制的笔，还有一幅长约三丈的长卷。

济阳王站在长卷的最左端，傅锦画站在长卷的最右端，默默相望，自那日傅锦画中毒济阳王携傅则棋进宫探望以后，两人便未曾相见。

此番相见又是在这宫殿密室的诡异场合下，不觉怅然，傅锦画张了张口，正要说话，谁知济阳王却突然用眼神制止她。傅锦画朝着他眼神的方向看去，只见身后密室墙壁上，布着一个小孔，傅锦画心知，那定是外面的人借以听寻密室内动静的风口，于是轻轻移步过去，用手里的帕子塞到了风口上。

回首，济阳王轻笑，已走近傅锦画的身前，合身抱起她的身子，将她放在桌几上的长卷上，低沉地说道："叫我好生看看你。"

"你清减了许多。"傅锦画轻轻抚上他的脸颊，上面布满淡青的胡楂儿，曾经俊逸朗润的男人，此刻却多了几分沧桑愁绪，目光也越发深邃、炙热……

"画儿，你再等我一时……这份煎熬，我们必不会白白生受。"

傅锦画苦笑，反而问道："二姐呢？她如何了？她既有了身孕，你何苦还要让她抽食那毒物？"

"你认识那是什么玩意儿？"

"早前，我曾从帝师伍徽泉手卷上得知，这种烟膏是由一种艳丽无比的花汁提炼而成，它盛产于酷热之地，长吸食便会产生难以摆脱的依赖，直至死亡。你叫皇后沾染了那毒物也就罢了，二姐已经怀了你的孩子，你还不想办法救她？否则……"

济阳王退了一步，面色一暗，说道："你只要将心思放在后宫里便是，其余的不要多想了。"

傅锦画猛然间心里一沉，试探问道："还是你根本没有想过会让二姐生下这个孩子？"

济阳王未作答，眼神中的那份肯定却不言而喻。傅锦画从桌几上跳下来，举手便甩了济阳王一掌，声音之脆久久在密室中回荡。傅锦画红了眼眶，咬牙说道："钟华离，你好卑鄙。你娶了傅家的女儿，就是要这样糟践她吗？"

济阳王却又合身将她揽在怀里，低哑着嗓子说道："画儿，你不懂，爱就是爱了，不爱就是不爱。我虽是男人，却没有那样的情怀。我心里只装得下你，再也容不下第二个身影，即便那个女人是你的姐姐，我都无法怜惜她、喜欢她，我心里眼里都只能是你，否则此生终难成欢。"

傅锦画轻叹，只觉得心在济阳王的话语中碎得一塌糊涂，倚在他怀中，喃喃道："我从来没有觉得自己这样傻过，明明前面就是深渊，却仍旧要不怕死地往下跳去……"

两人说了会话，傅锦画便与济阳王又各自站在长卷的一侧，默念擒龙令执笔写下。这擒龙令共分为上、下两卷，上卷四千八百八十二字，下卷五千零一百一十八字，加起来便是万字，在元熙朝也有"万字书"一说，相传得到此卷之人，再拿到元熙朝君主手札，便会找寻到元熙朝隐秘而庞大的宝藏。

耶律楚际新近登基，手里定然握着那本君主手札，所以才会举兵来犯，势必拿到这擒龙令不可。济阳王和傅锦画虽然各自记得擒龙令的上、下卷，却从未费心研究过，现下默写出来，又是另一种滋味在心头。

历经六个时辰，密室的门才被打开，济阳王扶着傅锦画从密室中走出，因为刚才为求一气呵成，已经六个时辰未曾进食水米。傅锦画早已体力不支、脚步虚浮，见到钟银煌一直站在密室门前，有些诧异，心里一暖，朝他微微笑了笑，不料竟感觉到济阳王扶住自己手臂的手越发用了力，生痛不已。

钟银煌从济阳王手里扶过傅锦画，吩咐人将长卷蜡封，并装在专门打造的精密铁器内，除了钟银煌手中的钥匙，谁也不能将其打开偷阅。

“晋声，到时候你派人护送这擒龙令到元熙。”

傅锦画本软软地靠在钟银煌怀里，猛然间听见“晋声”两字，身子一僵，回首看去，一个瘦削颀长的身子裹着白衣素袍站在那里，眉目清舒，如春风般信步而来，她不禁一怔，终究还是见到了他。

“晋声见过画妃……”虞晋声的声音波澜不惊，倒像是从未相识。

傅锦画微微点头回礼，朝远处面色隐忍的济阳王看了一眼，说道：“皇上，臣妾乏了，想回去歇着了。”

钟银煌命人抬了自己的明黄软轿送傅锦画回去，一时众人惊愕，即便贵为皇后的慕容珊，也未曾有此独宠。

傅锦画离开之际，却没有忽略虞晋声身边还跟着一人——甄扇，他左袖空空荡荡，竟似少了一臂。所幸，眼神一如既往的明亮与慧黠，丝毫不改当日的嬉笑不羁，却让人更感觉到一阵酸涩。

回到墨画堂，因为疲乏，傅锦画早早便歇下了。钟银煌体谅傅锦画的辛苦，过来瞧一瞧，见傅锦画睡得香甜，便没让青殊叫起她，在墨画堂坐到半夜才离开。

到了次日，青殊有些急切地对傅锦画说道：“王爷得到密报，严青枫今日便会将奏折呈交皇上，贞妃得皇上宠爱如日中天，皇上对王爷又一向忌惮，再不想办法，只怕皇上真的会借此发作，削弱王爷权势。”

傅锦画犹疑，说道：“当日虞红萼曾说过，贞妃乃是假孕，如今这么久过去了，竟然没有露出一丝马脚，实属罕见。”

"那我们要怎么拆穿她？"

傅锦画望向窗外，淡淡地说道："咱们被人当了一回刽子手，这下也要换她们了……"

青殊顺着傅锦画的目光望去，那个方向赫然便是凤鸾宫。

过了午，则喜本要请傅锦画去凤鸾宫小坐，才踏出凤鸾宫便见傅锦画带着青殊而来，笑道："还是画妃娘娘体恤则喜，可省了则喜跑一趟了。"

出乎傅锦画意料，慕容珊的身子竟虚弱的厉害，卧在床榻上没动身，屋子里都是淡淡药香，床榻边上的烟枪毫不避讳地摆在那里。则喜见傅锦画一直盯着看，便拿了帕子盖了盖，低落地说道："主子不听劝，则喜让她不要再吸了，她总是忍不住。原本一天只吸个一两回，现在每天没有个七八回便受不了。"

慕容珊越发瘦了，眼窝深陷，可谓是骨瘦如柴，令人触目惊心。慕容珊见到傅锦画，伸出枯瘦的手指朝她招了招手。傅锦画一怔，朝她走过去，则喜见状马上拿来一个小矮凳让傅锦画坐下。

慕容珊刚要开口说话，便咳喘不止，好一会儿才平缓了气息，艰难说道："则喜，你先出去吧，本宫与画妃有话要说。"

站在一旁的青殊看了傅锦画一眼，便跟在则喜身后一同出去了。

"本宫怕是熬不过今夏了……"慕容珊苦笑道。

傅锦画一时不知如何劝慰，良久才说道："戒了那玩意，好生养着身子，会好起来的。"

慕容珊伸过手，揭开帕子，拿过那杆烟枪，说道："本宫何尝不知道这是催命的玩意儿，只是皇上知道了都未劝过一句，本宫又何必那么爱惜自己？反正早一天晚一天，都是要走的，不如临死前就痛快一回吧。"

傅锦画想起傅则棋，想起济阳王的那番话，心里一战，万般滋味到了心头，一时挣扎不已。

慕容珊或许是看出傅锦画神色中的迟疑，问道：“本宫临死前，定会助你登上这后位，如今虞贵妃在后宫位分虽高，却失了子嗣，想必一年半年再难怀上，不足为患。倒是贞妃，如日中天，怕是要思量一番了。”

傅锦画见慕容珊提起，便顺着她的话说道：“臣妾来凤鸾宫也是为了与皇后娘娘商讨此事，传言，贞妃并无身孕……”

慕容珊倒似并不震惊，反而淡淡地说道：“事实确实如此，本宫已让人查证过，贞妃根本没有怀孕。要除去贞妃，本宫自有办法。”

傅锦画见她眼神冷厉阴毒，不由得心战，待想到自己也将是助纣为虐的凶手之时，又打了退堂鼓。

“画妃，你要记着，这便是一个旋涡，水流只能越来越湍急，没有你撇下本宫独自爬上岸的道理。你如果现在想退出，只怕是不能了，别管后路如何，你都要陪本宫走下去。”

慕容珊的声音低哑而又阴森，傅锦画不自觉地挺直了背，僵硬地坐在那里。

从凤鸾宫出来的时候，夕阳已落，烟霞绚丽却透着一种莫名的诡异，记得在傅家之时，傅锦画也曾说过这样的话，傅素琴笑她是心里有鬼才会这样觉得。

“青殊，你先回墨画堂吧，我想去曼音阁看看大姐。”

曼音阁内，沉寂无比，傅锦画进去之时傅素琴却在抄写经文，见到傅锦画进来也不曾讶异，只是自嘲地笑：“姐妹四人中，唯独我写字差，比颜书和则棋差，比你更差一些。”

傅锦画拿过她写完的一叠纸，只见初时笔迹浮躁，渐渐便工整平舒，傅锦画抬眼看她，见她不施粉黛，一身素衣，竟有一股出尘脱俗的风范。

傅素琴放下笔，傅锦画这才看到她的指甲全部已经剪断，素手纤巧，手里握着一串檀木佛珠。

“就留下来陪我一起用晚膳吧！”

傅锦画点了点头，见宫女正在布菜，不禁有些讶异，那些菜式简单，除去青菜、豆腐，也不见任何荤腥。傅素琴拿起银筷，尝了口，苦笑道：“我就是想试试，看自己能坚持吃多久，如果这辈子都要吃这些，能不能受得住。”

傅锦画眼眶一红，便知傅素琴竟动了出家的念头，可是以傅素琴的性情应该是愿意翻滚于红尘权欲中，追名逐利才是。

或许是看出傅锦画心中的疑惑，傅素琴嘴角勾起一抹苦涩，说道：“你当真以为我看不出这后宫种种阴谋吗？钩心斗角也就罢了，则棋几乎是废了，颜书被指婚却又做不成正妃，你在宫中又何尝快活过一时？我一直在想，这就是当初我想争锋露芒的初衷吗？”

“不，这不是，四妹，我心里好苦。沈昭仪获罪禁足，帝王也不曾去瞧过一眼，冬晴虽被宠幸，也不过是一两日的喜欢，过后竟是从未召见过她。我虽不至于失宠，可不见帝王一分真心，我冷眼瞧着，除却对你还有一两分的真心，帝王竟是薄情至此。”傅素琴说着话，两行清泪落下，看起来伤心至极，“我做错一件事，我不该在失意于庆宣王之时，再意气用事非要站在风口浪尖上，企图叫他后悔曾经小看我，可现在他与颜书两情相悦，我却是悔恨交加。如果当初，我出家为尼，落发清音庵，想必也不至于会这般落寞凄苦。”

“大姐！”傅锦画上前拥住傅素琴，姐妹之情在此刻迸发，长久以来相互的冷漠隔阂消失殆尽，取而代之的是血浓于水的亲情。

“四妹，帮帮我，我一定要离开这皇宫，否则宁愿以死了断后半生的苦痛。”傅素琴手劲儿之大，勒得傅锦画生痛，她却不想挣脱，痛也不过是痛一时，这样的痛又能痛多久？

离开曼音阁之时，傅锦画心情低落到低谷，傅素琴的变化出乎她的意料，连她都看破世俗要出家为尼求得解脱，自己呢？

傅锦画低垂着头，朝墨画堂的房间走去，不料却在惊鸿殿外遇到一人——虞晋声。

“你过得可好？他终究还是将你送进了宫，这深宫漠漠哪有外面自由快活？他为了权欲，还是牺牲了你。”

虞晋声声音淡淡，却激起傅锦画心中的惊涛骇浪，她紧紧握住衣角，一言不发，想侧身从虞晋声身边走开，谁知虞晋声却猛地移开一步。傅锦画微垂的头便撞在了虞晋声的胸口上，嘤咛出声。

“小四……”

傅锦画听见虞晋声还是照原来一般称呼唤自己，心里一战，终是硬起心肠，冷声说道：“虞将军，你该唤本宫一声画妃娘娘，念你初犯，本宫不与你计较，否则定是上禀皇上，治你个大不敬之罪。”

“小四，你我之间竟是疏远至此吗？”虞晋声上前一步，握过傅锦画的手臂，傅锦画挣脱不开，便又用力地咬了下去，直至感觉到唇齿间的血腥味才松开。月光淡淡如银，透过枝丫在虞晋声和傅锦画的身上映出斑驳的光影，如水如雾。

虞晋声没有缩回手，低头看了眼，声音中竟有一丝怅然，说道：“还记得在安陵之时，你也是咬我一口，同样是这只手的手背，看来此生我都要带着你给的印记度日，小四，没有你在身侧，我此生绝无红颜相依。”

傅锦画不是不动容，曾经在安陵的点点滴滴，那心心念念地想要留在虞晋声身侧过云水天涯的日子，突然念及一人，才恍然醒悟过来一般，说道：“那么芸娘呢？她在你的生命里又扮演了什么角色？”

虞晋声一怔，沉声说道：“我回宫之时，红萼也跟我说过芸娘的事，她是个好姑娘，可惜红颜薄命，竟然命断殇离。她被耶律楚际送进殇离朝的时候，曾经在虞府住过一段时日，也曾对我……仅仅如此罢了。”

傅锦画知道，虞晋声没有说完的话是说芸娘对他有意，只是念在芸娘已死，为保全她的名节，才没有说下去。

“红萼很伤心，她原本写信给我，此生只要有这个孩子相伴，即便是苟活于冷宫也心甘情愿，可是现在孩子死了，她却被晋升为贵妃，是不是很讽刺？”虞晋声说完，见傅锦画只是沉默，突然又转了语锋，说道，“但是我总觉得事情没有那么简单，或许那个孩子没有死……”

傅锦画迅疾抬头，见虞晋声的视线越过满丛花簇落在凤鸾宫的方向，不禁暗暗松了口气，说道：“夜深了，本宫该回了，虞将军也委实不该在这时候再待在后宫。”

傅锦画冷漠疏远的态度，或许着实刺痛了虞晋声，虞晋声不再强留她，只是眼睁睁地看着她瘦削的身影渐行渐远。

第二十一章 戏

这般过了几日，恰逢六月初一，正是各宫妃嫔去凤鸾宫给慕容珊请安的日子。早一日傅锦画便叫青殊备好药，说今日或许用得到，青殊有些不解，却依旧依言而行。

出乎傅锦画意料，今日连石韵秋、虞红萼、傅素琴都到了凤鸾宫。虞红萼是贵妃，位分只在慕容珊之下，于是便坐在了慕容珊的下首，再依次便是德妃、韵妃、琴妃、傅锦画。

慕容珊今日精神极好，没有一丝的萎靡不振，反而神采奕奕，众人齐声夸赞慕容珊今日装束极美，这倒叫她脸颊绯红有些不自在。

傅锦画看了则喜一眼，只见她眼神略微带有些担忧地望了慕容珊身旁的盒子一眼。傅锦画情知那里面装的是慕容珊的烟枪，以她今日的神色，还不知到底用了平日几倍的分量。

突然，慕容珊扫了眼众妃嫔，说道：“贞妃为什么没有过来？则喜，你亲自去请贞妃过来，就说姐妹们难得聚齐，在一起说会子话也是好的。”

“主子，万一则喜请不来怎么办？”

慕容珊冷笑道：“那你就拿着本宫的手谕，去荣弦宫请贞妃。”

众人沉默着，顿觉有些不同寻常的气味，仿佛在等一场不知名的暴风雨，面面相觑，又各自撇开视线。石韵秋神色淡淡、目不斜视；虞红萼因刚出满月，身上还披着一件薄薄的披风，神色凄凄；傅素琴手里握着一串佛珠慢慢捻着，似是不为所动。

不一会儿，贞妃进了凤鸾宫，朝慕容珊行礼。慕容珊一向亲和，本来后宫妃嫔行礼之时，也不会计较太多，不待将礼行实便会叫她们起身，谁知贞妃跪倒在地了，慕容珊也未曾叫她起来，反而朝则喜说道：“则喜，你去厨房说一声，叫他们今儿个多准备一些菜式，本宫今日要留姐妹们在凤鸾宫一同用膳，也热闹些。”

德妃见贞妃因跪得久了，额上冒着虚汗，终是有些不忍，说道：“皇后娘娘，贞妃有了身孕，身子难免疲乏，就让她起来吧。”

慕容珊看了底下的贞妃一眼，淡淡说道：“她有身孕了吗？到底是真是假，本宫怎么听闻她根本就没有怀上呢？”

贞妃猛然抬头，疾呼道：“皇后娘娘，冤枉，臣妾腹中怀的便是龙胎，如何会假？”

傅锦画见贞妃神色不似有假，又开始有些疑惑，贞妃如果真的怀了身孕，自己又如何能见死不救，让慕容珊祸害一个未降临的生命。

慕容珊目光冷冽，怒扫全场，喝道：“贞妃，你是要说本宫不分青红皂白地冤枉你了？”

“臣妾不敢。”贞妃已知不妙，朝身侧的德妃看了一眼，目光隐隐似是哀求。德妃闭目轻叹，用力绞着帕子，终是朝身后的宫女低低吩咐了几声，那宫女便偷偷从后殿溜了出去。

这一切被慕容珊和傅锦画看在眼里，两人互视一眼，又迅速瞥开。只听慕容珊继续说道：“是或者不是，只需查验一番便知。则喜，你带贞妃去内室，让生育过的姑姑验一验。”

贞妃委屈地抬头，再度看向德妃，只见德妃若有若无地点了点头。贞妃松了口气，这才答应跟着则喜进去查验。

这一会子，慕容珊也有些疲乏，打了个哈欠，便又进了内室，过了片刻才出来，正赶上贞妃和则喜也走了出来。

“则喜，贞妃怀有身孕的事到底是真是假？你需如实禀报，如有一丝错漏，本宫定不饶恕。”

则喜看了贞妃一眼，一字一句地说道：“是假，兰姑姑说贞妃根本没有怀孕，身上还见着红，因为来了月例。”

贞妃面色惨白，指着则喜大喊道：“好你个贱婢，竟然敢诬陷本宫。”

“来人，将贞妃拿下，重打二十大板，不信她不肯吐露实情。”慕容珊厉声说道。

凤鸾宫内，迅速出来几个宫奴，将贞妃按到，举着棍杖便要打下去。众人大骇，这才明白，慕容珊今日就是想要将贞妃置于死地。

德妃起身，说道：“皇后娘娘，即便贞妃有罪，能不能等皇上来了再做定夺？”

慕容珊冷笑道：“德妃，你与贞妃自进宫当日便争宠媚君，几年来从不相让，怎么今日竟处处护着她了？”

德妃没有理会慕容珊话语里的讥讽，仍旧说道：“兹事体大，请皇后娘娘三思。”

“给本宫打，狠狠地打。”

宫人手里棍杖迅即落下去，重重敲打在贞妃的小腹上。傅锦画只觉得心口一痛，想也未想便扑在了贞妃的身上，宫人的第二下便又大力落在了傅锦画的后背上……

傅锦画只觉得痛不可忍，见身下的贞妃因为痛而蜷缩着身子，紧咬下唇，几近昏迷。傅锦画突然有一种直觉，这贞妃或许真的怀了孕，否则她眉目间难以忍受的痛楚从何而来。

傅锦画狠了狠心，便没有起身，仍旧护在她的身上，正想着会挨上第三棍之时，便听见钟银煌惊雷一般的怒吼：“该死……”

那几个宫奴被钟银煌踢在了胸口上，当即吐血身亡。

钟银煌将傅锦画小心地扶起，交给一旁的青殊，再度蹲下身子，见蜷缩在地上的贞妃伸手揪住自己衣角，低声说道：“皇上，玉贞无能，保不住肚子里的孩子……”说罢，竟晕死过去。

钟银煌如同困兽一般嘶吼着，指着依旧坐在主位上冷眼相看的慕容珊，怒道：“慕容珊，你，你好得很……”

慕容珊轻咳几声，用帕子掩住嘴，低头看了眼帕子，顿时目光绝望，说道：“贞妃罪大恶极，臣妾是为君分忧。”

傅锦画见贞妃裙下一摊血迹，心下一凛，知道慕容珊怕自己不肯蹚这趟浑水，竟然骗自己贞妃没有怀孕，如今贞妃裙下的血迹又从何而来，寻常月例又怎么会这般触目惊心？

傅锦画有些恼恨地看向慕容珊，只见慕容珊却又突然指着傅锦画说道：“画妃，你刚才不要命地相护贞妃，是不是与她同谋？”

傅锦画故作惊慌，钟银煌怒道：“慕容珊，你是疯魔了不成？来人，将皇后带进内室，没有朕的旨意，不得出凤鸾宫半步。自此，各宫妃嫔不必前来请安。”

钟银煌让人扶了贞妃坐软轿回荣弦宫，又亲自抱起傅锦画，将她送回墨画堂，见她背后伤势颇重，便看着青殊给她上过药，才摸了摸她的脸颊，说道：“你先歇着，朕晚一会儿再来看你，玉贞那边没有人操持着，不知会乱成什么样，朕过去看一看。”

傅锦画微微点了点头，牵扯到背后的伤口，痛得倒吸一口凉气。

待到钟银煌离开，问雁哭着扑过来，急道：“小姐，您是疯魔了不成？一众妃嫔都没有动的，就您扑上去要救这个贞妃，她是死是活与咱们有什么相干？”

青殊却在一旁冷笑，说道：“看来，这场苦情戏，算是值了。”

傅锦画无力辩驳，她已经分不清当初扑倒在贞妃身上之事，到底是为了想护她肚子里可能怀有的孩子，还是扮戏这样简单的缘由。

钟银煌让人给傅锦画带过话儿来，说今夜宿在了荣弦宫，让傅锦画好生歇着，有事即刻派人去说便是。

德妃来墨画堂看傅锦画，让人拿来两匹上好的绸缎和一柄玉如意，见傅锦画神色有些疑惑，苦笑说道：“你是不是在想，宫内都传闻，我与贞妃不合，那日又为什么会替她说话？”

傅锦画也曾仔细想过这个问题，心下大约有个计较，试探着说道：“你与贞妃看起来不合，两相争斗，皇后才会自以为压制得住你们两个，如若你们两人交好，那么皇后怕你们合起来谋事，定会想方设法除掉你们其中一个。”

德妃面色有些动容，说道：“你果然聪慧，怪不得皇后娘娘会另眼相看，我和贞妃还以为会将这个秘密带进棺材里去。其实我与她自小便相识，感情深厚，但是如果不是发生这样的事，我还是会继续与她斗下去，遮挡所有人的眼睛。”

德妃离开了，有些意兴阑珊，这后宫便是如此，争斗不仅是为了荣华富贵，有时只是因为最基本的需要：活下去。

几日后，傅锦画身子见好，已经可以勉强下地走动。据说，荣弦宫自始至终很安静，贞妃醒来后也没有哭闹，只是默默垂泪，仿佛早已预料这样的结局。

钟银煌对傅锦画关怀备至，连着几夜都宿在了墨画堂。

一夜，钟银煌起了酒兴，便与傅锦画拼酒，怎知还不是傅锦画的对手，不知是醉还是伤怀，竟窝在傅锦画的怀中低哑地说道：“贞妃明明怀了朕的骨血，那些人却还是害她小产，她们到底想要做什么？就不能容下第二个钟庭朔吗？”

傅锦画一僵，搂在钟银煌的手臂略微颤了颤，拍了拍他的背，一言不发。

擒龙令已被护送至元熙，耶律楚际大悦，送函至殇离朝，说是在十日后，便会抵达殇离朝，与钟银煌结下盟约，永世修好。

殇离朝百姓兴高采烈，狼烟四起、流离失所的日子终于过去了。

因慕容珊被禁足且体弱不堪，无法主事，钟银煌便让韵妃与德妃共同料理后宫事务。

期间，傅素琴终于决定要去清音庵落发为尼。傅锦画为助她想出一个计策，便是要傅素琴言称自己被神仙托梦，要出家为尼日夜为殇离朝祈福，否则后宫必有大灾。

钟银煌起初仍是不允，但架不住傅素琴在曼音阁足足跪了三天三夜的苦苦哀求，才终下恩旨，赐法号忘琴真人，落发清音庵。

傅素琴临走之际，特地来墨画堂辞行，除去红尘之中的贪欲后，傅素琴犹如洁净出尘的梨花，眉目淡淡，对傅锦画说道："四妹，此生我不枉活。"

傅素琴竟然走至问雁跟前，向她赔礼道歉，因当初的愚昧，将问雁卖进青楼十分悔恨，所以又将大部分的金银首饰一并给了问雁。问雁惶恐，跪在地上不肯收受，还是傅锦画替她接过来，劝她收下，以示接纳傅素琴的心意。

钟银煌以偌大的仪式送傅素琴至清音庵，世人皆知忘琴真人乃为殇离祈福，一时也曾名动天下。

明日便是耶律楚际进宫之日，问雁给傅锦画挑了好几件衣物，说道："小姐，到底穿哪一身才能更出挑些？那可是元熙朝的皇帝，小姐可一定要在妃嫔间拔萃出群，将那元熙朝的皇帝迷得晕头转向，也好叫咱们皇上心里高兴。"

青殊蹙眉，低声问傅锦画："明日庭宴，你还去吗？"

"为什么不去？小姐，后宫妃嫔、皇亲国戚都要参加，咱们也好去看看热闹。"问雁仍是不知傅锦画在元熙大营与耶律楚际的纠葛，喜上眉梢地问道。

正在这时，钟银煌命人送来了衣物，竟是一件七彩斑斓的孔雀羽衣，说是要画妃明日庭宴之时穿。

傅锦画苦笑，朝青殊说道："看来，是必须去了。"

待到次日，庭宴之时，锦衣华服，衣香鬓影，傅锦画身着孔雀羽衣，发丝别着一支孔雀羽毛，虽是淡妆，却无法掩饰绝世风华，一踏入乾元殿便惊艳全场。

钟银煌坐在龙椅上，朝傅锦画淡淡地笑。傅锦画行过礼便坐在自己的位置上，目不斜视，却依旧感觉到众人的目光落在自己身上，或是不屑，或是炙热，或是探究，或是同情……

抬眼望去，恰好看到济阳王与傅则棋坐在自己对面。济阳王身侧俨然便是耶律楚际，他目光紧紧盯在傅锦画身上，明亮而霸道，朗朗地笑道："殇离果然人杰地灵，后宫美女众多，只不过这位画妃怎么那么像是孤军营中的俘虏？"

众人哗然，钟银煌面色一沉，济阳王却怒瞪了耶律楚际一眼，低喝道："耶律汗王说话可要用心些，这里不比你们元熙朝可以肆意妄为。画妃乃是九天云霄仙女下凡般的人物，岂容你亵渎？"

那耶律楚际也未恼，依旧笑道："师兄教训的是，师弟枉为一王，说话没有遮拦，还请殇离皇帝原谅。"

众人再度惊骇，这殇离朝有几个知晓，耶律楚际与济阳王钟华离竟是一对师兄弟，同门学艺十年之久？

庭宴繁缛礼节众多，耗时又长，傅锦画坐了一个多时辰便有些疲乏，趁着大家酒酣之时便溜出大殿，想出去透透气，单留下问雁。如果钟银煌问起，便说自己回墨画堂换件衣裳去。

不知不觉竟走到前庭，月光下，一瘦削人影，倚在一棵树下，右手拿着一个酒壶，有些说不出来的怪异。

未曾傅锦画走近，便见那人突然走向前来，唤了声："四姑娘……"

竟是甄扇，傅锦画细细看去，甄扇真的失了左臂，见甄扇刻意低头避开傅锦画的问询，傅锦画就将口中的疑问生生憋了回去。

傅锦画笑了笑，一时不知该说些什么才好，正要转身离开之际，却突然听见甄扇说道："四姑娘，你知道当日，济阳王是如何将你从虞府带走的吗？"

傅锦画一怔，这确实是她心中最想知道的，于是转过身来，说道："你说。"

"甄扇还是后来才知晓的，公子当日在粥里用了药，虽然他是想借机留你在身边，可是他到底不忍伤害你。那药名为离情散，只有用了血才能散发出药性来，同样也需要下毒之人的血才能当解药，公子为此自残两次，怎么会是济阳王的敌手？"

原来竟是如此，傅锦画心里一块石头终究落地，说不出什么滋味，淡淡说了声"谢谢"，便迅即走开了。

待要往乾元殿走之时，竟又碰见了耶律楚际。傅锦画蹙眉，想躲也无处藏身，只能迎了过去。耶律楚际拦住她，说道："你如果当日肯留在元熙，那么今日便是一人之下，万人之上的皇后，何苦只是一介妃嫔？"

未等傅锦画出声，青殊在一旁低喝道："这不是你操心的事，耶律汗王。"

他们本在元熙朝大营交过手，青殊见到此人，又怎么会不视为仇敌?

说罢，青殊便挡在傅锦画身前，耶律楚际也未曾与青殊计较，反而问道："你难道不想知道，所谓的万字书擒龙令，到底是何东西？"

傅锦画好奇心顿起，回转身，却又轻笑着说道："我不想知道，也不必知道。殇离与元熙征战多年，两败俱伤，都需要休养生息。只要百姓得安，天下长兴，擒龙令又如何会重要？"

耶律楚际一怔，在傅锦画的笑靥如花后，默默咀嚼着这句话，他知道，对于这个女人，他终究是小看了。

回到庭宴，济阳王和傅则棋也已不在。听问雁说，是因为傅则棋身子不适，所以济阳王带着傅则棋先行一步回府了。

次日，耶律楚际决定回元熙，临走时意味深长地说了句："孤来此，总算是不虚此行。"

当夜，宫内却又发生秘事，贞妃宫中有男人身影出现，还是钟银煌亲眼所见。钟银煌大怒，当即将贞妃罚入冷宫，贞妃终是哭了出来，大喊冤屈。钟银煌却拂袖而去。

德妃和韵妃带人查抄荣弦宫，却从荣弦宫内搜出贞妃与严青枫的往来信物。钟银煌更为震怒，着命虞晋声负责此事，连夜抄了严府，从严青枫的书房内，搜出贞妃写来的书信，并且还搜查出严青枫结党营私的证据来。

有如雷霆万钧之势，三日内，虞晋声查抄了十余官员的府第。一时之间，朝堂上下，人人惶恐不安，生怕严家一事牵连自己。

近日殇离朝西南长河决堤，连发洪涝，百姓死伤无数，良田尽失，家园被毁。钟银煌派济阳王前去安抚灾民，出乎意料的是，济阳王在百姓中的威望越来越高，隐隐有超越钟银煌之势。

钟银煌不辨喜怒，虽然忙于政务，可是每隔几日还是会来墨画堂。不过这一次却有些奇怪，钟银煌已有几日未曾来墨画堂，傅锦画心里不安，总感觉会发生一件意料之外的事，果然，那一天终于来了。

严青枫一案，竟然辗转牵连傅家。虞晋声拿了钟银煌的手谕查抄傅家，在傅臣图的书房内，搜出了更为离谱的东西，竟是傅臣图与济阳王的来往书信，信中只言片语，也很难看出到底在商议何事。

风声鹤唳之下，傅臣图岂有安稳度日之理？他着了慌，马上想到去济阳王府，却被虞晋声带人逮了个正着。

钟银煌再度让虞晋声查抄傅家，这次竟从傅夫人房中查出厌胜之物，床铺下埋着两个小人，上面刻着帝后的生辰八字，密密麻麻的针扎在上面，令人毛骨悚然。

傅臣图罪名坐实，却不思悔改，还在牢狱中大喊傅家四女均与权势结亲，不同于寻常人家。

钟银煌最恨结党营私，宫闱干政，外戚专权，在傅锦画还未知的情况下，将傅家满门抄斩，傅锦画得知消息后当即昏死过去。

傅锦画万念俱灰，好几日都不思饮食，念及傅颜书未曾出嫁便遇害更是悲痛不已，谁知问雁告诉她“庆宣王为保三小姐的性命，甘愿自撤亲王封号，将三小姐娶进了门，虽是妾室，倒也极致宠爱”。

傅锦画心下稍安，苦笑，傅颜书，终究是你命好一些，有一个男人甘愿为你放下权欲，只真心对你。

此案一结，济阳王出入朝堂，却多了几分颐指气使的味道，跟他同声共气的官员越来越多，慢慢渐成济阳王一家之言。

钟银煌暗自恼怒，表面上却不动声色，与济阳王周旋着。这时，石相鼎力相助钟银煌，钟银煌对石韵秋的宠爱又加了几分，赏赐源源不断送进了鸿薰宫。

慕容珊已熬到灯枯油尽之时，则喜于半夜潜入墨画堂，告知傅锦画此事，求傅锦画在慕容珊死后一定要善待钟庭朔。傅锦画在傅家满门抄斩之后，已意兴阑珊，钟银煌也有些许日子未曾来过墨画堂，青殊日夜奔走于宫内、宫外，甚少与傅锦画说话，所以傅锦画几乎是与外界断绝了消息。

只是，她却清楚，后位断不会落在自己手中。

果不其然，慕容珊薨逝后，钟银煌晋升石韵秋为皇后，同时又将德妃、傅锦画一同晋为贵妃。

虞红萼自丧子之后，一直郁郁寡欢，长久以来落下了病根儿，不想已病入膏肓，虞晋声出入惊鸿殿次数也渐多。

有一日，虞红萼差宫女请傅锦画过去叙话。傅锦画去惊鸿殿之时，迎面碰上正要离去的虞晋声，他见傅锦画过来有些诧异，说道：“你消瘦得厉害……”

“傅家蒙冤满门抄斩，我又岂能活得舒坦？不能陪他们长眠地下，已属不孝，你还指望我夜夜笙歌吗？”傅锦画讥讽道。

“小四，你是在怀疑我？”

“不是你，又是谁？如果不是有人栽赃陷害，我娘怎么可能会做出厌胜之事？于她何益？”傅锦画咄咄逼人地问道。

虞晋声轻叹，说道：“你终会明白的，这一切不是你想的那么简单……”说罢，不敢再听傅锦画的声音，径直离开。

傅锦画气怒不已，紧紧握住双拳，任凭指甲深陷掌心，渗出血也不觉得疼痛。

进到惊鸿殿之时，虞红萼斜歪在椅榻上，眼神无光，见了傅锦画也不说话。傅锦画有些奇怪，仔细看去才知虞红萼竟是看不清东西了，不禁有些惊骇。

“是你来了吗？”

“是我。”傅锦画答道。

虞红萼脸上浮起一丝笑，傅锦画只觉得诡异不已，见她伸手摸索着端过前面桌几上的茶水，慢慢喝了下去，一滴也不剩，随手却又将那茶盏扔在地上，任凭一地碎瓷，将自己的手背也迸溅出细微的伤口。

“你喝下去的是什么？”

“毒酒。”

傅锦画此时也已想到会是这般，却依旧有些不可置信，喃喃地说道：“为什么？”

“为的就是陷害于你，让你走不出惊鸿殿半步。”虞红萼说着，竟大笑起来，声音凄厉，像极了那暴雨之夜痛失爱子的哭声。

“何苦？活着不是很好嘛？就算是像行尸走肉一般，也要活下去……”傅锦画坐在虞红萼身边的座位上，淡淡地说道。

“我想我的孩子……”虞红萼轻轻咳了几声，嘴角溢出一丝血迹，声音几近嘶哑。

“他活着，在清音庵，你如果活着，终会跟他相见的。”

虞红萼猛然间听见自己孩子还活在人世的消息，激动不已，说道：“我是亲眼看见我儿子被人抱走的，只恨我不敢声张，为的就是保他一条活命，我如若当时声张，或是在事后让皇上去查，只怕那人担心事情败露会将孩子杀死，我不敢冒险，所以就只能当自己孩子死了一般。现在听你说，孩子还活着，我很放心。只要他活着，我便是死了又如何？”虞红萼嘴里吐出一口血，身形不支，靠在大殿的柱子上，软软地滑了下去。

傅锦画走过来，将身上的外衣除下，蒙在她的面上，转身走出了惊鸿殿，这座她此前未曾踏入过，一踏入便看见虞红萼必死的宫殿。

虞红萼死了，傅锦画走出宫殿的时候，钟银煌恰巧进来，他命人将虞红萼厚葬，却没有迁怒于傅锦画。这还是十数日以来，傅锦画第一次见到钟银煌，她半眯着眼睛，微笑地看着这个手握重权的男人。

钟银煌上前揽过她的肩，在额间轻轻一吻，说道：“回墨画堂吧，以后无事不要再出来走动。”

傅锦画倏然抬头，有失以往的镇定自若，说道：“那皇上何不将我一并赐死？”

钟银煌目光寒意渐深，低沉说道：“你如若再执意如此，那一日还怕会来得迟吗？”

傅锦画身子一僵，大笑起来，笑到不能自持，流出眼泪，转过身朝墨画堂走去。身旁，虞晋声如风一般闪进惊鸿殿，一声长啸，悲绝凄厉。

回到墨画堂，青殊已经候在内室，见傅锦画失魂落魄地回来，有些诧异，只听她喃喃说道：“这究竟是怎么了？为什么死的死，出家的出家……”

“这就是命数。”

“他什么时候动手？”

青殊微怔，迟疑说道：“王爷明日午时，便会破宫门而入……你是如何得知的？”

“宫门紧闭，任何人不得出入。虞晋声滞留宫廷，各宫加强侍卫把守，有的宫殿连太监都发了刀剑。墨画堂虽是如常，可是四面进出的道路都被重兵把守。如果不是有灭顶之灾，皇上怎么可能会做出这种部署？”

青殊拿过一套紧身衣换上，外面仍旧罩了宫女服饰的衣物，说道:“青殊什么都不关心，王爷只给了青殊一个任务，便是保护你的安全，不能让你出任何差池。”

傅锦画苦笑半卧在椅榻上，久久不能释怀。问雁有些忐忑不安地候在一旁，一时还不知即将会发生何事。

深夜，钟银煌却突然进了墨画堂，傅锦画只披了一件外衣赤足站在青石地砖上，直直看着钟银煌。

钟银煌手里还握着两个瓷瓶，一个是红色，一个是绿色。他将傅锦画扶到床榻上坐下，又俯身拿过鞋子帮她穿上，温热的手指触过傅锦画早已冰凉的玉足，不由得缩了一缩。

“你知道你父亲为什么会牵扯上严青枫之案？即便牵扯上，凭着你与琴妃的恩宠，朕便是赦了你父亲也不为过，可是朕仍旧下旨将傅家满门抄斩？”

“傅家四女，琴、画进宫，棋从济阳王，书则从庆宣王。从表面上看，庆宣王是为了三姐才放弃亲王的封号，其实他是聪明地选择了自保，暂时回避这惊涛骇浪的巨变。如若局势仍旧平稳，皇上自然还会再度将他封王，如若是另一派得势，新帝为拉拢人心，也势必会将他封王。所以，他这一步是高明之举。而傅家却又有不同，无论如何也是身在其中，不能抽身。无论哪一派得势，无论哪一派失势，傅家仍旧得享恩宠。这样的家族，谁会不看在眼里，刺在心口上？济阳王不愿意看到，于是便栽赃傅家；皇上不愿意看到，便将傅家满门抄斩。”

“画儿，你着实聪慧，朕本想好生宠你，可是再三掂量，朕还是输不起。画儿，不要怪朕狠心，朕也给过你机会，是你自己不要。朕与华离，你只能选一个，你若选朕，朕还是既往不咎，仍如当日那般宠着你，如若你一意孤行，一心念着他，那么朕势必不会手下留情。”

“我选他。”

傅锦画闭目，心叹，这就是自己的命，怪不得谁，怪只怪自己竟是疯魔了一般，只爱他，念他，情愿为他做任何事。在猜出是他陷害傅家之时，她心里有恨，却情愿带着恨度过余生，爱到极致处，即便是恨的机会都不舍得放弃。

钟银煌将手中的绿瓶递给傅锦画。傅锦画长舒一口气，说道：“皇上，如果他败了，就放他一条生路吧！他这样的人，一击不中，绝不会卷土重来。”

钟银煌蹙眉，有些伤感地问道：“你就不担心朕会死于非命？”

傅锦画苦笑道：“如若皇上没有十足的把握，就该知道我傅锦画便是制约济阳王最大的筹码，皇上既然要将我赐死，便是不需要拿我来要挟他了。”

“锦画临死前，恳请皇上答应一事。锦画身边的宫女问雁、青殊都属无辜，皇上逐她们出宫吧，不要让她们在此事中枉送了性命。”傅锦画将绿瓶中的毒酒一饮而下。

“朕应你便是。”

傅锦画背转身，听见钟银煌脚步声渐行渐远，不由得心叹，这一生终了，竟是这种凄惨收场，可是当自己进宫的那一刻，不是早已预料到会是这种结局吗？

傅锦画头晕目眩，拼着最后的气力换过一身白色衣裙，静静卧在床榻之上，慢慢闭上了眼睛，耳边似乎还响起问雁的喊叫声：“小姐，小姐，问雁不出宫，问雁要陪在你身边……”

济阳王所带的亲卫以雷霆万钧之势攻破宫门，大肆杀虐，后宫侍卫奋起反抗，却架不住源源不断的反叛者的杀戮，渐成一地血腥，尸横遍野，妃嫔的哭泣、宫人的惊叫声，不绝于耳。

傅锦画一身白衣站在宫墙之上，远远眺望着后宫内外。自从在厮杀声中醒来，她便知晓钟银煌给的绿瓶里只是令人昏睡的药，却不是毒药。她从墨画堂走出来的时候，把守在墨画堂周围的侍卫并未拦阻她。

济阳王骑着骏马泰然自若而来，他从马上跃下，朝傅锦画招手，说道："画儿，下来，到我的身边来。"

傅锦画轻笑，指了指远处，说道："站在这里看风景极好，不如你也上来。"

济阳王顺着台阶，一步步踏上宫墙，走近傅锦画，执起她的手，仍旧是冰凉刺骨，顺着傅锦画手指的方向望去，那边火光冲天，浓烟直上云霄。

傅锦画淡淡地说道："那是梨妆苑。"

济阳王有些诧异，那么远的地方，依自己的功力目测也辨不清起火之处是哪处宫殿，傅锦画凭什么那么笃定会是梨妆苑？

"因为那火是我放的……"傅锦画静静地笑，眼神明亮而澈净，宛如风中飘扬的梨花。

济阳王挽过她的手，说道："走吧，去乾元殿，我要让你看到我是如何将这江山收入囊中。"

傅锦画抬手朝济阳王脖颈间绕去，低声说道："抱住我，华离……"

济阳王身子一僵，揽住傅锦画腰身的手略为吃力，眉头紧蹙，不可置信地问道："为什么？为什么要这样做？"

傅锦画后退半步，松开袖口处探出来的长剑，那柄剑直直没入济阳王心口，鲜血迸发，陡然浸湿衣衫。

身后，钟银煌与虞晋声相继出现，站在远处朝这边看来。

济阳王身子一软单膝跪地，眼神却一直落在傅锦画身上，仿佛也了然这定是自己的宿命一般，苦涩轻笑，傅锦画悲痛欲绝，上前搂住他的身子，让他倚在自己的怀中。

"有两个字，叫'后悔'。"济阳王吐出一口血，笑道，"你看，到最后我竟死在了你的手上。"

最终虚伪的和善会吞噬无声的抵抗，若要天下，怎能这般漠视生命？

济阳王望着傅锦画澈净的眼神，心道，覆了江山又如何，怎敌你眉间一点朱砂，抚向傅锦画脸颊的手在半空中跌落，无声地闭上了眼睛。

傅锦画用手为济阳王细心地拭去嘴角的鲜血，朝钟银煌苦笑道：“你终究是赢了。”

“朕喜欢一个女人，也有自己的方式。朕不会强迫你去做什么，这条路始终是你自己选的。”钟银煌负手而立，声音却带着一丝惋惜与凄然。

虞晋声慢慢走过来，试图靠近，傅锦画绝望地摇头，坚定说道：“别过来，没用的，我杀了他，岂会独活？”

“我虽没有与你真正相守在一起，却是拿了性命去喜欢你。华离，等我……”傅锦画伸手将济阳王胸前的刀柄用力一压，那刀尖透过济阳王后心刺入傅锦画的心口，两人姿势亲昵，似是倾诉衷肠。

一曲杀破豪情，名动天下。曲终人散时，暗弦无声，后宫青檐红瓦、曼纱罗帐，试问谁家女儿肯褪下情裳，一股柔情，怎敌他帝王霸业之雄心？

宫锦，看似绮丽华美，却藏了多少枯骨热血。当年错入清音庵竹屋的邂逅，岂料这权欲、杀戮、雄心交汇的汹涌暗潮，颠覆了一段本可双宿双飞的爱情。

尾声

和煦暖风，沁人心脾，破晓山庄的庭院中，花丛紧凑的左侧置着一个秋千，一女子身穿淡蓝色的衫子靠在绳索上，轻轻荡着，嘴里哼着歌谣，怀里抱着睡得香甜的孩子。

庭院的另一侧石椅上，一俊朗伟岸的男人正手持书卷翻看着，时而扬声说道：“画儿，你说耶律楚际拿到这擒龙令，到底能不能寻到他想要的珍奇异宝？”

秋千上的女子抬起头，如墨的发丝绾起，露出绝世娇颜，正是傅锦画，而那石桌上坐着的男人，便是济阳王钟华离。

傅锦画见怀中婴孩动了动，轻轻蹙眉，看了那济阳王，似是嗔怪他说话声音太大吵了孩子。于是将那婴孩交给一直侍在身旁的问雁，缓步走向石桌，娇嗔埋怨道：“这擒龙令本是上古遗书，帝师曾再三叮嘱，习它，是为了领略其中浩瀚无边的气脉，你却不能看破世俗，问起什么珍奇异宝了？”

济阳王朗笑，见傅锦画娇颜薄怒，怜爱不已，一伸手揽过她的身子将她放在腿上，说道：“当初，你可是说过，不会后悔跟我来这破晓山庄，怎么最近频频发怒？”

傅锦画微怔，她也不知最近是怎么了，总是会被轻易撩起压抑不住的怒气。

济阳王见她蹙眉懊恼的模样，心里好笑，将头埋在她的胸前，低声说道：“画儿，我心口还痛着呢！”

傅锦画慌忙坐起身来，用手去扯他的前襟，急道：“还痛吗？叫我看看……”

济阳王见她神情急切、忧心忡忡，顿时有些不忍再逗弄她，按住她的手，捧在唇边轻轻一吻，深情地说道：“不痛了，有你在便不痛了。只是，当日你狠心刺出那一剑，就不怕我当场毙命了，再也没有挽回的余地？”

傅锦画念及此处，回忆起一年前殇离宫变，自己用剑刺穿济阳王胸口的一幕。如果不是虞晋声教习自己如何偏离几寸刺穿人的胸口，那么济阳王便会当场命丧黄泉。

傅锦画不禁后怕不已，颤声说道：“华离，我仍旧是那一句话，你死了我岂会独活？我在地府伴你……”

济阳王拥她入怀，将头抵在她的发丝间轻轻摩擦着，万种豪情都化在无声轻叹中，便是这份柔情让自己甘愿死在她的怀中，放下逐鹿江山之心，袖手天下。

从此云水生涯，只在破晓山庄。

“半个月前，晋声让人送来一封信，说要来破晓山庄喝清儿的周岁酒，想必明后日便会到了。”

傅锦画轻轻“哦”了一声，未动声色，问道：“那么庆宣王跟我三姐会来吗？”

济阳王回道：“你三姐刚给寻泽生了一位小世子，寻泽哪里有工夫来喝别人的喜酒？自是在王府忙着照料你姐姐和小世子。”

傅锦画听见济阳王如此说，欣喜不已。傅家四姐妹，素琴出家为尼，则棋在宫变后便香消玉殒，自己远避破晓山庄，唯独颜书在尘世烟火中自在地生活，她诚心为傅颜书高兴。

两日后，正是钟庭清的周岁，虞晋声赶到的时候，正值钟庭清抓周。只见他坐在一堆物什中间，咿咿呀呀地乱语着，白嫩而胖乎乎的小手抓来抓去，突然抓起一把短小的匕首把玩着，匕首上面的刀鞘镶金嵌玉，一刹那便刺痛了众人的心口。

虞晋声靠在门侧，一身白衣，仍旧是俊逸出尘，若有所思地说道：“他终究是帝王血脉，不握刀剑，如何掌控天下？”

这钟庭清，就是当日虞红萼在暴雨之夜诞下，被青殊送到清音庵的孩子，即虞晋声的外甥。当傅锦画和济阳王从泉城离开之时，傅锦画将那孩子的下落告诉了虞晋声，谁知虞晋声却将那孩子从清音庵带了出来，交给傅锦画和济阳王抚养。

傅锦画见如此，急忙问道：“你是想将他带回宫廷，交给钟银煌？”

虞晋声苦笑，摇头说道：“即便他回到宫廷，以皇子的身份活着，也无非是权欲争夺，他无人倚仗，又怎么能独自存活？我倒愿意他做个平常人，一世安宁，想必就算红萼地下有知，也会感到欣慰的。”

济阳王怅然，傅锦画见状，知他为何惆怅，正待上前劝导，便朝一旁干呕几声，面色苍白。

济阳王顿时焦急不安，上前揽过她，问道：“画儿，你怎么样了，可是哪里不舒服？”

虞晋声细细看过去，心中酸涩不已，朝济阳王说道：“真不知当初救你，是对是错，你这样粗心，竟不知她是有喜了。”

济阳王一怔，用目光询问傅锦画，见傅锦画微微羞涩点头，旋即大悦，说道：“老天仍旧厚待我钟华离……”说罢，又低声朝傅锦画耳语道，“原来这阵易怒多变，竟是这缘由，我甘愿受之。”

虞晋声见两人亲昵，神色中有说不出的落寞，他抱着钟庭清转身出了房间，在破晓山庄后院的拘情阁住下。

这破晓山庄，是虞晋声在殇离宫变之日起着人修建，算起来是在济阳王和傅锦画两个月的养伤期间竣工。

他料得傅锦画与济阳王会琴瑟和谐，料得钟银煌置若罔闻不去追究，却未曾料到，自己还是会这样心痛孤寂……

虞晋声离开之日，傅锦画亲自将他送出庄外，两人默默同行。良久，虞晋声说道："我该走了，下一次再来不知会是什么时候……"

"皇上，他好吗？"傅锦画终是问道。

虞晋声看向远方，目光疏落，淡淡地讥讽道："仍旧是皇权在握，依照局势宠幸妃嫔，过着自己并不会觉得幸福的日子。可是这是他钟银煌的使命，帝皇之位从来不是赋予一个人恣意妄为的筹码，只不过是对待自己更残忍的赌资。赢了，便是传承后世；输了，便是颠覆江山。"

所以帝王，便是在极端疲惫之时也要站得笔挺的那个人，他要手托星月，脚踏河山，苍穹之下唯我独尊。

"我总怕有一日，他会寻到这里，我与华离今日的安宁不易，实在不想就这样失去。"傅锦画声音渐微。

虞晋声轻叹，递给傅锦画一卷锦帛，只见上面行云流水般写着数个大字，"梨妆苑已失，梨花淡酒犹存。"

傅锦画霎时间红了眼眶，凄楚的笑，自己当日放火将梨妆苑烧掉，便是想与钟银煌天上地下绝不再生纠葛，可是后院梨树之下的梨花淡酒，却仍完好窖存。

虞晋声转身离开，听见傅锦画在其身后，诚挚说道："晋声，谢谢你。"

虞晋声身形一顿，未语，将手中玉笛置于唇边，笛声清越，仿佛早已超绝于大地长空，淡漠疏离，而又洒脱自若……

虞晋声的背影渐行渐远，直到化成一个黑点，再也望不清。

傅锦画转身，她手抚着小腹，露出淡淡的笑意，朝破晓山庄走去。或许余生就是这样吧，他舞剑，她酿酒；他抚琴，她高歌。一生对弈，博得就是这样一个完美棋局。